NONSOLO

Gaia Manzini

FÜR UNS GIBT ES KEINEN NAMEN

ROMAN

Aus dem Italienischen von
Barbara Kleiner

NONSOLO

Für uns gibt es keinen Namen

Erste Auflage, März 2024

Titel der italienischen Originalausgabe: *Nessuna parola dice di noi*

Lektorat: Irene Pacini
Satz und Layout: WOERDESIGN

Für uns gibt es keinen Namen wird als letzter von fünf Romanen im Rahmen des Projekts *Identität und Diversität in der italienischen Gegenwartsliteratur* veröffentlicht, welches als Teil des *Creative Europe Programme* (CREA) von der Europäischen Union gefördert wird.

Quest'opera è stata tradotta con il contributo del Centro per il libro e la lettura del Ministero della Cultura italiano.
Die Übersetzung dieses Buches kam dank einer Förderung des *Centro per il libro e la lettura* des Italienischen Kultusministeriums zustande.

CENTRO
PER IL LIBRO
E LA LETTURA

MIX
Papier | Fördert gute Waldnutzung
FSC® C083411

Klimaneutraler Druck
firstclimate

Printed in Germany

ISBN 978-3-947767-18-2

Gaia Manzini

FÜR UNS GIBT ES KEINEN NAMEN

Co-funded by
the European Union

Für Fabio

„Aber jeder von uns ist in irgendeiner Hinsicht aus der Bahn geworfen und konfus."

Natalia Ginzburg[1]

---

1 Zitiert aus: Natalia Ginzburg, *Caro Michele. Der Roman einer Familie*, aus dem Italienischen von Arianna Giachi, Suhrkamp Taschenbuch, Frankfurt 1996

Um sechs Uhr früh fingen sie an zu singen, immer, jeden Tag. Sie sangen so laut, dass sie mich aus meinen Träumen rissen. „Sind das Zikaden?", hatte ich gleich bei meiner Ankunft im Hotel gefragt. „Grillen", hatte der Kellner reserviert geantwortet. Ich stellte mir ihre kugelförmigen Köpfe vor, die sehr langen Antennen.

Schweißgebadet wachte ich auf, noch müde, während sie neben mir schlief, im selben Bett, ganz klein zusammengerollt, der Körper verschlossen wie eine Muschel. Das Unterhemd war im Rücken hochgerutscht, und ich zog es ihr bis zum Bund des Baumwollhöschens herunter. Sachte, mit vorsichtigen Fingern, um sie nicht zu wecken. An den Strand wollte ich nicht gehen. Dort war das Gezirp der Grillen noch lauter, ich begriff nicht, wie das möglich war, aber es war lauter. *Kri kri kri kri.* Sie nagten an den Gedanken, untergruben die Worte.

Eines Morgens stand ich langsam vom Bett auf und trat auf den kleinen Balkon unseres Zimmers hinaus. Es war schon heiß. Im zerknitterten Nachthemd und die Augen verklebt, zündete ich mir eine Zigarette an. Claudia und ich waren für fünf Tage ans Meer gekommen: ein Kurzurlaub, der erste, den wir gemeinsam verbrachten. Ich hatte einen Ort ausgesucht, an dem ich noch nie gewesen war, an der Adria, Lignano Pineta. Nach langem Suchen war es mir gelungen, ein Strandhotel zu buchen, weiß, so weiträumig, dass man sich verlaufen konnte, groß genug, um unbemerkt zu bleiben.

Vom Balkon aus war kein Glitzern zu sehen: Es war einer dieser matten, öligen Tage, die einen Hinterhalt für dich vorbereiten. Ich hatte Angst, seit neun Jahren hatte ich Angst.

„Wo bist du?“, fragte Claudia im Zimmer.

Ich blieb auf dem Balkon stehen, ohne zu antworten und sah auf die Straße hinunter. Just in dem Moment kam jemand mit dem Taxi an.

„Wo bist du?“

Als ich ins Zimmer zurückkehrte, sah ich, wie meine Tochter mitten im Raum ein Ballett aufführte, den Lockenkopf zurückgeworfen und aus vollem Hals lachend. Claudia zertrat die Chips, die wir am Abend zuvor vor dem Fernseher gegessen hatten, statt zum Abendessen hinunterzugehen. Die Hälfte der Tüte war auf dem Boden gelandet. Geräuschvoll zerkrachten die Chips unter ihren Füßen.

Ohne ein Wort fing auch ich an, auf den goldenen Scheibchen herumzuhüpfen. In dieser plötzlichen und unschicklichen Anwandlung verschränkten wir einen Moment lang die Finger. Ich kam ihr näher, ich suchte nach einer Choreografie der Gesten, die ich vielleicht nie besessen hatte. Nachts war alles anders. Wir schliefen im selben Bett, ich zog sie an mich, beobachtete sie in dem blauen Licht, ich betrachtete ihre Züge wie ein zu entschlüsselndes Rätsel. Dann kam jedes Mal der Moment, in dem ich erstarrte: Ich kniff sie, zwei-, dreimal. Atme, los, atme! In meiner plötzlichen Panik fürchtete ich, sie könne vor meinen Augen aufhören zu leben. Nur die nächtliche Stille vermochte mich zu beruhigen. Im Schlaf pochte mein Herz an ihrem samtweichen Rücken. Meine Hand glitt bis zu ihrem warmen Nacken, ihren wirren Locken, und da blieb sie liegen: ein Hut aus Fingern, um die Gedanken zu sammeln. Wer weiß, was für Gedanken sie hatte.

„Aua!“ Claudia tat einen Satz zurück. Meine Umarmung war übergegangen in eine schüchterne Berührung ihres Bauchs. Ich wich zurück, und sie zog das Unterhemd hoch: Die Haut war ganz gerötet, ein Sonnenbrand. „Tut's dir weh?“ Sie nickte. „Jetzt cremen wir das schön ein!“ Ich lief ins Bad, um die Tube zu holen. Die Feuchtigkeitslotion war alles, was ich mitgenommen hatte: Die Sonnencreme Schutzfaktor 50 hatte ich trotz der Ermahnungen meiner Mutter vergessen. Als Claudia tags zuvor in der Sonne eingeschlafen war, hatte ich das nicht beachtet. Ich war ganz gefesselt von dem Schauspiel der Frau wenige Meter von uns entfernt, die sich von ihren Kindern im Sand eingraben ließ. „Jetzt cremen wir es schön ein, okay?" Ich versuchte die Kontrolle über die Situation zu behalten. „Nicht weinen, Claudia ... du wirst sehen, es geht vorbei." Ich gab ihr einen schüchternen Kuss. „Weißt du, was wir machen? Heute bleiben wir im Zimmer!", sagte ich, erleichtert bei der Aussicht. Sie verzog das Gesicht und sah mich an. „Ohnehin ist an den Strand zu gehen nicht so schön, wie man sagt, stimmt's nicht?" Mit enttäuschtem Gesichtsausdruck verschränkte sie die Arme. „Dir gefällt ja nie was", sagte sie. „Aber ich will schwimmen gehen!"

Das Frühstück wurde in dem großen Saal mit Blick aufs Meer serviert. Ich nahm immer den Tisch in der Ecke und behielt die Sonnenbrille auf. „Warum setzt du sie nicht ab?", fragte mich Claudia. „Das Licht tut mir in den Augen weh." Wir waren es nicht gewohnt, gemeinsam unter Leute zu gehen. Wer weiß, wie wir von außen wirken mussten. Wir waren seit drei Tagen am Meer und hatten noch mit niemandem gesprochen. Die Mutter eines Mädchens, die den Sonnenschirm hinter dem unseren hatte, war einmal näher gekommen, aber ich hatte mich mit geschlossenen Augen auf der Liege ausgestreckt. Wie diese Tiere, die sich totstellen, wenn sie keinen anderen Fluchtweg sehen.

An diesem Morgen war Rührei mit Speck aus, also ging ich zu den Torten. Ich hatte mich ein paar Schritte weiter hinten in der Schlange angestellt, da sah ich ihn. Er beugte sich vor, um sich ein Stück Strudel zu nehmen. Er trug ein Hawaii-Hemd, aber auch wenn er mir den Rücken zukehrte, hatte ich ihn erkannt. Seine Bewegungen, der Haarschnitt, die hängenden Schultern. Ich hatte mir eigens einen Ort weit weg von Mailand ausgesucht, wo niemand hinfuhr, jedenfalls niemand, den ich kannte. Da hatte ich mich getäuscht.

Mit leerem Teller und zitternden Händen kam ich an den Tisch zurück.

„Aber du hast ja gar nichts genommen!", protestierte Claudia.

„Entschuldige ... geh du", sagte ich mit leiser Stimme und gesenktem Blick. „Geh, such dir aus, was du magst ... Ich gehe unterdessen aufs Zimmer und putze mir die Zähne."

Am Strand vor dem Hotel waren fast ausschließlich Familien. Unter dem Vordach der Bar spielten die Jungs Karten und die Frauen plauderten bei einem Kaffee. Vorn am Meer ließ jemand einen Drachen steigen. „Claudia, lauf nicht so schnell! Warte, bevor du ins Wasser gehst!" Sie hatte meine Hand losgelassen, und ich bremste ihren Überschwang, weil mich ihre Fröhlichkeit schreckte. Unterdessen musterte ich die Anwesenden: Zu meiner Erleichterung waren da nur Unbekannte.

„Claudia, komm her!" Sie rannte, lief dem Drachen nach. „Claudia!" Ich rief sie immer bei ihrem Namen. Keine Verkleinerungsform, kein Kosename. Ich rief sie bei ihrem Namen, aber ihr Name gefiel mir nicht: Meine Mutter hatte ihn ausgesucht. Sie hingegen rief mich gar nicht, weil sie nicht wusste, was sie sagen sollte: Es gab kein Wort, das mich wirklich definieren würde.

Eine Grasnarbe verlief zwischen den Liegen fast bis ans Meer: Vielleicht verbargen sich da drin die Grillen. Ich schaute mich um und sah, dass die sandbadende Frau schon am Strand war. Ich lächelte ihr von ferne zu. während ihre Kinder das Loch gruben, in das sie ihre Beine stecken würde. Claudia kam zu mir unter den Sonnenschirm und setzte sich auf die Liege. Sie wartete auf ein Zeichen von mir, dass sie ins Wasser gehen durfte, unterdessen wirbelte sie mit den Füßen den Sand auf. Über dem Badeanzug trug sie mein weißes T-Shirt. Es reichte ihr bis unter den Po, aber an diesem Tag würde sie so ins Wasser gehen. Keine Sonnencreme, die Apotheke gegenüber vom Hotel war geschlossen.

„Hallo!"

Ich fuhr herum. Neben uns stand das Mädchen mit dem roten Zopf, das von der Liege wenige Meter von der unseren kam.

„Hallo“, antwortete Claudia vorsichtig.

Ich drehte mich um in der Befürchtung, dass auch die Mutter dabei wäre.

„Willst du ins Wasser gehen?“, fragte das Mädchen.

Claudia nickte. Sie zögerte einen Moment, aber da sie sah, dass ich nichts einzuwenden hatte, lief sie glücklich mit ihrer neuen Freundin davon.

Ich erinnere mich, dass ich die ganze Zeit über reglos verharrte.

Die Frau im Sand ragte jetzt nur mehr mit dem Oberkörper daraus hervor. Nicht weit davon war Claudia im Wasser. Sie und das Mädchen mit dem roten Zopf machten Kopfstand, versuchten Purzelbäume, liefen aus dem Wasser heraus, hüpften auf dem nassen Sand. Dann fassten sie sich an den Händen, liefen auf die ersten heranrollenden Wellen zu und tauchten ein, was in Wirklichkeit ein Hüpfer mit geschlossenen Beinen war. „Noch mal!“, riefen sie laut. Mit mehr Schwung liefen sie los und ich sah sie zusammen in der Welle verschwinden, die sich vor ihnen aufgetürmt hatte. Dann sah ich sie nicht mehr. Da sprang ich auf.

„Claudia!“ Ich war schon im Wasser. „Claudia!“ rief ich.

Mit einem Mal tauchten sie auf, ganz von weißer Gischt umspült. Mit den Füßen stießen sie sich nach oben ab wie zwei Raketen.

„Komm her!“, schrie ich. „Komm hierher! Zieh dieses T-Shirt aus, es ist dir nur lästig.“ Sie gehorchte sofort. Ich half ihr, es auszuziehen, vollgesaugt mit Wasser war es sehr schwer. Immer noch aufgeregt steuerte ich auf unseren Sonnenschirm zu, mit dem Gefühl, als würden mich alle ansehen, einschließlich der Grillen.

Vor mir am Ufer lag ein Kanu, daneben am Boden die Paddel, die Rettungswesten hingen am Rumpf.

„Mit diesem Hut erkennt man dich ja wirklich nicht!“ Nicolas sah mich mit seinem breiten Lächeln an, das Wasser reichte ihm bis an die Waden. „Wie geht es dir?“, fragte er mich und kam näher.

Ich blieb stehen, die Füße im Sand, zwei Holzpflöcke. Er küsste mich auf die Wangen. Seine Lippen und sein Gesicht kamen mir verbrannt vor. „Gut“, murmelte ich.

„Noch ein paar Tage Urlaub?“

„Ja, ein bisschen Meer ...“

„Bist du bereit, in die Agentur zurückzukehren?“

„Gewiss“, sagte ich vorsichtig. „Glückwunsch, übrigens ...“

„Ich bin sicher, gemeinsam machen wir große Projekte.“

Ich zuckte mit den Schultern, ich wusste nicht, was ich hinzufügen sollte, ich wollte weitergehen.

„Ich habe Alessio vor seiner Abreise nach Amerika gesehen.“

Ich blickte ihn über den Brillenrand hinweg an. Meine Lippen gaben unwillkürlich ein leichtes Schnalzen von sich.

„Er hat mir gesagt, sobald die Kampagne abgeschlossen ist, kommt er zurück nach Italien ... aber das glaube ich nicht.“

Ich war unter meinem Sonnenschirm angekommen, wrang das T-Shirt aus und legte die Handtücher zusammen, als ob ich gehen wollte.

„Ich bin sicher, du wirst ihm fehlen.“

Mir war nicht klar, ob der Satz ironisch gemeint war. Ich lächelte, aber es war ein kraftloses Lächeln.

Die Frau im Sand rief mich, sie wollte, dass ich ein Foto von ihr machte. Mit einem Gefühl der Erleichterung ging ich zu ihr und fotografierte sie mit dem Handy ihres Sohnes. Nicolas war hinter mir geblieben, gab belustigte Kommentare ab.

„Bist du zum ersten Mal hier am Meer?“, fragte er, als ich zurückkam, um meine Sachen einzusammeln.

„Ja, zum ersten Mal.“

„Mir hat es ein Freund empfohlen.“ Er zeigte auf den jungen Mann, der das Kanu zum Turm des Bademeisters zog. „Er sagt, die Adria ist perfekt zum Trainieren. Hier ist das Meer immer ruhig ...“

„Ich wusste nicht, dass du Kanu fährst."

„Schon seit dem Studium. Letztes Jahr war ich in Kroatien, ich bin die ganze Küste entlang gepaddelt!"

„Zu Kroatien ist das ein schöner Unterschied", sagte ich, obwohl ich außer in Amerika weder in Kroatien noch sonstwo gewesen war. Die Worte kamen nur mühsam aus meinem Mund, ich räusperte mich.

„Kein Vergleich! Das Wasser hier ist grünlich."

Er lachte, aber ich konnte mich nicht auf das konzentrieren, was er sagte, deutlich hörte ich nur Claudia, die mich von ferne rief. „Schau! Schau den Kopfstand! Schaust du mir zu? Du musst mir eine Note geben!"

Nicolas hörte plötzlich auf zu sprechen. Mit gerunzelter Stirn starrte er auf Claudia, die die Arme schwenkte. Dann drehte er sich wieder zu mir. „Ist das deine Tochter?"

Genau in dem Moment fuhr ein Wassermotorrad donnernd vom Ufer los. Ich antwortete nicht.

„Das hätte ich nicht gedacht ..." Erstaunt musterte er mich. „Wie heißt sie?"

„Claudia."

„Schöner Name."

Auf dem Meer setzte ein Typ zum Kitesurfen an. Ich verfolgte seine Bahn, als ob mich das wirklich interessierte.

„Und wie alt ist sie?" Nicolas sah sie immer noch aus der Ferne an.

„Neun", flüsterte ich.

„Ich habe sie beim Frühstück gesehen. Sie hat mindestens fünf Stück Torte auf ihren Teller gepackt!"

„Kinder naschen gern."

„Sie ist sehr groß", setzte er hinzu.

„Sie ist meine Schwester."

1.

Von Alessio hieß es, mit den Grafikprogrammen sei er zu allem fähig. Er collagierte und retuschierte Bilder, variierte die Farben, gestaltete die Wirklichkeit nach seinem Geschmack um. Er war ein sehr bekannter Art Director. Auf dem Schreibtisch hatte er einen Tennisball liegen, den er gegen die Wand warf, wenn er um eine Idee verlegen war. An der Wand hingegen hatte er neben dem Poster einer fleischfressenden Pflanze einen Satz hängen, der jedes Mal wieder meine Aufmerksamkeit auf sich zog: WELCHES IST DAS TIER, DAS JEDEN MONAT EINE GANZE WOCHE LANG BLUTET, OHNE ZU STERBEN?

Unser erstes gemeinsames Projekt war die Werbekampagne für einen Fettlöser. Mir war sofort klar gewesen, dass die Arbeit mit Putzmitteln mir gefiel, mich beruhigte. Um sauber zu machen, verschiebt man den Schmutz anderswohin. Es war eine Art und Weise, das Unreine aus dem eigenen Leben zu entfernen. In der ersten Zeit war mir die Arbeit sehr langsam erschienen, da war immer irgendwer, der etwas auszusetzen hatte. Nach jedem Meeting mussten wir wieder von vorn anfangen.

Ich überlegte mir die Headlines für die Pressekampagne, wenn niemand um mich herum war. Morgens früh und in der Mittagspause. Es entspannte mich, die Wipfel der Bäume draußen vor dem Fenster zu betrachten. Ich schrieb die Sätze mit Bleistift, um sie ausradieren zu können, falls sie nicht rund genug klangen oder zu anmaßend im Ton waren. Diejenigen, die mir gefielen, schrieb ich mit Federhalter, bevor ich sie in ein Word-Dokument übertrug. Verschwitzte Hände und Stiche im Magen wie in der Schule vor einer Mathematik- oder Latein-Schularbeit. Die

Angst, Fehler zu machen, allen zu zeigen, dass ich wirklich nicht imstande war und es auch nie sein würde.

Eines Tages bat Alessio mich, ihm zu zeigen, was ich geschrieben hatte. „Nein, lies es laut vor." In unserem Büro saß ein weiteres Kreativ-Duo, und in diesem Moment war auch Sandra da, die Sekretärin der Abteilung. Ich hatte noch nie etwas Eigenes von mir laut vorgelesen. Vielleicht in der dritten Klasse Mittelschule, als ich noch glaubte, eine Emily Dickinson zu werden. Alessio sah mich an und lächelte, den Kopf auf eine Seite gelegt. Ich fasste Mut. Ich hielt das linke Handgelenk mit der rechten Hand fest, als ob es sich jeden Moment von dort lösen könnte.

Als ich alle Headlines vorgelesen hatte, schaute ich auf. Die anderen hatten mir gar nicht zugehört. Alessio nickte. Er streckte die Hand aus und ließ sich das Blatt geben, um es wieder und wieder aufmerksam durchzulesen, während ich tief durchatmete wie vor einer Landschaft, die man zum ersten Mal sieht.

An jenem Tag ging ich allein zum Mittagessen. Meine Mutter hatte sechsmal angerufen, aber ich war nicht rangegangen. Ich wollte ihr von der Agentur erzählen, und ich wusste, dass sie von Claudia sprechen würde. Seit einer Woche hatte sie wieder angefangen, sich nachts einzunässen. Eines Morgens hatte ich sie in der Waschküche im Keller angetroffen. Sie weinte, das nasse Bettlaken, das sie abgezogen hatte, neben ihr am Boden. Um zu telefonieren, ging ich in den Park. Ich saß auf einer Bank, aber ich hörte nichts von dem, was meine Mutter sagte. Seit ich angefangen hatte zu arbeiten, waren meine Reaktionen verändert. Meine Aufmerksamkeit und die Lust zuzuhören hatten abgenommen. Ich brauchte mehr Raum.

Das Praktikum als Copywriter zu bekommen war nicht schwierig gewesen. Der Vizechef der Agentur hatte ein Anwesen am Lago Maggiore, das an unseren Garten angrenzte, und häufig bat er meinen Vater um Rat beim Angeln. Als er erfuhr, dass ich seit fast einem Jahr mit dem Studium fertig war und Erzählungen schrieb, hatte er darum gebeten, sie zu lesen. Im Grunde, sagte er, sei es nicht kompliziert, in der Werbung zu arbeiten, und eine gewisse sprachliche Gewandtheit könne eine optimale Ausgangsbasis sein.

Ich war Anfang Januar nach Mailand gezogen. Meine Eltern hatten mir geholfen, eine Wohnung zu finden, wo ich unter der Woche allein leben würde. Sie lag im Chinatown-Viertel. In der Nacht vor meinem Arbeitsantritt hatte ich nicht geschlafen. In der Dunkelheit des kleinen Appartements, das wie in Mailand üblich zusammen mit anderen Wohnungen auf einen *ballatoio,* einen umlaufenden Balkon, ging, hatte ich die ganze Nacht darüber nachgedacht, was ich anziehen sollte, ich hatte mir die Werbung der letzten Jahre in Erinnerung gerufen. Ich hatte mein Studium mit einer Arbeit über *Mistero buffo* von Dario Fo abgeschlossen, von der Werbebranche wusste ich nichts. Und doch hatte ich mich davon überzeugt, dass alles, was ich gelernt hatte, mir nützlich sein würde, oder ich hoffte es zumindest. Ich hörte den Nachbarn, der bis zum Morgengrauen an seiner PlayStation spielte. Marco, ein Chinese, in dritter Generation in Italien, verkaufte zusammen mit seiner Frau Marika Zeitungen, sie hatten den Kiosk an der Ecke zur Via Lomazzo. Als ich am Morgen auf den *ballatoio* hinaustrat, sah ich ihre Kinder im Pyjama, sie saßen auf drei Packen Zeitungen, die am Geländer lehnten. Brav und ohne zu reden aßen sie etwas. Ich hatte mit den Schlüsseln geklimpert und sie hatten sich zu mir umgedreht. Der Kleinere streckte das Ärmchen aus, um mir den weißen Brei anzubieten, den er in der Hand hatte. In diesem Moment kam Marika heraus, in geblümtem Morgenmantel und mit einer Tasse Kaffee in der Hand. Ohne dass ich etwas zu ihr gesagt hätte, gab sie mir zwei rosa Silikon-Ohrstöpsel. „Es tut mir leid." Das bezog sich auf ihren Mann. Ich nahm sie mit einem Lächeln, ohne zu wissen, was ich sagen sollte. „Viel Erfolg bei der Arbeit", setzte sie hinzu.

Ich kam zu früh in die Agentur. Die Stufen in den ersten Stock waren breit und aus schwarzem Marmor, sie raubten mir den Atem. Ich ging durch eine Glastür, vor mir erstreckte sich ein sehr langer Korridor, heller Teppichboden, die Türen zu den Büros gingen in perfekter Symmetrie seitlich ab. Und dann die Stille. In der Tasche meines Blazers fand ich außer dem Feuerzeug ein Bildchen des heiligen Jakobus, faltenreiches Gewand, Sandalen, Pilgerstab, den Blick zum Himmel gerichtet. Meine Mutter hatte es mir in die Tasche gesteckt, bevor ich aufbrach.

„Bist du schon da?" Die Sekretärin der Abteilung hieß Sandra, ich hatte sie am Tag meines Vorstellungsgesprächs kennengelernt. „Ab morgen brauchst du auch erst um zehn zu kommen, Die Kreativen kommen spät, weil sie als Letzte gehen." Sie bot mir weder einen Kaffee noch ein Glas Wasser an, sie betrachtete meinen Rock, die Ballerinas, den weißen Pullover. „Später zeige ich dir die Büros." Ich wusste, dass sie das vergessen würde.

Mein Schreibtisch stand am Fenster. Neben einem Schrank lagen am Boden bunte Wasserpistolen, an der Wand hingen Poster mit Seeungeheuern und die Fahne eines Fußballclubs. Mittlerweile war ich mir sicher, dass niemand ins Büro kommen würde, also legte ich den Kopf auf den Schreibtisch. Das rhythmische Pulsieren der Klimaanlage, das Rascheln der Vorhänge, das Rauschen des Verkehrs.

„Und wer bist du?"

Ich fuhr hoch, benommen und mit trockener Kehle. Er stand vor mir, Sonnenbrille und schwarzes Priesterhemd. Groß und sehr mager. Die Büros hatten sich unterdessen gefüllt, aber niemand hatte meinen Schlaf gestört. Da war ein Mädchen im Unterhemd voller Sicherheitsnadeln und ein Zwanzigjähriger im Rapper-T-Shirt. Alles unterstrich nur meine Biederkeit.

Mit dem lässigen und schlaksigen Gang eines Rassepferds ging der magere junge Mann an seinen Schreibtisch, legte die Sonnenbrille ab und schaltete den PC ein.

„Also?", fragte er noch einmal nach.

Ich nannte meinen Namen.

„Alessio", antwortete er sofort mit einer Stimme, die klang

wie ein zerknitterndes Blatt, eine Jungenstimme. Seinen Augen war schwer standzuhalten, sie schienen wie zwei Steine unter Wasser. Der Blick eines schnellen und einsamen Tiers. Er schüchterte mich ein, er sah mich weiter an, und doch fühlte ich, dass dieser Blick mich zum Leuchten brachte.

„Bist du noch nicht umgezogen?", fragte mich Alessio eines Morgens fast einen Monat später. Er wies auf den Schreibtisch gegenüber von seinem. Die Copywriterin, mit der er ein Jahr lang zusammengearbeitet hatte, war in Mutterschaftsurlaub, und ich fand es nicht korrekt, den Platz von jemand anderem einzunehmen. Ich hatte den PC an meinem Arbeitsplatz gelassen und war nur mit einem Stift und ein paar Blatt Papier für Notizen ihm gegenüber gezogen. Hinter ihm an der Wand hingen vier Fotos, er und ein jüngerer Mann, ihre Köpfe berührten sich, verführerische Blicke. Der junge Mann war sehr schön, herzförmiger Mund und trauriger Blick. „Wir waren ein Weilchen zusammen", sagte er zu mir. „Ich lasse sie da hängen, um ihn jedes Mal, wenn er mich um einen Gefallen bitten kommt, daran zu erinnern, wie mies er sich mir gegenüber betragen hat."

Dieser junge Mann arbeitete in der Agentur, aber ich hatte ihn nie gesehen, vielleicht gehörte er zur Produktionsabteilung. Ich beschränkte mich darauf zu nicken, um meine Verlegenheit zu verbergen. Ich fragte ihn nichts mehr, ich war unfähig, über Liebe zu sprechen.

Als ich aus dem Park zurückkam, war Alessio schon am Schreibtisch. Hinter ihm standen eine junge Accountmanagerin und Sandra. Er wies auf etwas am Bildschirm und lachte.

„Komm, komm du auch!"

Zögernd trat ich näher.

„Schauen wir mal, ob du mit diesen beiden hier einverstanden bist ... Was für ein Typ Frau bist du?", fragte er mich unvermittelt. Er zeigte auf einen Text auf dem Bildschirm seines Computers. „Katze, Luchs, Ente, Schwalbe, Tintenfisch ..."

Er konnte sich das Lachen nicht verkneifen, während seltsame Tierbilder vor meinen Augen vorbeiliefen. Ich wusste nicht, was ich sagen sollte, die Silben vibrierten mir in der Kehle wie das unmerkliche Prickeln eines Schlucks Coca Cola. Sandra und die andere Frau sahen mich an.

„Ich möchte eine Ente sein. Ich das nicht wunderschön?", bemerkte Sandra sarkastisch. „Die Frauen alle zusammen in einem Bestiarium."

„Also?", fragte er, wobei er einen Kaugummi mit Zimtgeschmack kaute. „Was für ein Typ Frau bist du?"

Ich hob die Schultern und zog sie in Richtung Brustbein. Über bestimmte Dinge zu reden brachte mich in Verlegenheit, ich wusste auch nicht, warum.

„Ein Wiesel", antwortete ich trocken und entfernte mich, als ob mich jemand vom Korridor aus gerufen hätte.

Als ich ein Mädchen war, kontrollierte meine Mutter meine Unterhosen. Ohne anzuklopfen kam sie ins Bad und nahm sie an sich, kaum hatte ich sie ausgezogen. Sie hielt sie gegen das Licht und knüllte sie zu einem Baumwollknäuel zusammen. „Du bist zu mager", sagte sie in anklagendem Ton. Ich war vierzehn und meine erste Menstruation kam nicht. Sie bremste in aller Stille ihren Fluss und kehrte dann zurück. Aber wohin zurück? Ich stellte sie mir vor, wie sie durch die weichen Teile meines Bauches irrte. Frau zu werden musste mit dieser Weichheit zu tun haben. Um wie meine Klassenkameradinnen zu sein, trug ich im Rucksack ein rosa Täschchen mit Binden darin, immer dieselben. In der Pause ging ich auf die Toilette und tat so, als müsste ich die Binden wechseln. „Wie oft genau bekommst du deine Tage?", fragten mich meine Klassenkameradinnen lächelnd. Sie konnten sich nicht vorstellen, wie glücklich ich war, nicht die Menstruation zu bekommen, das kostbare Gefühl der Reinheit zu genießen.

Als ich ins Büro zurückgehen wollte, hörte ich Alessio und Sandra lachen. „Aber wen habt ihr mir da als Werbetexterin gegeben? Die heilige Teresa?" Ich blieb im Flur stehen, rechtzeitig, um Sandra amüsiert davongehen zu sehen, ohne dass sie mich bemerkte. Ich konnte mich nicht rühren. Es waren nicht so sehr die Worte, es war das Gelächter, diese Art, mich mit einem witzigen Spruch zu erledigen, was dazu führte, dass ich mich wie ein Nichts fühlte.

„Ah, da bist du ja", sagte Alessio, als ich eintrat, mit einem Lächeln, das er wer weiß wo gefunden hatte. „Bis vier müssen wir alles fertig haben. Sie haben die Präsentation vorverlegt."

Ich antwortete nicht. Ich hatte die Hände in den Jackentaschen.

„Also?"

„Wenn du mich heilig nennst, was bedeutet das genau? Befürchtung oder Hoffnung?"

Er sah mich fragend an, dann kehrte er an den PC zurück, ohne zu antworten. Der Zeichenstift fiel ihm aus der Hand, und mir wurde klar, dass er nervös war.

„Ich drucke die ersten Sachen aus und dann sehen wir, ob wir's haben, okay?

„Meiner Ansicht nach ist es Hoffnung", zischte ich, während ich den Schreibtisch aufräumte.

Alessio stand auf, um die ausgedruckten Seiten aus dem Drucker zu nehmen. Er sah mich von oben an. „Ich bin seit neun Jahren hier", sagte er.

„Und bist noch am Leben?" Auch ich stand auf.

„Wie du bemerkt haben wirst, hat mich noch niemand erledigt."

„Siehst du, dass sie alle Heilige sind? Da mussten sie auch mich nehmen."

Er entfernte sich einen Schritt. „Fanatikerin", sagte er. Aber sein Ausdruck war schon anders. Er lächelte. Er kam näher, als wollte er mich umarmen. Wenig überzeugt, wich ich zurück. Es kam mir vor, als würde ich ihn hassen. Es war ein Hass, der die Erscheinungsform eines Ausrufs hatte. Ich hasse dich, ich hasse dich! Er umfasste meine Schultern mit weichen und warmen Fingern wie niemand je zuvor. Ich hasse dich! Das klang wie die Zeile eines Liedes, das man morgens zum Aufwachen hört.

2.

Zwei Wochen später rief ich meine Mutter um die Mittagessenszeit an. Ich hörte, dass sie fröhlich war. Sie hatte im Garten Alpenveilchen gepflanzt. Claudia half ihr jeden Tag, Strohhut auf dem Kopf und ein Paar Skihandschuhe, weil es keine Kinder-Gartenhandschuhe in ihrer Größe gab. Das hatte sie von meiner Mutter: große, sichere Hände, die nichts falsch machten.

Ich wartete, bis sie mir vom Kastanienwald und von den Schädlingspflanzen zu Ende erzählt hatte, und ergriff die erstbeste Gelegenheit, selbst zu Wort zu kommen. Ich saß auf meiner üblichen Parkbank und bemerkte, dass ich die Stimme erhob. Nach nicht einmal zwei Monaten redete ich mit Begeisterung von der Agentur, ich wusste gar nicht, dass ich so viel zu sagen hatte. Ich überraschte mich dabei, dass ich von Regisseuren und Fotografen erzählte, von uferlosen Meetings, bei denen meine Meinung gefragt war. Ich hatte einen Grashalm abgerissen und wickelte ihn mir um einen Finger. Es gefiel mir, ununterbrochen zu erzählen. Es gefiel mir, die richtigen Begriffe zu verwenden, um etwas Neues zu beschreiben, um mich zu beschreiben. Ich hörte meine Mutter am Telefon atmen.

„Was heißt das, eine Idee von dir hat Anklang gefunden?", unterbrach sie mich an einem bestimmten Punkt.

„Die Idee zu einer Werbekampagne für einen Fleckenentferner."

„Also?"

„Vielleicht machen wir aus der Idee einen Werbespot, vielleicht eine Pressekampagne." Es war schwierig zu erzählen. Aber ich hoffte, dass sie in jedem Fall zufrieden war.

„Und du arbeitest mit diesem Alessio, stimmt's?"

„Ja, genau."

„Du scheinst sehr beeindruckt von ihm."

„Ja, vielleicht ... Er ist sympathisch."

„Es gibt viele *vielleicht* in deinem Leben", sagte sie kichernd, sie wollte, dass ich mich wohlfühlte.

„Sie haben gesagt, wenn ich so weitermache, könnten sie mir einen Vertrag anbieten ... Das ist noch nicht sicher, aber das scheint doch eine gute Nachricht zu sein, oder?"

„Das heißt, dass du gut gearbeitet hast."

In diesem Moment hätte ich sie umarmen mögen, aber sie ließ sich nicht so leicht umarmen. „Oh Mama, ich habe sehr viel gearbeitet ..." Alessio und ich waren fast jeden Tag bis Mitternacht in der Agentur geblieben.

„Durchhalten, durchhalten, lass dich nicht aufhalten." Meine Mutter zitierte den Satz, den sie mir als Kind immer eingeflüstert hatte, wenn ich mich weigerte, mit der rechten Hand schreiben zu lernen, wenn ich mich über die Hausaufgaben beschwerte, wenn sie mich fünf Stunden am Stück über dunkle und holprige Wege laufen ließ. Durchhalten, durchhalten, lass dich nicht aufhalten. Das hatte sie mir auch im Kreißsaal wiederholt, während sie mir den Schweiß von der Stirn wischte und mir sagte, dass ich viel Kraft hätte für meine siebzehn Jahre.

„Samstag nehmen wir dich mit auf die *Sagra della Polenta*", setzte sie hinzu. Claudia liebte Volksfeste, Dorffeste, viele Leute, die zusammenkamen, Unbekannte, die das Wort an einen richteten. Holztische und Polenta mit Käse.

„Nein, schau, gerade deswegen rufe ich an ... Dieses Wochenende muss ich arbeiten."

„Wirklich?"

„Ja. Bis Montag müssen wir alles fertigkriegen."

„Also kommst du nicht?"

„Ich glaube nicht, dass ich es schaffe."

Während des Studiums war ich jedes Wochenende nach Hause

gefahren. Unter der Woche hatte ich ein Zimmer in einer WG von Studentinnen, mit denen mich nichts verband. Freitags gegen fünf Uhr nahm ich den Zug. Die Hügel, struppige Tiere vor dem klaren Himmel, der See, dessen Oberfläche sich kräuselte: Da war immer etwas Beruhigendes in diesem Anblick. Meine Eltern kamen mich jedes Mal am Bahnhof abholen. Ihr breites Lächeln, der Maiglöckchenduft in ihrem Auto, so süß, dass einem übel werden konnte.

„Wir könnten nach Mailand kommen!" Meine Mutter ließ sich nicht entmutigen, sie fand immer eine Lösung. „Während du arbeitest, könnten wir ins Naturwissenschaftliche Museum gehen oder zu Ikea, um zu kaufen, was dir fehlt ... Weißt du was? Wir könnten eine Bettcouch bestellen. So können wir dich besuchen, wann es uns passt, und könnten auch zum Schlafen dableiben."

Reglos hörte ich ihr zu. Auf der gegenüberliegenden Bank im Park saßen drei junge Frauen. Sie mochten sechsundzwanzig Jahre alt sein, in meinem Alter. Sie sprachen über Männer, tauschten sich die Handys aus, kommentierten Fotos. Sie lachten.

„Mach, was du willst, ich muss arbeiten", bemerkte ich trocken.

Meine Mutter seufzte, dann ließ sie sich ablenken. Vermutlich war eine Katze ins Haus gekommen.

„Du hast recht, vergiss es. Beim nächsten Mal", sagte sie, bevor sie auflegte.

„Willst du sie so, wie ich sie habe?"

Ich saß auf einem Stuhl in Alessios Zimmer. Es war Samstagnachmittag, wir hatten keinen Fuß in die Agentur gesetzt, weil das Meeting abgesagt worden war. Aber ich war trotzdem nicht an den See gefahren.

Alessio stand hinter mir mit einer Schere in der Hand. Er wollte mir die Haare schneiden, er sagte, ich müsse mich erneuern, ich müsse mehr Gesicht zeigen. Unter dem Stuhl hatte er Zeitungspapier ausgebreitet.

„Also? Willst du sie so wie meine oder nicht?"

Alessios Haare waren kurz, in der Mitte des Nackens traten sie zu einem kaum angedeuteten Schopf zusammen. Meine fielen mir auf die Schultern. Ich dachte, wenn ich die Haare so hätte wie er, würde ich keine Fehler mehr machen.

„Wir könnten sie nur etwas kürzen und einen Pony schneiden, was meinst du?"

Ich nickte. „Ja, ein Pony gefällt mir."

Langsam fuhr er mir mit dem Kamm durch die Haare und streifte dabei meinen Kiefer. Dann kam er mit der Schere näher. Der Kontakt der Klingen mit der Stirn ließ mich erschauern. Die Wärme seiner Finger, die leise Berührung, womit er einige Strähnen nahm und sie senkrecht über meinen Kopf hielt. Die raschen Schnitte, die klangen wie kleine Küsschen. Zum Schluss fuhr er mir einmal rasch durch die Haare.

„Schau dich an, kommst du dir nicht verändert vor?"

Ich sagte „Ja" zu der jungen Frau, die ich im Spiegel sah.

„Hast du wirklich niemanden?", fragte er mich an einem bestimmten Punkt, ohne dass ich je über mein Privatleben gesprochen hätte. „Das glaube ich nicht", setzte er hinzu.

Ich hatte niemanden, ich hatte nie eine ernste Beziehung gehabt, aber das war etwas, was ich mir nur mühsam selbst einzugestehen vermochte.

„Nein, niemanden", wobei ich Gleichgültigkeit als eine Art Diskretion einsetzte.

„Wenn wir schon beim Thema sind, ich auch nicht."

Alessios Zimmer war groß. Das Ehebett in der Mitte, zerwühlte Bettlaken, ein Geruch nach Feuchtigkeit, vermischt mit dem stechenden Duft eines Aftershaves. Ein Sofa mit Wein- oder Kaffeeflecken. Ich sagte ihm, ich müsse nach Hause gehen. Ich würde mich ausruhen, würde ein Buch lesen. Aber ich rührte mich nicht vom Fleck.

Abends gingen wir aus. Alessio brachte mich in ein Lokal hinter der Via Pasubio, eine schummrige Diskothek, die nach Babypuder roch. Sie glich in nichts dem *Rocco* am See, wo ich mich immer mit meiner Freundin Francesca traf. Obwohl das Lokal voll war, gingen wir herum wie zwei Gefängniswärter auf Kontrollgang. Alessio war mir voraus und hielt mich an der Hand. Ab und zu drehte er sich um und machte eine sarkastische Bemerkung. Die Hosen des Türstehers, der Barmann mit seinem Bizeps, der DJ mit seinen mit Strass besetzten Kopfhörern ... Ich lachte, gab entsprechende Antworten, suchte nach Fehlern. Aber in Wirklichkeit erschien mir alles so unerwartet, so aufregend. Fünf Minuten unterhielt ich mich mit einer Unbekannten, die sagte, sie habe eine Kontaktlinse mitten auf der Tanzfläche verloren, bis Alessio mich dort wegzog. „Komm, ich stelle dir zwei Freunde vor." Nicolas und Marco waren ehemalige Kommilitonen an der Akademie. „Das ist Ada", sagte er laut. Nicolas hatte einen Hut mit Pfauenfeder auf, Marco dagegen trug einen flaschengrünen Samtblazer, er war sehr elegant. Nicolas lächelte mir zu, ein nicht allzu überzeugtes Lächeln, dann fuhr er mit der Hand durch Alessios Schopf. Er flüsterte ihm etwa zu und streifte dabei seine Lippen. Während er ihn im Nacken hielt, bemerkte ich seine perfekt gepflegten Fingernägel, nur der Nagel am rechten kleinen Finger war rot lackiert. Da wendete ich den Blick ab, ich fühlte mich überflüssig. Wenigstens bis sie anfingen zu lachen und sich von potenziellen Liebhabern wieder in zwei Kumpels verwandelten, die sich anrempelten und die Berührung suchten.

„Gehen wir", sagte Alessio zu mir. Wir wollten in die Mitte der Tanzfläche, doch bevor wir zum Mischpult des DJ kamen, hielt er mich an den Schultern fest und sah mir in die Augen, der Ausdruck ernst, er schien wie ausgewechselt. „Erzähl mir, was du nicht sagst." Ich antwortete nicht, machte mich los und nahm ihn bei der Hand. Er hatte getrunken, er trank schon den ganzen Abend. Das war es, ein Scherz, ein leicht hingeworfener Satz ohne Bedeutung. Eine von den Überlegungen, die ihm durch den Kopf gingen und die er nicht für sich behalten konnte.

Kaum war ich einen Schritt vom Mischpult entfernt, fing ich an zu hüpfen, wie ich es als kleines Mädchen tat, die Gedanken wurden mit Lichtgeschwindigkeit vom Gehirn ausgestoßen. Er hörte nicht auf mich zu betrachten. Wir waren umgeben von Hunderten Menschen, die sich drängten, einander anstießen. Diese physische Nähe betäubte mich, machte mich trunken. Am See waren nicht so viele Leute in den Lokalen, ich war das nicht gewohnt. Ich versuchte herauszufinden, ob mich jemand mit Begehren ansah. Mit Alessio an meiner Seite fühlte ich mich in Sicherheit. Plötzlich war mir, als hätte mir jemand die ganze Jugend wiedergegeben, die ich nicht hatte ausleben können.

Jedes Mal, wenn wir zum Rauchen hinausgingen, legte er mir seine Jacke über die Schultern und blieb selbst nur im Hemd in der eisigen Luft. Ich konnte die Wärme seines Körpers spüren, die noch im Stoff nistete, und sein Parfüm, das leicht vom Kragen aufstieg. Es überraschte mich, dass er mir beim Hinuntergehen auf der Treppe seinen Arm hinstreckte, um mich zu stützen.

„Ich will nicht nach Hause", sagte ich, als wir um drei Uhr morgens das Lokal verließen.

„Manchmal könnte man meinen, du bist achtzehn!"

Nichts war so wahr wie dieser Satz.

„Los, komm!" Er war glücklich.

Wir verabschiedeten uns von Nicolas und Marco, dann liefen wir die ganze Nacht hindurch. Brera, Isola, Porta Ticinese, Navigli. Wir gingen in jede Bar, kannten überall jemanden, lachten. Wir bekamen nie genug. Ich erinnere mich an kein einziges Wort auf diesem langen nächtlichen Streifzug. Ich erinnere mich nur, dass wir in den dunklen Straßen der Stadt *Heart of Glass* sangen.

„Du bist sehr gut zu Fuß", sagte Alessio an einem bestimmten Punkt, als er Halt machte, um Luft zu schöpfen. Mittlerweile waren wir auf der Piazza Castello.

Ich war es gewohnt, auch im Schlaf zu gehen. Als Kind weckte mich meine Mutter im Morgengrauen. Wir fuhren mit dem Auto ins Valle Anzasca. Anfangs war ich verschlafen und schweigsam, wie eine Schlafwandlerin setzte ich einen Fuß vor den anderen. *Durchhalten, durchhalten, lass dich nicht aufhalten*. Nach einer Weile fühlte ich nichts mehr. Wir konnten stundenlang gehen und nur Rast machen, um etwas zu essen: Brot, Käse, Salami, getrocknete Äpfel, Rosinen. Danach rieben wir uns die Zähne mit einem Salbeiblatt, um den Mund zu reinigen, und versuchten, das Wasser in kleinen Schlucken zu trinken. Jedes Mal gingen wir höher hinauf. „Beim nächsten Mal gehen wir bis zum Gletscher", sie sagte das immer, wenn wir todmüde nach Hause kamen. Das ewige Eis. Die Verheißung einer Besteigung, einer Zukunft der Reinheit. Den Gletscher habe ich nie erreicht.

„Ich gehe in die Berge, seit ich Kind bin", sagte ich.

Alessio nickte, als ob diese Mitteilung auch für ihn wichtig wäre. Dann wies er auf den Springbrunnen vor dem Schloss. „Kommt dir das nicht auch wie eine Hochzeitstorte vor?" Das runde, weiße Becken. Die Wasserstrahlen wie Schlagsahne. Wir setzten uns auf den Rand, das jadegrüne Wasser bewegte sich in konzentrischen Kreisen.

Alessio zog die Schuhe aus und krempelte die Hosen hoch.

„Aber was machst du da?"

„Siehst du das nicht? Los, komm schon." Er zeigte auf meine Schuhe.

Während ich die Waden ins eisige Wasser tauchte, verwandelte sich der Kälteschock in eine Form der Lebensfreude. Meine Augen brannten, die Stimme war rau und die Haare rochen nach Rauch. Ich wollte nicht in mein Appartement zurück, ich wollte nicht, dass diese Nacht zu Ende ging. Wir gingen zu ihm und kochten uns Pasta, als der Morgen schon dämmerte und wir keine Kraft mehr hatten zu reden. Die Maccheroni mit Butter zergingen mir auf der Zunge und ließen im Mund einen Geschmack von Kindheit zurück.

„Schlaf du in meinem Bett", sagte er, während er die Teller in die Spüle stellte. Ich erinnere mich nicht, ja geantwortet zu haben, aber einen Moment später war ich im Bad. Ich trug ein schwarzes T-Shirt, das mir bis zur Mitte der Schenkel reichte, und putzte mir die Zähne mit Alessios Zahnbürste. Mein Gesicht im Spiegel war geschwollen, die Augenringe bläulich, die Augen groß und glänzend. Der Pony platt, hatte keine Fasson mehr.

Ich ging ins Schlafzimmer. Der Stuhl, auf dem er mir die Haare geschnitten hatte, stand noch immer mitten im Zimmer. Er sah mir zu, wie ich unter die dunklen Laken kroch, er blieb an der Tür stehen, bis ich das Licht löschte. Ich wusste, dass er nicht leicht einschlafen würde, dass er wenig schlief, aber es missfiel mir nicht, zu wissen, dass er auf dem Sofa wachte. Indem ich in seinem Bett liegen durfte, war es, als würde ich seinen Schlaf, sein Schweigen teilen. Es war, als wären wir uns nah, ohne uns berühren zu müssen.

3.

Ich war zu spät dran. Ich stellte das Auto am Seeufer ab und fing an zu rennen, in Schuhen, die mir weh taten, das Herz hämmerte gegen den Brustkorb, wie um ihn zu sprengen.

Die Schule, in die meine Mutter Claudia eingeschrieben hatte, lag in einem Ortsteil von Stresa: ein kleiner Yachthafen für Segelboote und eine Mole, die wie eine raue Zunge auf den schwarzen Punkt des Sees wies, seine tiefste Stelle.

Die ersten drei Jahre Grundschule war sie es gewesen, die zu den Gesprächen mit den Lehrerinnen ging. Seit ein paar Monaten hingegen hatte ich beschlossen, dass das meine Aufgabe war. Längere Krankheit, Arbeit im Ausland, ein schwieriger, unzugänglicher Charakter: Im Lauf der Zeit hatte meine Mutter Entschuldigungen erfunden, um mein Fernbleiben zu rechtfertigen. Ich wusste nicht genau, welche, aber ich konnte es mir vorstellen. Meine Mutter benutzte die Worte, um unser Anderssein zu überspielen, um Anomalien zu glätten und der Welt gegenüber die Version eines akzeptablen Lebens zu bieten. Aber diese Vorsicht verletzte mich mehr als die Wahrheit.

Eine Tür aus hellem Holz, Milchglasscheibe. „Darf ich?" Ich kam in die Klasse, als es fast sechs Uhr nachmittags war, mit dem leisen Schritt dessen, der nicht gehört werden will. Der Geruch von Klebstoff lag in der Luft.

„Herein." Die Lehrerin hieß Daniela. Sie war neu, man hatte sie im September hierher versetzt. Es war das zweite Mal, dass wir uns begegneten. Mit einer Handbewegung lud sie mich ein, mich in eine der Bänke in der ersten Reihe zu setzen. Ich stellte mir vor, wie ich auf diesem Miniaturstuhl Platz nahm und die Knie von unten gegen den Tisch stießen, und blieb ein paar Schritte entfernt von ihr stehen.

„Ich habe Sie gebeten zu kommen, weil wir besorgt sind."

Ich bemerkte, dass sie sich bemühte, mich zu siezen. Sie war um die Fünfzig, weiße Bluse und Cordhose, Geruch nach Seife. Sie musste ihrerseits Mutter sein: Eine von denen, mit denen du nach dem Mittagessen eine Zigarette rauchst und von deinem Tag erzählst.

„Besorgt?" Ich versuchte, ihr nicht ins Gesicht zu sehen.

„Ja, sehr besorgt."

An drei Wänden des Klassenraums hingen Tierzeichnungen. Der Geruch nach Klebstoff musste von ihnen ausgehen. Der Kopf eines Eichhörnchens hatte sich gelöst. Er hing herunter und gab seine weiße Rückseite preis.

„Es ist das zweite Mal, dass Claudia mit Marta streitet."

„Oh, das tut mir leid ..."

„In der Pause hat sie sie gestoßen. Sie hat sie zu Boden geworfen."

„Das tut mir leid", wiederholte ich, als ob ich es gewesen wäre, die jemanden gestoßen hatte. Ich wusste, dass es da eine unsympathische Schulkameradin gab, sie sagte allen, Claudia würde Unglück bringen. „Glück und Unglück gibt es nicht", hatte meine Mutter sie getröstet und ihr die Tränen mit dem weichen Rand eines Taschentuchs getrocknet. Vielleicht handelte es sich um diese Marta.

„Womöglich ist sie provoziert worden ...", sagte ich schüchtern.

„Ob provoziert oder nicht, handgreiflich wird man nicht."

Die Lehrerin hielt die Arme verschränkt, dabei musterte sie mich voller Neugier. Ich begann an einem Fingernagel zu pulen. Am Daumen war da ein Häutchen, das sich ständig im Pullover verfing.

„Zu Hause passiert das nie", sagte ich. Die typischen Worte, um einen Vorwurf abzuwenden.

„Die Kinder benehmen sich in der Schule anders, das kommt oft vor. Deswegen müssen wir Erwachsenen miteinander reden."

Ich antwortete nicht, im Alter von sechsundzwanzig Jahren war ich noch immer nicht imstande, mich als erwachsen zu definieren.

Meine Mutter bewahrt noch eine chinesische Vase, die ich als kleines Mädchen am Boden zerschmettert habe. Sie hat sie Stück für Stück wieder zusammengesetzt. Sie fährt an den Nahtstellen zwischen einem Element und dem anderen entlang. Ich aber erinnere mich nicht an den Vorfall mit der Vase. Ich suche nach dem genauen Grund für diese Wut und finde ihn nicht, ich umkreise ihn, dann erscheint er mir zum Greifen nah. Die Wut kam mit der ersten Menstruation. Mit stummem Getöse gab da plötzlich etwas in mir nach. Dann wurde es eine Explosion. Im Nu war ich sehr stark und stürzte mich auf die Dinge, auf die Bücher, die Stifte, die Kleiderständer und Handtuchhalter. Es war eine Art der Intimität mit der Welt. Nach ein paar Jahren jedoch verloren diese Krisen ihre Kontur, zerfaserten zur Gefügigkeit.

Die Lehrerein Daniela war näher gekommen, ich fühlte ihre vorsichtige Berührung am Unterarm. Sie sagte, es sei wichtig, mit den Kindern zu reden. Man müsse imstande sein, eine Verbindung herzustellen. Das sei nicht leicht, es sei das Schwierigste. „Man glaubt, man macht es richtig, und dann ist es doch falsch." Ich nickte, hörte zu, hielt die Worte zurück. Ein Teil von mir war jedoch glücklich. Diese Wut, dieser Wille zur Rebellion, die ich anscheinend vergessen hatte, war auf Claudia übergegangen. Das schien mir ein Zeichen: Endlich war da etwas, worin wir uns ähnelten.

Am Morgen nach der Unterredung mit der Lehrerin war es elf Uhr, als ich aufwachte. Die Luft kam stechend kalt beim Fenster herein, das mein Vater nie repariert hatte.

Alessio hatte mich angerufen, während ich bei der Lehrerin in der Schule war, danach rief ich ihn nicht zurück. Er schickte mir die ganze Nacht lang Fotos. Auf einem sah man Nicolas, der ihm eine Wange leckte, während er in die Kamera blickte. Er lächelte, ein Auge umgeben von einem auf die Haut gezeichneten roten Stern. Ich wollte diese Fotos nicht länger anschauen, ich wollte auch nicht antworten. Vom See aus zu antworten, hätte bedeutet, eine Brücke zu bauen, einen Zugang zu schaffen, undenkbar.

Diese Woche war hektisch gewesen. „Ich muss dir etwas zeigen", hatte er zu mir gesagt. Wir gingen ins Zentrum, ins Brera-Viertel. „Los, komm schon!" Am Ende des großen Korridors, der quer durch die ganze Akademie von Brera führt, gelangte man auf einen kleinen Weg. Das Knirschen des Kieses unter unseren Schritten, ein Geruch nach feuchter Erde, wie der von meinem Garten am See, dann ein Gittertor. „Schließ die Augen, noch einen Moment, voilà!" Ein botanischer Garten, ein verborgenes Herz mitten in der Stadt. Dort wollte er seinen Geburtstag, den dreißigsten, feiern, dort, unter dem großen *Gingko biloba* in der Mitte des Gartens.

Mit seiner ungebremsten Fröhlichkeit riss mich Alessio aus meinen düsteren Gedanken. Er wollte alle einladen, ausnahmslos alle. „Und die Kälte?" „Wir behelfen uns mit Alkohol, in Strömen." Die Arbeit war in den Hintergrund gerückt, wir dachten nur an das Fest. An die Einladungen, die Kostüme, die Musik. Es sollte ein Kostümfest werden, er wollte alle zum Tanzen bringen, bis zum Umfallen.

An jenem Morgen am See stand ich nur mühsam auf, nachdem ich fast zwölf Stunden geschlafen hatte. Im Bad heizte ich den Ofen ein, während mir die Worte der Lehrerin wieder in den Sinn kamen. Von dort konnte ich die Stimmen hören, die vom Garten heraufdrangen. Nachdem ich ein Paar dicke Strümpfe und ein Sweatshirt angezogen hatte und mich gerade anschickte hinunterzugehen, hörte ich Schritte näher kommen. In dem großen Haus, das meine Mutter von der Großmutter geerbt hatte und dessen Glanzzeit hundert Jahre zurücklag, hallte jedes Geräusch wider. Dort drinnen war jedes Ding, jede Bewegung und jedes Zucken wie mit einer zweiten Stimme ausgestattet oder mit einem zweiten Leben, das dem ersten hinterherhinkte.

Francesca kam mir auf der Treppe entgegen.

„Was machst du hier?", fragte ich, mir die Augen reibend.

„Erinnerst du dich nicht? Ich bin gekommen, um im Garten zu helfen, deine Mutter hat mich darum gebeten ..."

Francesca war die einzige Freundin, die ich am See hatte. Alle sagten, wir sähen aus wie Schwestern. Gleich groß, gleich mager. Dieselbe kleine Lücke zwischen den Schneidezähnen. Sie war wie ich, aber mit glatterer Oberfläche, makellos, ohne Ecken und Kanten. Nach Claudias Geburt war ich zwei Jahre lang nicht in die Schule gegangen und hatte das Abitur dann als Externe gemacht. Bei der Prüfung war ich Francesca begegnet. Wir hatten uns angesehen, beide mit aufgeschlagenen Büchern am Fensterbrett. Auf einmal bot sie mir einen Kaugummi an und lächelte mir schüchtern zu. Ich wünschte ihr Hals- und Beinbruch, sie war zuerst in der mündlichen Prüfung dran. Als ich aus der Prüfung kam, wartete sie auf mich. Sie hielt zwei Fläschchen Aprikosensaft in Händen, sie hob sie hoch als wären es Gläser Champagner.

Francesca begann sofort uns zu besuchen, trotz des anfänglichen Misstrauens meiner Mutter. Sie stellte nie Fragen, sie drang behutsam in das Leben der anderen ein.

„Trinken wir einen Kaffee", sagte Francesca und steuerte die Küche an. „Wir geht's mit der Arbeit?", fragte sie, wobei sie mir ein Tässchen reichte.

„Gut! Es fühlt sich gar nicht wie Arbeit an ...", sagte ich mit einer Grimasse. Es fiel mir leicht, Teile meines Lebens auszuklammern; wenn ich am See war, klammerte ich Mailand aus, und in Mailand existierte der See für mich nicht. Ich inszenierte wechselnde Amnesien. Das Handy hatte ich in meinem Zimmer gelassen, ausgeschaltet, in einer Schublade, begraben unter einem schottischen Schal, den ich seit Jahren nicht mehr trug.

„Was soll das heißen, es fühlt sich nicht wie Arbeit an?"

„Das heißt, dass man die ganze Zeit Spaß hat und Witze macht", antwortete ich. „Nichts ist je wirklich ernst."

Damit spielte ich meine neue Dimension herunter, aber das

war nur eine Ausflucht. Mit Alessio zu arbeiten war wunderschön, hätte ich ihr sagen wollen. Die implizite Verpflichtung für die Kreativen, wieder Kinder zu werden, gefiel mir; das bot Zugang zur eigenen Kreativität, dazu, die eigene Fantasie freizusetzen und das Verantwortlichkeitsgefühl zu vergessen. Alles war auf demselben Niveau, alles konnte noch und noch verhöhnt werden: Gott, die Arbeit, die Liebe, Treue, Familie, Kinder oder die Möglichkeit, welche zu haben. Alles zerschellte an der schneidenden Klinge des Wortes. Grausamkeit war eine Anwendung der Intelligenz.

„Eine Arbeit, die sich nicht wie Arbeit anfühlt, das klingt gut, aber ich weiß nicht, ob mir das gefallen würde."

„Du solltest es ausprobieren, aber du hast recht, vielleicht würde es dir nicht gefallen", sagte ich und nahm ihr die Schirmmütze vom Kopf.

„Alles, was keine genau festgelegten Grenzen hat, ist größer als wir."

„Du sagst das, als wäre ich in Gefahr."

Sie zog eine Grimasse. „Ich sage nur, dass es mich durcheinanderbringen würde." Dann lächelte sie mir zu, um mich zu beruhigen.

Von den aufgehäuften Ranken und Ästen stieg ein warmer, leicht aromatischer Duft auf. Meine Mutter stand gebückt mit ihrer kleinen Sichel in der Hand.

„Da bist du ja!", sagte sie, sich den Schweiß von der Stirn wischend. Claudia sah mich und kam näher. Sie liebte es, mit einem kleinen Sprint auf mich zuzulaufen.

„Hier, nimm", sagte sie und hielt mir eine Astgabel hin. „Hast du einen Gummi?", fragte sie.

„Ja ... nachher machen wir gemeinsam eine Schleuder daraus, okay?"

Francesca lud Ranken und Äste auf eine Schubkarre. „Wo soll ich sie abladen?"

Meine Mutter wies auf das offene Gartentor. „Später kommt ein LKW und holt sie ab."

Mit dem Blick schweifte ich bis zur Grenze unseres Anwesens, zur samtigen Oberfläche des Sees. Die Vögel bestickten die Luft. Dann folgte ich mit dem Blick Francesca, die sich mit Claudia durch die trockenen Blätter stapfend entfernte. Ihre Haare vermischten sich mit den wuchernden Sträuchern des Gartens. Ab und zu blieben sie stehen, nahmen ein paar Eicheln und steckten sie in die Tasche. Ich dachte, dass sie daraus eine Kette machen würden, und mein Magen krampfte sich in einer Art Sehnsucht zusammen. Ich hätte zu ihnen gehen wollen, aber meine Mutter sah mich an. Sie kam näher und streichelte ganz leicht mein Gesicht.

„Du bist müde", flüsterte sie, dann zog sie die Handschuhe aus und setzte sich auf den steinernen Rand des alten Brunnens.

„Was hat die Lehrerin gesagt?", fragte sie.

„Ach, nichts ...", sagte ich und zerbrach einen Zweig in zwei Teile, bevor ich ihn auf die Schubkarre warf.

„Was heißt nichts?"

„Nichts Schlimmes. Es ging um die Bewertung dieser ersten Schulwochen. Sie sagt nur, Claudia sei ein wenig schüchtern ..."

„In diesem Alter wechselt der Charakter von Jahr zu Jahr."

„Daniela ist eine gute Lehrerin."

Überrascht sah meine Mutter mich an, als ob es ihr unwahrscheinlich vorkäme, dass ich eine Meinung über Claudias Schule oder überhaupt eine Meinung hätte.

In diesem Augenblick bemerkte ich ihre Schuhe: Superga-Sneakers, die einst rot waren und jetzt lachsfarben schienen. Platte Schuhe, hässlich, ohne jede Spur von Chic.

„Ich verstehe nicht, warum man auch am Wochenende arbeiten muss", sagte sie. Scheinbar bezog sie sich auf das, was zur Erhaltung unseres Hauses zu tun war, eines Hauses, das einem untergehenden Schiff glich. Hingegen sprach sie von der Agentur. Ich war an zwei aufeinanderfolgenden Wochenenden nicht nach

Hause gekommen, hatte Entschuldigungen angeführt, Meetings und Planungsänderungen unseres Chefs vorgeschützt, die Schuld auf andere abgeschoben, wie ich das immer gemacht hatte.

„Jede Arbeit hat ihre Gesetzmäßigkeiten."

„Ja, sicher, ich verstehe." Sie sah mich an, zwang sich, mir zuzulächeln. „Wenigstens arbeitest du mit diesem Alessio zusammen ... die Zeit muss schneller vergehen mit ihm."

Jedes Mal, wenn wir in die Berge fuhren, sprach meine Mutter über meine Zukunft. In ihren Worten verwandelte sich das Morgen in eine lineare Angelegenheit. Der Horizont wurde eine Leine, auf der das hing, was sie für mich wollte. Eine Ausbildung, eine Karriere, Familie, ein Leben voller Entscheidungen und Zielsetzungen. Alles, was uns umgab, barg eine Verheißung in sich. Den Gipfel des Monte Rosa zu erklimmen bedeutete, mit Schritten eine glänzende Zukunft zu schreiben. Gut schlafen und einen unersättlichen Appetit haben, sich für die anspruchsvolleren Wanderungen begeistern, sagte viel aus darüber, was man in ein paar Jahren verwirklichen würde. Jetzt aber machte ihre Strenge sie in meinen Augen unscharf. Ich sah sie wanken.

„Jedenfalls habe ich nie von einem Ort auf der Welt gehört, wo nicht ein wenig Ausruhen vorgesehen wäre. Der Kopf musss sich erholen, sonst bleiben die Ideen aus. Aber du weißt das besser als ich." Es schien ihr leid zu tun. Da trat ich zu ihr und reichte ihr den Hut, den sie auf einer Bank hatte liegen lassen, denn die Sonne war herausgekommen.

„Du hast recht", schloss ich, wie um zu sagen, das hänge nicht von mir ab, aber letztendlich sei ich nun da. Wir fingen an zu arbeiten, ohne noch weiter etwas zu sagen.

Am Tag zuvor waren Alessio und ich nicht ins Büro gegangen. Ich hatte ihn am Morgen schon in den botanischen Garten begleitet. Er musste die Lautsprecherboxen anbringen und die Tische fürs Buffet bereitstellen. Nicolas würde mit Essen und Trinken zu ihm stoßen. Marco hatte angeboten, Laternen und bunte Glühbirnen anzubringen, dazu musste man nur die Elektrokabel von einem Baum zum anderen ziehen, doch dafür brauchte man Tageslicht und eine sehr hohe Leiter, er würde sie bei seinem Vater zu Hause holen.

Ich hatte mein Geschenk in der Tasche. In einem Satinschächtelchen waren zwei bunte Manschettenknöpfe, die ich auf einem Flohmarkt gefunden hatte. Ich drehte die Schachtel in der Hand und wartete den rechten Zeitpunkt ab, sie ihm zu geben. Doch dann, als wir unter den großen Baum in der Mitte des Gartens gekommen waren, packte mich eine Art Raserei. Ich umarmte Alessio und fühlte mich dabei wie eine Frau beim Abschied auf dem Bahnsteig eines Bahnhofs.

„Hey, alles okay?"

„Ja, das ist für dich."

„Danke." Er betrachtete das Päckchen, konnte sich aber nicht entschließen, es zu öffnen.

„Ich muss gehen", sagte ich.

„Wie?"

„Ich muss an den See fahren."

„Aber heute Abend ist das Fest", protestierte er. „Mein Geburtstagsfest."

„Ich kann nicht bleiben."

„Das glaube ich nicht ... du verarschst mich?"

„Nein. Wirklich. Ich kann nicht ..."

„Was zum Teufel sagst du da? Bist du verrückt? Was gibt es so Wichtiges am See?"

„Meine Mutter, da ist meine Mutter ..."

„Aber was schert uns deine Mutter, entschuldige mal."

„Ich muss weg", ich schob ihn mit dem Arm beiseite. Ich fühlte so etwas wie Wärme unter der Nase. Schwindel. Ich hatte den ganzen Tag nichts gegessen.

„Du bist wirklich eine blöde Kuh."

Ich hatte nichts anderes erwartet. Alessio konnte giftig sein, seine Worte wie Dolche. Ich lief durch den Korridor der Akademie. Alle schauten auf mich. Auch im Kreuzgang zeigten von oben Leute mit dem Finger auf mich. Entschuldige, sagte ich mir im Kopf immer wieder. Entschuldige, entschuldigt mich, ich kann nicht hier bleiben, haltet mich bitte nicht zurück. Ich muss gehen.

4.

Die ganze Fahrt zum Bahnhof über hielt ich die Schleuder in Händen, die Claudia für mich gemacht hatte. Sie richtete immer kleine Geschenke für mich her, sie bastelte sie auch ohne Wissen meiner Mutter, dann legte sie sie vor die Tür zu meinem Zimmer, manchmal unters Kopfkissen oder auf die Kommode, nie gab sie sie mir persönlich. Ich konnte sie mir vorstellen, still und mit kurzem Atem, die Hände emsig. Die bange Erwartung eines Lächelns von mir. Die Zärtlichkeit, die ich beim Auspacken dieser Geschenke verspürte, hielt jedoch nicht lange an. Ich wusste nie, wo ich sie unterbringen sollte: Ich hatte keine Schublade oder Schachtel, und schon gar nicht eine spezielle Ecke für Andenken. Ich mochte keine Andenken.

Ich verabschiedete mich von Claudia, indem ich mich zum Rücksitz umdrehte und ein paar Sekunden lang ihr Knie streichelte. Ich gab meiner Mutter einen zerstreuten Kuss und lief auf den Bahnsteig, auch wenn ich nicht zu spät dran war.

Der Zug nahm mich auf mit seinem abgestandenen Geruch, während ich langsam dahinging, gebremst von einer grundlosen Müdigkeit. Das Handy in meiner Tasche war den ganzen Sonntag stumm gewesen, Alessio hatte mir nicht mehr geschrieben. Ich konnte mich nicht entschließen, mich zu setzen. Nachdem ich zwei Waggons voller Menschen durchquert hatte, fand ich einen Platz am Fenster. Mir gegenüber saß eine Frau um die Vierzig, rechteckige Brille, sie hatte ihren blauen Mantel noch an. Auf den Knien ein Taschentuch und in der Hand eine Weinbeere, die sie langsam schälte. Ich sah ihr zu, wie sie sie zum Mund führte, nachdem sie sie betrachtet hatte, als handle es sich um einen Edelstein.

„Wollen Sie auch eine?", fragte sie mich freundlich, und reichte mir eine Beere, sobald ich Platz genommen hatte.

„Danke", antwortete ich. Sie war sehr süß, beruhigend. Dankbar lächelte ich der Frau zu.

Wir fuhren durch den Ticino-Naturpark: Gegen das Kobaltblau des Himmels erschienen die hohen Bäume wie große Tintenflecke. Ich konnte ihre Umrisse nicht genau erkennen, und so sehr ich mich auch bemühte, kehrte ich ständig zu meinem Spiegelbild auf dem schmutzigen Fenster zurück. Alessio wiederholte immerzu, wie zufrieden man in der Agentur mit mir war. Bei einem Meeting hatte der Marketingchef uns gesagt, dass man sich mit der Werbekampagne für das Reinigungsmittel in den Printmedien sputen solle, um sich so bald wie möglich auf das Fernsehen zu konzentrieren. Er hatte beschlossen, das Budget für den Spot zu erhöhen, womöglich war das eine spontane Entscheidung. Er sagte, er wolle einen bestimmten Soundtrack, etwas mit Wiedererkennungseffekt, aber nichts Triviales. Vor ein paar Monaten hatte ich einen Film gesehen, und darin kam ein Lied vor, das mir perfekt zu passen schien, angefangen vom Titel: *The Blower's Daughter.* Der Chef, der gewöhnlich abweisend war, sah mich an und nickte befriedigt. Vielleicht hatte er den Film auch gesehen. Da spielte ich allen mit vor Verlegenheit roten Wangen den Jingle vor.

An dem Morgen, an dem Marianna ins Büro kam, hatte man uns gesagt, dass der Kunde nur mit Alessio und mir arbeiten wolle. Er wünsche keine Einmischung eines anderen Kreativ-Duos. Die Mitteilung war direkt an den Chef der Agentur gegangen.

„Du kannst dich glücklich schätzen", sagte Alessio. Ich nickte benommen, ich wusste nicht, was ich antworten sollte, ich hatte zu wenig Erfahrung. Er wollte sich um einen wichtigen Preis bewerben, aber die Idee zu einem TV-Spot, der Aufsehen erregen würde, hatten wir noch nicht. Plötzlich stand er auf, im Flur gab es eine gewisse Bewegung. An der Tür sah er sich seiner Ex-Copywriterin gegenüber, mit einem Kind auf dem Arm. Die ganze Abteilung war herbeigekommen, um sie zu begrüßen.

Der Junge hieß Leonardo, er trug eine komische gepunktete Strampelhose und wirkte nicht besonders gesellig, das Gesicht war rot und verkrampft und schien dem Weinen nahe.

„Das glaube ich dir, bei einer Mutter wie deiner wäre ich auch schlecht gelaunt“, sagte Alessio.

Alle lachten, auch Marianna.

Ich hatte mich abseits gehalten, und als die anderen zu ihrer Arbeit zurückkehrten, kam sie mit dem Kind auf dem Arm in unser Büro.

„Stört es euch, wenn ich mich hierher zurückziehe?“, fragte sie und schob den Kinderwagen in eine Ecke, dann wandte sie sich an mich. „Du bist Ada, stimmt's?“ Sie lächelte weiterhin, während das Kind unruhig wurde; sie schien missmutig und entspannt zugleich.

Ich stand zwischen dem Schreibtisch und der Tür, unfähig mich zu bewegen. Der Kleine beklagte sich, und Alessio drehte die Musik lauter.

„Vielleicht hilft das“, sagte er und warf Leonardo einen verschwörerischen Blick zu.

„Ich glaube, er hat Hunger.“ Marianna hatte eine schöne, samtige Stimme. Ich konnte nicht erkennen, wie alt sie war, vielleicht dreißig, vielleicht mehr.

„Stillst du oder gibst du das Fläschchen?“, fragte ich sie nachdenklich.

„Ich versuche beides zu kombinieren.“

„Man sagt, das sei schwieriger ...“

„Seit wann verstehst du was von Kindern?“ Alessio sah mich ironisch an, während ich den Blick senkte. Im Vorstellungsgespräch hatte man mich gefragt, ob ich Kinder hätte oder wollte, und ich hatte geantwortet, ich sei zu jung, um daran zu denken. Ich wollte diese Arbeit um jeden Preis.

Er sollte Marianna in die Verwaltung begleiten. Wer weiß, ob sie trotz des Kindes wieder arbeiten wollte, ich kam nicht dazu, sie das zu fragen. Vielleicht war sie ganz einfach nur vorbeigekommen, um den alten Kollegen Guten Tag zu sagen.

„Kannst du ihn zehn Minuten halten?" Sie reichte mir das Kind. „Ich ziehe es vor, ohne Leonardo und seine Launen in die höheren Etagen zu gehen."

Ohne rechte Überzeugung streckte ich den Arm aus. Ich hätte ihn in den Kinderwagen legen können, dagegen blieb ich da mitten im Büro stehen mit diesem warmen Bündel an der Brust. Ich hatte nie gelernt, ein Baby zu halten. Die ersten zehn Monate hatte ich Claudia nicht einmal in den Arm genommen, ich hatte sie nicht gestillt, hatte ihr nie ein Wiegenlied gesungen.

Als wieder Stille eintrat, begann ich im Zimmer auf und ab zu gehen, mit unsicheren Schritten, die Hand auf dem Rücken und dem Nacken des Kindes. Ich konnte mich nicht entschließen, es in den Kinderwagen zu legen, ich beschränkte mich darauf, es schön aufrecht zu halten. Auf der Straße kam ein Rettungswagen vorbei, und die Sirene machte den Kleinen wieder unruhig. Sein Wimmern wurde immer lauter, bis er zu weinen anfing. Ängstlich sah ich mich um, dann entdeckte ich ein Stofftier, das aus dem Kinderwagen hervorschaute, ein Hase, der ein leises Klingeln von sich gab. Leonardo sah ihn an, während ich ihn vor seinen Augen bewegte, sein Schluchzen wurde weniger, dann führte er ihn zum Mund und hörte auf zu weinen. Von dem Flaum, der seinen Nacken bedeckte, stieg ein Duft nach Sauberkeit auf, er roch nach Puder und Hafer. Da ging ich näher hin, um an ihm zu riechen, mit halb geschlossenen Augen, während seine Haare mich im Gesicht kitzelten. Als ich den Kopf hob, fanden wir uns Nase an Nase wieder, reglos. Ich spürte den Geruch nach Milch aus seinem Mund und unterdessen hauchte ich ihm weiterhin, ohne mich zu entfernen, meinen Atem ins Gesicht. Leonardo war hypnotisiert davon, das feuchte Streicheln meines Atems lullte ihn ein. Beruhigt, wie weich geworden, schloss er die Augen.

„Ich fasse es nicht, du hast ihn zum Schlafen gebracht!" Marianna war wiedergekommen und sah mich bewundernd an. Beim Abschied umarmte sie mich überschwänglich. Alessio folgte mir mit Blicken, mit undefinierbarem Ausdruck, fast verärgert.

Der Zug wurde langsamer. Der Schaffner versuchte meine Aufmerksamkeit zu erregen.

„Entschuldigen Sie, ich war in Gedanken." Ich zeigte ihm die Fahrkarte und begegnete dem Blick der Frau gegenüber. „Alles in Ordnung?", fragte sie mit einem Lächeln. Mit einem bitteren Geschmack im Mund holte ich das Handy aus der Tasche. Alessio hatte nicht versucht, mich zu erreichen, hatte mir nichts geschrieben. Ich starrte auf den Bildschirm, wie um eine Möglichkeit herbeizuwünschen. „Mein Verlobter, wissen Sie ..." Ich sagte das, um mich in den Augen dieser Unbekannten zu rechtfertigen. *Bin um 19 Uhr am Hauptbahnhof.* Die Finger zitterten, ich schickte die Nachricht ab: ein knapper Satz, einfache Informationen, die zugleich wie eine Aufforderung klangen. Ich wollte ihm nur sagen, dass ich nach Hause kam, auch wenn nach Hause nicht der richtige Ausdruck war.

„Endlich sind wir da", sagte die Frau eine halbe Stunde später, und ich bemerkte, dass der Zug zum Stehen kam. Ich war in Mailand, es kam mir vor, als wäre ein Monat vergangen und nicht bloß ein Wochenende.

Ich stieg aus dem Waggon aus, als sie mich aufhielt. „Hallo, warten Sie, schauen Sie hier." Sie rief mich, weil ich etwas vergessen hatte, aber ich tat so, als hörte ich sie nicht, ich war schon auf dem Bahnsteig. Claudias Schleuder war auf dem Sitz liegengeblieben, aber ich machte nicht kehrt, um sie zu holen.

Gruppen von Reisenden im Aufbruch, das Gepäck zusammengefügt wie Legosteine. Mütter mit Kinderwagen, Kinder mit Rucksack und einer Flasche Wasser in der Hand, ein Mann im Rollstuhl, der von einer Frau in Bahnuniform geschoben wurde, eine Schulklasse in Zweierreihe, die ihren Waggon suchte, Stimmen, das Quietschen eines ankommenden Zuges, der diffuse Lärm der Lautsprecherdurchsagen: Im Gewimmel des Bahnhofs suchte ich Alessio. *Ich komme,* hatte er schließlich auf meine Nachricht geantwortet. Ich schlängelte mich durch die Menge, beschleunigte den Schritt.

„Da bist du ja!"

Er tauchte vor mir auf, kurz bevor ich auf den Vorplatz hinaustrat. Er nahm mich beim Arm, als ob ich von einem Moment auf den anderen wegfliegen könnte, hielt mich einen Augenblick fest und sah mir ins Gesicht, als wollte er sich vergewissern, dass das wirklich ich war. Er sah müde aus und roch nach Alkohol, aber ich sagte nichts, keine flapsige Bemerkung. Ich beschränkte mich darauf, die Augen niedergeschlagen zu lassen.

„Hallo", ich lehnte meine Wange an seinen Arm. „Glückwunsch", setzte ich hinzu, als ob dieses Wort all die anderen ersetzen könnte, die ich hätte sagen sollen. Ein Teil von mir dachte, er sei gekommen, um mir Vorwürfe zu machen. „Ich bestrafe dich nicht", sagte meine Mutter, als ich Kind war, „du musst dir die Bestrafung selbst aussuchen." Ich hätte so tun können, als wäre nichts, hingegen wählte ich, nichts zu essen, und ein oder zwei Tage lang ignorierte ich den Hunger.

Nicolas lehnte an einer Säule und sah mich an. Weißes Hemd, blaues Jackett, als müsste er ins Büro gehen. Diesmal war der Nagellack am kleinen Finger schwarz. Er machte keine Anstalten, näherzukommen, also tat ich unsicher ein paar Schritte in seine Richtung. „Hallo", flüsterte ich und gab ihm einen Kuss auf die Wange, der Magen rebellierte wegen des Fastens, das das ganze Wochenende gedauert hatte. Wir stiegen in Alessios Wagen und gingen etwas trinken. Im Museum der Triennale gab es ein Lokal: Vom Garten aus gelangte man in den Simplonpark, der sich über die ganze Länge des Ausstellungsgeländes hinzog.

„Kommt mit!" Alessio liebte diesen Ort sehr, vor allem nachts, wenn vom Boden ein Geruch nach modrigen Blättern, nach sich erneuerndem Leben aufstieg. „Seht ihr das?" An dieser Stelle war ein mittlerweile leerer Brunnen, aus dem zwei Schwimmerfiguren aus Zement aufstiegen, ein Schwan, ein Fisch, ein Sprungbrett und eine Hütte, die wie ein Pfahlbau herausragte, auf dem Dach eine Fahne: weiße Gespenster inmitten der dunklen Flecken der Sträucher ringsum. „Das hat De Chirico entworfen."

Er suchte eine Bank in ein paar Schritten Entfernung aus. Er stellte sein Glas ins Gras, setzte sich und schlug mit einer eleganten Bewegung die Beine übereinander.

„Ich habe nicht verstanden, warum du Freitagabend nicht mit dabei warst." Nicolas wollte meine Verlegenheit testen.

„Ich musste zu meiner Mutter an den See", sagte ich kühl.

Er zog eine Grimasse und wollte mich schon etwas anderes fragen, da sah ich, dass Alessio ihn am Arm fasste, um seine Neugier zu bremsen. In dem Augenblick fühlte ich mich von Dankbarkeit eingehüllt wie von einer Decke.

„Jedenfalls ist das Fest bis vier Uhr morgens gegangen!", fügte Nicolas hinzu.

Ich hätte Fragen stellen wollen, doch aus Schamgefühl ließ ich es bleiben.

„Marco hat vor allen einen argentinischen Tango hingelegt." Sie brachen in Gelächter aus. „Er hat von einer Pflanze einen Zweig abgerissen und ihn anstelle einer Rose in den Mund genommen."

„Schade, dass der Wächter gekommen ist und ihn fast rausgeschmissen hätte."

„So ein Idiot".

„Gefällt er dir?" Nicolas deutete auf Alessios gestreiften Schal. Ich nickte. „Das ist mein Geburtstagsgeschenk. Lass mal hören, was für ein Geschenk hat sie dir gemacht?"

In dem Augenblick fühlte ich mich schuldig, dass ich mit leeren Händen zurückgekommen war. Wenn ich am See war, verließ ich fast nie den Umkreis des Hauses. Selbst meine Gedanken hatten nicht den Mut, durch das Gartentor zu gehen, alles, was draußen war, verschwand, es war eine Amnesie, die eine Weile anhielt. „Tut mir leid", sagte ich. Ich sagte das zu ihm, dabei dachte ich aber an Claudia. Seit ein paar Monaten kamen meine Gefühle durcheinander, vermischten sich, es gelang mir nicht, meinen Emotionen klare Umrisse zu geben.

„Komm, hör auf!", rief Alessio an einem bestimmten Punkt zu Nicolas gewandt. „Lass sie in Ruhe ... Ich habe noch nie solche Manschettenknöpfe gehabt. Um ehrlich zu sein, habe ich überhaupt noch nie Manschettenknöpfe gehabt."

Er hatte sie angelegt und strich vorsichtig mit den Fingerkuppen darüber. Aber klar doch, ich hatte ihm Manschettenknöpfe geschenkt, ich hatte sie ausgesucht und hatte sie von dem Mann, der sie mir verkaufte, anprobieren lassen! Einen Moment lang hatte ich das vergessen. Es ist das erste Mal, dass ich einem Mann etwas schenke, dachte ich.

Irgendwann sagte Nicolas, dass er gehen müsse. Marco erwartete ihn zum Abendessen. Wir verabschiedeten uns und er lächelte mir zu. „Komm, nimm's nicht übel, ich mache gerne Spaß", sagte er schulterzuckend. Dann neigte er sich zu Alessio und flüsterte ihm etwas ins Ohr, der nickte mit einem angedeuteten Lächeln. Als sie auseinandertraten, blickten sie sich kurz an. „Wir sehen uns später", sagte Alessio. Ich fragte mich, warum sie sich mitten in der Nacht treffen mussten, aber ich zog es vor, keine Fragen zu stellen. Wir sahen Nicolas nach, der sich, die Hände in den Jackentaschen, auf dem Parkweg entfernte.

„Hast du dich wenigstens erholt?", fragte er mich, sobald wir allein waren. Gedämpfter Ton, keinerlei Vorwurf in der Stimme. In dem Moment erhob sich der Wind, Hunderte Blätter lösten sich von den Bäumen rings um uns. Wirbelnd fielen sie zu Boden, wie ein Regen von Goldmünzen.

„Ich habe das ganze Wochenende im Garten gearbeitet, mein Rücken tut mir weh", sagte ich mich vorbeugend. „Freitagabend sind wir zum Notar gegangen: Meine Mutter will mir den Besitz überschreiben." Das ganze Wochenende über hatte ich mir diese Ausrede zurechtgelegt, auf dem Bett ausgestreckt hatte ich mir die Worte wiederholt; den Blick an die Decke gerichtet, bewegten sich die Lippen tonlos. Es erschien plausibel, auch wenn ich den Satz ohne jede Überzeugung vorbrachte. Dieselbe verbale Mattigkeit wie in der Unterredung mit unserem Kreativdirektor. „Du bist tüchtig, du kannst schreiben", er hielt meine Erzählungen in der Hand. „Und dann bist du jung, sag mir nicht, dass du schon an Familie denkst." Er hatte das sarkastisch gesagt, mit der Schroffheit, womit man die unwahrscheinlichsten Hypothesen aufstellt. Ich hatte den Kopf geschüttelt: „Ich bin zu jung, um an gewisse Dinge zu denken." „Kinder sind fantastisch, aber sie verzehren unsere Energie." „Das kann ich mir vorstellen", hatte ich unbestimmt geantwortet. Auch jetzt wusste ich nicht, was ich sagen sollte.

„Es ist schön, dass du nach Hause fährst", sagte Alessio und hob den Kopf. Am Himmel umarmte eine Wolke den Halbmond. „Weißt du, ich habe nicht verstanden, wo genau am See du wohnst?"

„Bei Stresa ..." Ich nahm ein Blatt, das mir auf die Schulter gefallen war, und wickelte es mir um den rechten Zeigefinger.

„Ich war einmal dort. Ich hatte einen Freund, der in Baveno wohnte ...", fuhr er fort. „Entschuldige wegen neulich. Ich wollte so sehr, dass du bleibst."

„Ich bin es, die um Entschuldigung bitten muss." Ich fing an, imaginäre Haare von der Jacke zu entfernen.

„Einmal würde ich dich gern an den See begleiten."

„Vielleicht, warum nicht ..." Ich fühlte, wie mein Hintern auf der Bank nach vorn rutschte, bis ich fast zu liegen kam, der Kopf im Kontakt mit dem Holz der Rückenlehne. Alessio verschränkte die Arme über der Brust.

„Meine Familie würde dir nicht gefallen", sagte er, als wäre das etwas, wovon er mir seit Langem erzählten wollte. Sein Blick war auf die Wiese gerichtet.

Ich bot ihm eine Zigarette an und wartete.

„Als ich klein war, legten meine Mutter und ich Puzzles." Er sprach sonst nie über seine Eltern. „Wir legten sie gern auf dem

Tisch im Wohnzimmer. Ein Puzzle konnte bis zu einer Woche dauern, zehn Tage. Je schwieriger es war, desto befriedigender war es für uns. Jetzt haben wir fast keinen Kontakt. Das hat sich so ergeben, es ist zu spät, das zu ändern. Vor ein paar Tagen hat sie mich angerufen, um mir zum Geburtstag zu gratulieren, die Unterhaltung hat genau zwei Minuten gedauert."

Ich ließ mich gegen ihn fallen, einen Arm um seinen Nacken. Ich dachte daran, wie lang die Telefonate zwischen mir und Claudia dauerten. Dann bemerkte ich das Etikett, das aus dem Jackettkragen hervorschaute. „Weißt du, dass du deinen Pullover falsch herum anhast?"

„Ja, ich weiß", antwortete Alessio und fuhr sich mit der Hand über den Nacken.

„Warum trägst du ihn so?"

„Weil mir das Etikett lästig ist, es kratzt auf der Haut."

„Kannst du es nicht entfernen, entschuldige mal?"

„Was geht dich das an ..." Amüsiert rückte er von mir weg. „Jedenfalls nein, ich will es nicht entfernen. Es gefällt mir, dass ich entscheiden kann, den Pullover verkehrt herum anzuziehen."

„Ich verstehe nicht ..."

„Meiner Meinung nach verstehst du sehr wohl."

Er nahm meine Hand. Einen Augenblick lang wünschte ich mir, dass er mir weh täte, meinen Zeigefinger verrenkte, bis ich weinen musste. Dagegen legte er seine Fingerkuppen gegen die meinen. So verharrte er ein wenig, unsere Fingerabdrücke, die sich gegeneinanderpressten.

„Sobald es wärmer wird, gehen wir in die Berge", sagte ich und stand auf, wie jemand, der eine Erklärung abgibt.

Verwirrt sah er mich an. „Passen die?", fragte er und deutete auf die Lederschuhe an seinen Füßen.

„Morgen begleite ich dich und wir kaufen ein Paar Wanderschuhe."

„Ich werde nie Wollsocken anziehen, das sollst du wissen", sagte er. Aber ich nickte weiterhin ironisch. „Du willst meinen Ruin."

„Bravo, du hast es begriffen!" Wir frotzelten einander noch ein wenig, während ich mir vorstellte, mit jemand anderem als meiner Mutter einen steilen Hang hinaufzusteigen. Die Blätter hatten aufgehört zu fallen, und eine Plastiktüte wirbelte auf dem Weg wie eine zerknitterte Blume.

5.

Der Junge im Aquariumgeschäft hatte mir ein 20-Liter-Bassin verkauft und einen Filter, der ein langsames, anhaltendes und animalisches Gurgeln von sich gab. Ich hatte hellen Sand ausgewählt, drei dunkelgrüne Pflanzen und zwei Süßwasserfische, zwei Mollys. Der eine ganz schwarz, der andere mit einer orangefarbenen Körperhälfte. Wenn ich von der Agentur nach Hause kam, setzte ich mich neben das Aquarium und wartete darauf, dass die Fische meine Anwesenheit bemerkten. Ich sprach mit ihnen, ich betrachtete sie mit einem Lächeln auf den Lippen. „Wenn du in Mailand allein bist, lächle so viel du kannst", hatte Francesca zu mir gesagt. „Lächle im Bad, wenn du liest, während du schläfst." Spontan klappte das bei mir nicht. Sie hatte es beim Tennis gelernt, natürliche Spontaneität war erlernbar: eine undefinierte Menge von wiederholten Gesten, die sich mit der Zeit in konditionierte Reflexe verwandelten. Lächle, lächlc, lächle.

„Darf ich?" Marika war an das Fenster getreten, das auf den *ballatoio* ging, ich ließ es immer angelehnt. Ich bedeutete ihr, sie solle näherkommen. Sie trat mit ihren zwei Kindern ein. „Gehst du heute nicht zur Arbeit?"

Ich schüttelte den Kopf. „Ich warte, dass man mir den Schrank bringt." Das war das letzte Möbelstück, das mir fehlte, mittlerweile lebte ich schon über drei Monate in Mailand. Ein neues Leben beginnt immer mit einer leeren Wohnung. Zunächst wusste ich nicht, wie ich sie einrichten sollte, ich wusste weder, was ich aussuchen noch was ich mir wünschen sollte, vielleicht war die leere Wohnung ja ich. Francesca hatte mich mitgenommen zu Ikea, und alles erschien mir leichter als vorhergesehen.

„Das passt gut dahin", sagte Marika und deutete auf das weiße Billy-Regal, das die Wand neben der Kochnische einnahm. Marika hatte die mütterliche Weichheit, die mir fehlte, wenn sie mich traf, streckte sie mir die Arme entgegen, wie um mich zu beschützen. Jede Woche nahm sie die Wäsche ab, die ich tagelang an der Leine im Hof vergaß.

„Kann ich sie bei dir lassen?", fragte sie mich, auf die Kinder deutend. Luca und Anna. Sie hatten italienische Namen, auch wenn sie in der Familie andere, chinesische benutzten, die ich noch nicht gelernt hatte. Sie standen beim Aquarium, die Hände offen darauf gelegt, die Köpfe vorgestreckt, um den unbeweglichen Blick der Fische einzufangen. Marika musste arbeiten gehen, aber die Schule war geschlossen und ihre Mutter konnte nicht einspringen. „Du brauchst nur den Fernseher einzuschalten, sie werden dich nicht stören."

Mit eiligen Bewegungen ging sie hinaus, die Kinder aber wandten sich zum Abschied nicht um. Ich blieb stehen und sah sie von hinten an. Ihre tiefschwarzen Haare standen von den Köpfen ab wie kleine Strahlen einer dunklen Sonne.

„Ich zeige euch ein Spiel", sagte ich und trat zu ihnen hin. „Ihr müsst es so machen." Mein Zeigefinger war gerade ausgestreckt wie eine kleine Antenne. Ich streckte den Finger in das Fischbassin. Die beiden Kinder krempelten die Ärmel hoch und machten es mir nach. „Still. Rührt euch nicht." Die beiden Mollys stiegen vom Boden auf, dann begannen sie in einer Art elektrischem Zittern an den kleinen Fingerkuppen zu nagen. Luca und Anna lachten erregt, während ich mir den Finger an der Hose abwischte. Vermutlich hielten die Fische die weiche Beschaffenheit dieser Hautstelle für Futter.

„Was machen sie?", fragte das Mädchen.

Jeden Abend tauchte ich meinen Finger ein paar Minuten lang ins Wasser.

„Sie geben euch Küsschen", antwortete ich ihnen flüsternd, wie um mich selbst zu überzeugen.

Der Monteur, der meinen Schrank bringen sollte, hatte mir Bescheid gegeben, dass er eine halbe Stunde später kommen würde, aber ich hatte meinen Vorrat an Bespaßungsmöglichkeiten schon erschöpft.

„Was für komische Bücher!", sagte an einem bestimmten Punkt der Junge und wies auf das Bücherregal. Abgesehen von Natalia Ginzburgs *Familienlexikon* und anderen Romanen, die ich liebte, hatte ich die in den letzten Jahren gekauften Reiseführer in alphabetischer Reihenfolge aufgestellt, vor allem Routard und Lonely Planet. Die Welt ließ sich aufzählen, man konnte sie in Regalen von achtzig Zentimetern Breite unterbringen. Auf dem Nachttisch hatte ich einen Indien-Führer.

„Ist das deine Freundin?", fragte das Mädchen, den Finger auf die Frau im Sari gedrückt, die auf dem Titelblatt abgebildet war.

Diese Kinder hin und her laufen zu sehen machte mich nervös. Dabei ging es mir weniger um sie, als um meine Wohnung, mein neues Leben, das ich verteidigen musste. Ich folgte ihnen wieder ins Wohnzimmer.

„Setzt euch bitte. Möchtet ihr etwas essen?", gab ich klein bei.

Um ehrlich zu sein, war da nicht viel im Haus. Abends setzte ich mich aufs Sofa, eine Schale lauwarme Milch und Zerealien vor mir auf dem Tisch. Manchmal aß ich, während ich mit meiner Mutter telefonierte, ich versicherte ihr, dass ich mich an den Tisch gesetzt und mit wenig Öl gekocht hatte. So zu Abend zu essen war für mich eine Eroberung, genauso wie vor dem Fernseher einzuschlafen. Außer einer Dose Thunfisch und zwei Tüten Pasta hatte ich nur fünf Packungen verschiedener Zerealien. Milch hatte ich keine gekauft.

„Ja, ich habe Hunger", sagte Anna.

Unterdessen hatte es an der Tür geläutet. Bevor ich aufmachen ging, nahm ich eine Tüte Frosties und schwenkte sie in der Luft.

„Mögt ihr süße Chips?"

„Ja!" Die Kinder fingen an um mich herumzutanzen und versuchten, mir die Tüte aus der Hand zu nehmen.

„Wo sollen wir ihn aufstellen?", fragte der Monteur, wobei er ein erstes Paket hereinbrachte.

„Im Schlafzimmer", sagte ich und ging ihm voraus.

Meine Kleider hingen an einer Kleiderstange aus Metall. Die Kleiderbügel gaben ein diffuses Geklingel von sich, ein freudiges Plastikgeräusch. Das letzte Gehalt hatte ich dafür ausgegeben, meine Garderobe zu erneuern. Ich liebte bunte T-Shirts, vor allem gefiel mir das mit einer Gitarre auf der Brust. Die neue Kleidung würde nie gekannte Gesten mit sich bringen. Lichtvolle Gedanken.

„Was machen wir mit der hier?" Der Monteur, der den Schrank aufstellen sollte, zeigte auf die Landkarte, die ich in der Mitte der Wand angebracht hatte. Ein Meter mal siebzig Zentimeter, die Reproduktion eines Satellitenfotos. Das runzelige Blau der Ozeane, das Braun der Gebirge, das Ocker der stillen und verlassenen Orte, die mir am liebsten waren. Dann das männliche Profil Afrikas, der Frauenkopf Lateinamerikas. Und Ozeanien, ein Delfin. In der Geografie ist Irrtum ausgeschlossen, ein Punkt auf der Landkarte entspricht einem ganz bestimmten Ort. Wenn du mit dem Finger auch nur einen Zentimeter vorrückst, gelangst du an einen anderen, neuen Ort, das weißt du mit Bestimmtheit, da kannst du dich nicht täuschen. Ich hatte das Ende meiner Jugend damit zugebracht, mir die Welt auf einer Landkarte an der Wand anzusehen.

„Warten Sie, ich nehme sie ab", sagte ich. Ich trat an die Wand und löste den Tesafilm, die Arme gestreckt, um die Karte nicht zu knicken.

„Wir brauchen eine Stunde", versicherte mir der Mann.

Der Jüngere der beiden öffnete die Verpackungen, die die Schrankteile enthielten. „Wohnen Sie allein hier?", fragte er mich, wobei er die Kinder nicht weiter beachtete.

„Ja." Sein Blick schmeichelte mir, aber ich wich ihm nicht aus. Ich lächelte ihm zu, wie um ein Einverständnis herzustellen.

„Und wie fühlen Sie sich in diesem Viertel?"

Ich hätte ihm sagen wollen, er solle mich nicht siezen. Ich wollte meine wiedergefundene Jugend behalten.

„Kann ich Ihnen ein Glas Wasser anbieten?“, sagte ich zu den beiden Monteuren.

„Ja, bitte.“

Bevor ich hinausging, nahm ich die Welt in die Hand. Ich rollte die Karte zusammen und umwickelte sie mit einem Haargummi. Ich streckte mich hoch, um sie oben auf dem Bücherregal zu verstauen, an einem schwer zugänglichen Ort. Dann sah ich mich um, in der Gewissheit, die Kinder noch beim Aquarium zu finden, aber dort waren sie nicht mehr. Auf dem Boden im Wohnzimmer verstreut lagen viele meiner Reiseführer, da war auch die Matte, auf der ich ab und zu ein paar Yogaübungen machte, und aus einer Schublade quollen Aufzeichnungen aus dem Studium. Dann lag da ein gelbes Ticket. Ich bückte mich, um es aufzuheben, und es gab mir einen Stich in die Brust. Es war ein altes Ticket für ein Konzert von The Cure im Olympiastadium in Rom, Juli 2002: Ich sollte gemeinsam mit meinen Kommilitonen hinfahren, wir würden in der Jugendherberge übernachten und am nächsten Tag nach einer Sightseeing-Tour heimkehren. Meine Mutter war nicht einverstanden, dass ich da mitmachte, aber ich hatte schon das Zugticket gekauft. Ich sah mich wieder an den Gleisen entlanglaufen, auf der Suche nach meinen Freunden, und als ich sie von ferne gesehen hatte, umkehren. Plötzlich, ohne jede Erklärung davonlaufen. Ich wollte ein Mädchen sein wie alle anderen, ich wollte mit ihnen fahren, aber das konnte ich mir nicht erlauben. Ich musste bei Claudia bleiben, durfte sie nicht allein lassen, sie brauchte mich, meine Mutter wiederholte das immer wieder. Es erstickte mich, aber ich hatte nicht den Mut, mein Leben zu ändern, ich hatte Angst. Nach der Geburt von Claudia war ich nirgendwohin mehr gegangen. Die Reiseführer, die ich dauernd kaufte, dienten diesem Zweck: Sie waren ein Versprechen, die Illusion von Bewegung.

Die Monteure riefen mich, und ich unterbrach meine Suche.

Die Mitteltür des Schranks war sehr schwer, es wurde jemand gebraucht, der aufpasste, dass sie korrekt in die Schienen eingefügt wurde.

Ich ging zu ihnen hin, um zu helfen, ich fühlte den Blick des jüngeren Monteurs auf mir ruhen, ich hätte ihn länger festhalten wollen, aber in diesem Moment hörte ich die Kinder leise lachen und schnell aus dem Bad kommen.

„Wer sind die?“, fragte der Monteur.

„Die Kinder einer Nachbarin.“

„Das dachte ich mir schon, sie sehen dir gar nicht ähnlich“, sagte er weiter, zum Du übergehend, als ob er meine Gedanken gelesen hätte.

„Machen wir hier fertig“, sagte der Ältere.

Ich hatte nie alleine gelebt, der einzige Raum, den ich als meinen eigenen betrachtete, war das Zimmer, in dem ich am See schlief. Claudia klopfte immer an, bevor sie hereinkam, mit einem kleinen, schüchternen Klopfen. Im Büro arbeitete ich mit drei weiteren Kreativ-Duos in einem Open Space zusammen. Es war schwer, sich zu konzentrieren, unmöglich zu sprechen, ohne gehört zu werden. Wenn ich mit Claudias Kinderärztin reden musste, verzog ich mich in einen alten Lagerraum im Untergeschoss.

„Wir sind fertig.“ Die beiden Monteure hatten ihr Werkzeug zusammengepackt. Ich begleitete sie an die Tür, aber erst, nachdem ich den Schrank begutachtet hatte. Eine Tür war ein Spiegel, er zeigte mich in ganzer Größe in einem sicheren Rahmen.

Als ich mich umsah, erblickte ich die Kinder im Wohnzimmer. Jetzt lagen sie auf dem Sofa, versunken in die Kissen wie Steine im Sand. Ich setzte mich ebenfalls, kreuzte die Beine, legte meinen Kopf auf dasselbe Kissen wie Luca und bemerkte, dass er Claudias Sweatshirt anhatte, das ich für den Fall ihres Besuches in einer Schublade aufbewahrte. Luca machte den Reißverschluss auf und wieder zu, den Blick unverwandt auf den Bildschirm des Fernsehers gerichtet, er atmete tief und sein Atem roch süß.

Anna sah mich an, sie hielt etwas im Schoß. „Wer ist das?"

Was mir einen Moment lang wie ein kleines Tablett erschien, war hingegen das Foto, das ich zusammen mit dem Sweatshirt in der Schublade des Billy aufbewahrte. Ich hatte noch nicht den geeigneten Platz gefunden, um es aufzustellen. Darauf waren Claudia und ich vor dem Weihnachtsbaum zu sehen, den mein Vater jedes Jahr schmückte. Rote Wangen, unser unbeholfenes Lächeln.

Ich hustete und hielt ihr eine Hand hin, ich lächelte, aber ich wollte, dass sie mir das Foto zurückgab.

„Ich glaube, das ist auch eine Freundin von dir", sagte das Mädchen.

Als Marika sie abholen kam, waren Luca und Anna gerade fertig damit, mir beim Aufräumen zu helfen. Die ganze Zeit über hatte ich die gerahmte Fotografie in der Hand gehalten, unsere Gesichter an meinen Oberschenkel gepresst. Versteckt oder geschützt, das hätte ich nicht zu sagen gewusst.

„Habt ihr Spaß gehabt?"

„Ja, sehr."

„Können wir morgen wieder kommen?"

„Ich glaube nicht ... Was habt ihr denn gemacht?"

„Die Fische haben uns geküsst", sagte Anna.

Marika runzelte die Stirn. Ich wies sie auf das Aquarium mit den Mollys hin.

„Die Fische mögen uns", ergänzte Luca.

Ich wusste nicht warum, aber dieser Satz rührte mich.

Marika nickte, suchte ihre Schuhe zusammen und half ihnen, sie anzuziehen.

„Danke, das war nett von dir", sagte sie schon unter der Tür, auf den Lippen ein Lächeln." Alle drei traten sie hinaus auf den *ballatoio*. Luca hatte noch immer Claudias Sweatshirt an, die Ärmel baumelten herunter, die Schultern waren ganz nach einer Seite gerutscht.

Als ich wieder hereinkam, räumte ich die Teller in den Küchenschrank, putzte im Schlafzimmer, stapelte die übrig gebliebenen Kartons beim Eingang und nahm mir vor, sie am nächsten Tag zu entsorgen. Dann kniete ich vor dem Bücherregal nieder, um die Schublade aufzumachen. Da war ein sorgfältig zusammengelegter Pyjama von Claudia. Ich nahm das Foto und wischte es mit einem Tuch ab. Ich wickelte es in den Nickipyjama und schob es ganz nach hinten, hinter ein Dutzend alter Touring-Führer, die ich schon eine Weile nicht mehr angeschaut hatte.

6.

Um auf den Mottarone zu gelangen, konnte man von Stresa aus laufen oder den Weg über Armeno nehmen. Lärchen, Buchen, Tannen, Kiefern, einmal oben angekommen würden wir in der weiten Landschaft sieben Seen zu unseren Füßen sehen. Nicht nur den Lago Maggiore, sondern weitere sechs, die ich aufzuzählen versuchte, aber da war immer ein Name, der meinem Gedächtnis entschlüpfte.

An diesem Morgen hatte Alessios Gesicht etwas Unharmonisches, er hörte mir nicht wirklich zu. Im Auto machte er sich ständig an der Heizung zu schaffen, dann beugte er sich zum Radio und drehte es auf volle Lautstärke. Unter den Wanderungen, die ich im ganzen Alpenrund auswählen konnte, hatte ich eine in der Nähe ausgesucht. Es war eine Tour, die ein wirklicher Bergsteiger gar nicht in Betracht ziehen würde: keine Naturschönheiten, keine Herausforderung für den geübten Wanderer. Der Mottarone war vor allem wegen des Ausblicks ein beliebtes Ziel.

„Gehen wir", sagte ich, als wir aus dem Auto gestiegen waren. Ein paar Meter von mir entfernt setzte Alessio sich den Rucksack auf. Er kaute an einem Nagel, während er den Anfang des Weges auszumachen suchte.

„Aber wie hast du dich denn angezogen? Es sieht aus, als wolltest du tanzen gehen!" Ich schaute auf seine Schnürschuhe, das Hemd unter dem Sweatshirt, die perfekt gebügelte Jeans.

Er beschränkte sich auf eine gleichgültige Handbewegung. „Ich habe mich nur überzeugen lassen, weil mir die Vorstellung gefällt, ein bisschen braun zu werden", bemerkte er ironisch. Ich wollte nichts darauf sagen, ich wollte meine Enttäuschung nicht zeigen.

Die neuen Bergschuhe taten mir weh, ich wusste, dass ich mich Schritt für Schritt daran würde gewöhnen müssen. Wie damals mit meiner Mutter, als wir die Marmolata besteigen wollten. Wir waren bis zum Pian dei Fiacconi aufgestiegen. Der Gletscher war etwas, von dem ich viele Jahre lang geträumt hatte, das unmissverständliche Zeichen dafür, dass ich erwachsen geworden war. Doch als der Moment gekommen war, den letzten Aufstieg in Angriff zu nehmen, hatte ich mich geweigert weiterzugehen.

„Ich verstehe nicht, was wir hier machen", sagte Alessio irgendwann und zündete sich eine Zigarette an, während er den Weg hinaufging. Ich wusste, dass er lieber in Mailand geblieben und ausgegangen wäre, bis tief in die Nacht getrunken hätte.

„Musst du immer alles verstehen?" Ich zeige dir etwas von mir, hätte ich hinzusetzen wollen. Ich hatte eine Wanderung für Anfänger ausgesucht, und wir beide waren in der Tat Anfänger, auch wenn ich nicht verstand, worin genau. Ich versuchte, am Hang entlang zu gehen und meinen Schritt dem seinen anzupassen. Ich streifte seinen Arm, ich hängte mich an ihn, um ihn auf die Pflanzen aufmerksam zu machen, den Löwenzahn, die Akelei. Er gab sich Mühe, mich zu verstehen, strich mit Fingern leicht über die Blätter, die ich ihm reichte, er versuchte, dem zu folgen, was ich ihm sagte, wie jemand, der an einem Radio einen neuen Sender einstellen möchte.

„Du hast einen Sonntagsausflügler aus mir gemacht", sagte er und wischte sich mit dem Ärmel des Sweatshirts den Schweiß ab.

„Spar deinen Atem", entgegnete ich. Alessios fruchtiges Eau de Toilette überdeckte den Geruch nach Harz, der von den Baumstämmen aufstieg. Einen Moment lang schloss ich die Augen.

„Wie lang ist es noch?"

„Bist du schon müde?"

„Ich habe Hunger." Er berührte seinen Magen.

Wir gelangten auf eine kleine ebene Fläche, und ich trank einen Schluck Wasser aus der Feldflasche.

„Wenn du mit mir reden wolltest, hätten wir auch in Mailand bleiben können", sagte er, den Blick unverwandt auf den Ausschnitt der Landschaft gerichtet, den man zwischen den Bäumen sehen konnte. Die Stimme war gespannt wie ein Pfeil, sie bohrte sich in meine Gedanken. Es klang eher so, als wollte er mit mir reden.

„Jetzt beginnt der steilere Teil, aber wenn du glaubst, du schaffst es nicht, kannst du hier auf mich warten. Allein zu gehen hat mir immer Spaß gemacht."

Ich blieb aber stehen, um meine Haare in Ordnung zu bringen. Ich suchte mein Spiegelbild auf der Glasscheibe eines Bildstocks, der neben einer Bank stand. Hinter dem Umriss meines Kopfes tauchte die längliche Form einer Madonna auf. Ich konnte an nichts denken außer an die Tatsache, dass mir jeder Muskel am Körper weh tat.

Im Aufstieg ging Alessio hinter mir, lief aber auch willkürlich zwischen den Bäumen herum. Auf einmal hörte ich ihn aufschreien. Ich fuhr herum und sah, dass er gestürzt war.

„Du darfst beim Bergwandern nicht aufs Handy schauen!"

Meine Stimme erzeugte ein kleines Echo, aber er antwortete nicht. Er streckte sich, um seine Sonnenbrille aufzuheben, zog aber die Hand gleich wieder zurück und führte einen Finger zum Mund.

„Komm", sagte ich, als ich bei ihm war. Hinter uns war ein verwitterter Baumstrunk.

„Scheiße!", fluchte er.

„Halt still!"

Er streckte den Daumen vor, ein Stein hatte ihm das vordere Fingerglied diagonal durchschnitten. Drei Tropfen Blut waren auf einen mit Quarz bedeckten Stein gefallen. In einem braunen Lederbeutel hatte ich immer Desinfektionsmittel und ein paar Baumwolltupfer dabei. Nur dass ich den Beutel jetzt nicht fand. Ich leerte den Rucksack aus, aber da war nichts, ich hatte ihn vergessen.

„Muss das desinfiziert werden?"

Ich nickte, wusste aber nicht, was tun. Ich drückte seinen Daumen, um herauszufinden, wie tief die Wunde war und ob womöglich Schmutz hineingekommen war. Dann führte ich ihn zum Mund, ohne dass er irgendwelchen Widerstand leistete. Ich versuchte, keinen Druck mit den Zähnen auszuüben. Ich spürte den Eisengeschmack des Blutes am Gaumen und auf der Zunge, ich starrte auf eine Reihe von Ameisen. Alessio rührte sich nicht. So verharrte ich, die Lippen um den Daumen geschlossen, bis es zu bluten aufhörte.

„Das scheint mir kein großer Schnitt zu sein", sagte ich lachend und holte das Pflaster hervor, das ich in einer Seitentasche des Rucksacks gefunden hatte. „Er muss jedenfalls nicht genäht werden."

Endlich begegneten sich unsere Blicke wieder, und ich war nicht mehr imstande etwas zu sagen. Das Pflaster, das ich ihm um den Finger geklebt hatte, war mit roten Herzen und stilisierten Häschen verziert, auf Drängen Claudias hatte ich eine Packung davon in der Apotheke gekauft. Wer weiß, wie lang es schon im Rucksack war. Alessio bemerkte es nicht, er schien an anderes zu denken.

„Ada", begann er, er konnte mir nicht ins Gesicht schauen. „Ada, hör zu ... ich muss weg", sagte er. Er stand auf und schüttelte etwas Erde von der Hose ab. „Ich gehe nach Seattle", setzte er hinzu.

„Seattle?"

„Ja, ich werde eine Weile in der amerikanischen Filiale der Agentur arbeiten. Das hat man mir letzte Woche vorgeschlagen."

„Sehr amüsant", bemerkte ich verwirrt.

„Die Büros sollen dort sehr schön sein."

„Freut mich."

„Da gibt es eine große Terrasse, von der aus man die ganze Bucht überblickt. So hat man mir jedenfalls erzählt." Er deutete auf einen Punkt in der Ferne, da war das Kielwasser eines Bootes, das den See durchschnitt. Ein dünner Streifen, wie der Faden eines Spinnennetzes.

„Das wird eine schöne Reise“, flüsterte ich. „Schick mir Fotos.“ Ich wusste nicht, was ich weiter sagen sollte.

„Komm du auch mit.“

Ich band die Haare zum Pferdeschwanz.

„Ich meine das ernst.“

„Du und Nicolas, ihr seid zusammen?“, die Frage kam mir spontan über die Lippen.

„Was hat das jetzt damit zu tun?“, erwiderte er ungehalten. Er hatte einen Stängel Farnkraut ausgerissen, er war nervös.

„Du hast nie mit mir darüber gesprochen.“ Mit entschiedenen Gesten machte ich den Rucksack zu und setzte mich wieder in Bewegung. Jetzt wollte ich so bald wie möglich den Gipfel erreichen.

„Wovon sollte ich mit dir sprechen?“ Er reichte mir die Feldflasche, die ich vergessen hatte, wodurch er mich zwang innezuhalten. „Wegen Nicolas brauchst du dir jedenfalls keine Sorgen zu machen“, ergänzte er.

Er blieb stehen, stellte einen Fuß auf einen Felsbrocken und sah mich an. „Was Vertrauen angeht, hast du mir nichts vorzuwerfen.“ Der Ausdruck war spöttisch.

„Ich was?“

„Ich wusste nicht, ob dieser Vorschlag mit Amerika dich freuen würde. Im Grunde, was weiß ich denn von dir? Du sprichst nie über irgendwas und irgendwen.“

„Weil da niemand ist.“

„Auch am See nicht?“

Ich hatte viele Möglichkeiten, auf diese Frage zu antworten. „Ja, da war jemand, diesen Sommer. Nichts von Bedeutung ...“

„Und an der Universität? An der Universität wird ja viel geflirtet.“

Ich zuckte mit den Schultern. Ich konnte mich nicht erinnern, ihm von der Universität erzählt zu haben. Auf eine Prüfung hatte ich mit einem gewissen Stefano gelernt, der als Freiwilliger beim Franziskaner-Hilfswerk arbeitete und Cello spielte. Zum Vögeln nahm er mich mit in sein Auto, weil zu Hause die Mutter war, immer in der Küche bei laufendem Fernseher. Er nahm die Schlüssel seines grauen Uno und verhängte die Fenster mit Seiten des *Manifesto.* Er hatte viele Ausgaben davon auf dem Rücksitz. Das hatte zwei Wochen gedauert, nicht länger.

„Niemand Wichtiges", antwortete ich. „Ich habe nie einen Freund gehabt, wenn es das ist, was du wissen willst. Jemand, der mich zu Hause abholt und mit mir ins Kino oder eine Pizza essen geht." Ich sagte das mit Pathos in der Stimme und schämte mich dafür.

„Mit Nicolas treffe ich mich seit ein paar Monaten, wenn wir Lust dazu haben. Er ist sympathisch und amüsant. Aber da ist nichts. Wirklich nichts."

Die Steigung des Wegs wurde flacher. Jetzt traten wir aus dem Schatten des Waldes heraus und gingen über eine Wiese. Schweigend.

„Warum gehst du so gerne?", fragte er mich nach einer Weile.

„Beim Gehen muss ich an nichts denken."

„Auch sonst denkst du nicht viel", sagte er scherzend – seine Fähigkeit, mit jeder Bemerkung den Tonfall zu ändern, der Finger, der die Seifenblase platzen lässt. „Komm, Ada, mach nicht so ein Gesicht, lass dich ein bisschen frotzeln." Er spottete immer über meine Selbstbeherrschung. Auch wenn wir gemeinsam ausgingen, trank ich nie. Äußerstenfalls tat ich so und benetzte mir nur die Lippen. Seit meinem achtzehnten Lebensjahr hatte ich keinen Alkohol mehr angerührt.

„Gehen wir", sagte ich. Als wir auf dem buckligen Gipfel des Mottarone ankamen, nahm ich seine Hand. „Noch eine kleine Anstrengung, noch ein paar Schritte."

„Gehen wir gemeinsam nach Seattle. Ich meine es ernst." Unter dem Sendemasten, der in den Himmel ragte, waren andere Menschen, der eine oder andere suchte mit dem Fernrohr den Horizont ab.

„Ich gehe nirgendwohin", sagte ich und musste mir ein Lachen verkneifen.

„Da kommen Kreative aus der ganzen Welt zusammen, jeder macht seinen Vorschlag für die Werbekampagne eines internationalen Kunden. Und für Italien gehen wir hin. Da gibt es viel zu tun, aber das ist eine einmalige Gelegenheit."

„Ich arbeite gern in Mailand."

„Das sagst du, weil du keine Ahnung hast, wie dort gearbeitet wird. Wir können uns alles einfallen lassen, auch das teuerste Event, das es je gegeben hat. Wenn ich Kampagne sage, meine ich nicht einen Spot oder ein Plakat. Wir können die Ausgangsidee mit jedem Kommunikationsmittel verbinden, das wir wollen. Film, Radio, TV-Show."

Ich hörte ihm nicht mehr zu. Ich hätte mich von seiner Begeisterung anstecken lassen wollen, aber seine Worte verhallten in der Luft, lösten sich im klaren Himmel auf.

„Wir werden frei sein", setzte er noch hinzu.

„Freiheit hat damit nichts zu tun", entgegnete ich. Ich wollte nicht reden, wollte nur den Augenblick genießen, mir schien, nichts könnte wichtiger sein. Wir waren auf tausendvierhundert Metern über dem Meeresspiegel und die Welt dehnte sich unendlich unter uns, ein grünes Gewebe, an mehreren Punkten gelockert, wo lapislazuliblaue Flecken auftauchten: sieben Seen, die wie Zugänge zu einer anderen Dimension wirkten. Es war schwer, sie auseinanderzuhalten. Dahinter die violette Linie zwischen Himmel und Erde. Wenn du jung bist, ist der Horizont eine Leine, dachte ich, an der man aufhängen kann, was man sich für die Zukunft wünscht. Aber ich war mir nicht sicher, was ich wollte, war es nie gewesen.

Alessio drehte sich mit offenem Mund um die eigene Achse, er konnte nichts mehr sagen. Ich machte es wie er. Auch mir kam es so vor, als wäre ich zum ersten Mal dort, um die Welt mit einem einzigen Blick aufzunehmen.

7.

Vor der Kreuzung mit der Schotterstraße, die zum Lago Maggiore hinunterführte, war linkerhand eine Hütte, die ich kannte, sie machte immer Anfang März auf. Es handelte sich dabei nicht eigentlich um eine Berghütte, eher um ein Restaurant mit ein paar Gästezimmern im zweiten Stock. Es wirkte wie ein Privathaus, Spitzdach und die Außenwände mit dunklem Holz verkleidet. Es trug den Namen des Eigentümers: Osvaldo. Manchmal, wenn ich ein paar Stunden allein sein wollte, stieg ich direkt von zu Hause aus auf den Gipfel des Mottarone. Ich brauchte dafür vier Stunden, vielleicht länger. Zum Essen machte ich immer bei Osvaldo Station. Ich blieb bis zur letzten Talfahrt der Seilbahn, in der vagen Hoffnung, sie zu verpassen. Nach einem Teller Tagliatelle in Hasensoße spielte ich mit den Brotresten. Ich betrachtete die Berge, die sich nach Norden hin öffneten, die Almen in Gelbtönen ließen Platz nur für Felsen.

Als wir uns setzten, war es schon zwei Uhr Nachmittag, ich wollte, dass Alessio das Reh mit Wacholder und das Enzianbrot kostete.

„Da bist du ja endlich mal wieder", sagte Osvaldo, sobald er uns eintreten sah, ein schönes, breites Lächeln unter dem weißen Schnurrbart. Er ließ uns im Inneren Platz nehmen, weil es draußen noch zu kalt war. „Ich bringe euch gleich die Tagliatelle", sagte er, ohne dass wir etwas anderes wählen konnten.

„Es riecht gut nach Kaminfeuer." Alessio deutete auf die Flammen unter der großen Abzugshaube, die von Kupferkesseln bedeckt war. Ich zeigte ihm die Schwarz-Weiß-Fotos, die fast alle Wände einnahmen: Jäger und Radfahrer von dazumal; Schäfer, Ausflügler, Damen mit großen Hüten, die sich vom Grand Hotel des Îles Borromées direkt auf den Gipfel bringen ließen. Ich schilderte ihm alles mit einem Stolz, der mir nicht bewusst gewesen war.

„Wir fahren im Juni, in genau einem Monat", sagte Alessio und setzte sich.

Ich zog langsam meine Jacke aus und hängte sie über die Stuhllehne.

„Beharrst du noch immer darauf?"

„Ich bin gern beharrlich, das weißt du."

Ein paar Tische von unserem entfernt saß eine Familie. Vater, Mutter, drei Kinder. Ihre fröhliche und lautstarke Unterhaltung lenkte mich ab. Das kleinste Kind beklagte sich, weil der Fernsehempfang schlecht war, das Bild kam und ging.

„Englisch kannst du, oder?"

In der Zwischenzeit waren unsere Tagliatelle gekommen sowie ein Brett mit lokalem Käse und eine Karaffe Wein, die Alessio allein trinken würde. Ich antwortete nicht und begann zu essen.

„Kannst du Englisch oder nicht?"

„Ich habe alles vergessen", sagte ich, auf den Teller starrend.

„Das kommt ganz schnell wieder, du wirst sehen."

„Wenn ich es dir sage, ich erinnere mich an kein Wort."

„Ada, ich habe deinen Lebenslauf gelesen. Ich habe gesehen, dass du ein ganzes Jahr in Newport warst."

Einen Moment lang schien es mir, als wären die Tagliatelle aus Papier. Die Gabel fiel mir aus der Hand und hinterließ einen Sugofleck auf meiner Hose.

„Aber was sagst du da? Wie konntest du meinen Lebenslauf lesen?" Ich stellte ihn mir vor, wie er in der Verwaltung die Schubladen durchsuchte, eine Szene, die mir Lust machte zu schreien. „Hast du mich ausspioniert?"

In diesem Moment kam Osvaldo mit einem frischen Brotkorb zu uns. „Die Seilbahn ist wegen des Gewitters außer Betrieb", sagte er mit einem Anflug von Sorge.

Ich sah aus dem Fenster, eine Mauer aus Wasser kam vom Himmel herab wie ein grauer Samtvorhang. Wir hatten gar nicht bemerkt, dass das Wetter umgeschlagen war. In dem Moment fragte ich mich, ob Claudia zu Hause war, meine Mutter ihr warme Milch machte, Hüttenschuhe und die Haare zum Pferdeschwanz gebunden.

Die Tagliatelle dampften vor mir, ohne dass ich einen Bissen hinuntergebracht hätte. Ich fühlte mich extrem müde.

„Entschuldige Ada, das wollte ich nicht. Die Vereinigten Staaten erschienen mir wie ein Traum, das ist alles."

„Ich war sehr jung", sagte ich mit dünner Stimme.

„Bestimmte Dinge vergisst man nicht."

Alessio sah mich an. Er verstand nicht. Da war ein Teil meiner Jugend, an den ich mich nicht genau erinnerte, aber ab und zu hatte ich versucht, diesen Teil in meinen Gedanken aufzuschreiben, ohne je mit jemandem darüber zu sprechen. Wenn ich das aufschreiben konnte, hieß das, dass ich es ändern konnte. Wenn ich es ändern konnte, bedeutete das, dass es meine Erfindung war, dass es nie stattgefunden hatte.

„Und dann bin ich noch nicht lang genug dabei. Mit dieser Entscheidung habe ich nichts zu tun. Sie haben dich ausgesucht", sagte ich.

„Nein, sie haben uns ausgesucht. Nicht nur wegen der Kampagne mit dem Fettlöser, sondern auch wegen der Rundfunkwerbung, für die du bald prämiert wirst."

„Wer weiß, ob ich mit diesem Radiospot etwas gewinnen werde."

„Da bin ich mir sicher."

Ich begann zu essen, aber es gelang mir nicht, die Nudeln um die Gabel zu wickeln. „Und wie lang würden wir weg sein?"

„Das hängt von uns ab", sagte er und richtete sich auf. „Es könnte ein Monat sein oder zwei, vielleicht länger. Wenn unsere Idee ausgewählt wird, müssen wir bleiben." Das wünschte er sich.

„Ist das eine Art Auslesesverfahren?"

„Ja, es wird so lang gesiebt, bis eine Kampagne übrig bleibt."

„Das wirkt wie ein Witz."

Mit dem Blick verfolgte ich die Kinder der Familie am Nebentisch, sie waren gepflegt, die Haare ordentlich gekämmt und sauber. Wegen jeder Sache baten sie um Erlaubnis, die Stimmen laut, das Lachen hell.

„Ich muss wissen, wie lang wir wegbleiben, sonst kann ich nicht entscheiden." Ich dachte weiterhin an Alessio, der sich Informationen über mich beschaffte. Vielleicht war nach Amerika zu gehen die einzige Möglichkeit für mich, das zu unterbinden.

„Worum machst du dir Sorgen? Wir sind jung, wir sind niemandem Rechenschaft schuldig." Alessio legte seine Hand auf meine, das Pflaster auf seinem Daumen kratzte meine Fingerknöchel. „Wir können tun, was wir wollen."

Der Himmel war schwarz, es schien nicht aufklaren zu wollen. Osvaldo würde die Betten sowohl für uns als auch für die Familie mit den Kindern herrichten. Er gab uns Bescheid, dass das Unwetter sich bis sechs Uhr morgens beruhigen würde, und dass uns dann sein Bruder mitnehmen konnte, der um diese Zeit an den See hinunterfuhr, um die Einkäufe für das Restaurant zu machen. Oder wir konnten einen wärmeren Zeitpunkt abwarten und in Ruhe den Rückweg antreten. Ich nahm den Rucksack und öffnete ihn. Eingerollt mit meiner Windjacke war da mein Schlafsack. Vorsorglich nahm ich ihn überallhin mit, das war Gewohnheit. Alessio sah mich mit schief gelegtem Kopf an, der Ausdruck weich vom Alkohol.

„Fahren wir gemeinsam", sagte er.

Es war noch keine zehn, als wir ins Zimmer hinaufgingen. Wir hatten die ganze Zeit über Werbung gesprochen. Auf dem Handy hatte er mir die berühmtesten Spots gezeigt: Kampagnen, die internationale Preise gewonnen hatten, fast alle im Ausland produziert. Dann hatten wir an den Projekten gearbeitet, die uns zugeteilt worden waren. Am Kamin sitzend entwarfen wir Ideen, stellten Überlegungen an und taten so, als würde es draußen nicht regnen. Ab und zu kam er wieder auf Amerika zu sprechen, aber ich überging das. Ich wollte ihn davon überzeugen, dass unsere gemeinsame Zukunft in Mailand war, wir durften nicht zu weit weg gehen. Weit weg bedeutet nicht zwingend besser, das wusste ich nur zu gut. Zum Abendessen hatten wir nur ein Stück Torte gegessen, dazu noch einmal Wein. Die Zeit zwischen uns schien unerschöpflich.

„Wie soll ich mir die Zähne putzen?", fragte er mich mit nachgemachter Kinderstimme auf der Treppe.

„Du machst Witze, nicht wahr?"

Das Zimmer roch nach Feuchtigkeit, die Wände waren mit Holz verkleidet. Es gab zwei getrennte Betten, eins in der Nähe der Tür, das andere unter dem Fenster. Ich würde jedenfalls in meinem Schlafsack schlafen, den ich auf der Matratze ausbreitete. Das gefiel mir, ich fühlte mich wie ein Schmetterling in der Puppe. Alessio rollte die Wolldecke auf, die Osvaldo ihm beim Eintritt gegeben hatte, und streckte sich angezogen auf dem Bett aus. Er wartete ab, dass ich mich auch hinlegte, dann machte er das Licht aus.

Eine Weile lang lagen wir so im Dunkeln, den Blick an die Decke gerichtet, auf die Umrisse einer Lampe aus Horn. Er wünschte mir mindestens fünf Mal Gute Nacht, während ich mich in meinen Schlafsack verkroch und auf den Regen lauschte, der wie eine enorme Bürste über die Dachschräge fegte. Rücken und Füße taten mir weh, auch wenn ich nicht so viel gelaufen war. Ich war erschrocken. Vom Fenster her kam ein eisiger Luftzug. Ich kauerte mich zusammen, bis ich meine Füße berührte, der Atem wärmte mir Brust und Kinn.

„Dir ist kalt, nicht wahr?"

Ja, mir war kalt, aber ich sagte es nicht. Ich hörte, dass er aufstand, und biss die Kiefer zusammen. Er setzte sich auf mein Bett, eine Hand auf meine Hüfte gestützt. „Mach mir Platz." Er kroch in den Schlafsack, indem er seine Beine neben meinen ausstreckte und versuchte, meinen Körper zu umfassen. Ich hätte ihm sagen wollen, dass das nicht notwendig war, dass ich seine Hilfe nicht brauchte, aber das konnte ich nicht. Ich konnte nicht wütend auf ihn sein, ich wusste nicht, warum. Eine Weile lang lagen wir so in dieser Umarmung, die Uhr an der Wand gegenüber verfolgte jeden meiner Gedanken.

„Ich habe noch nie mit einer Frau geschlafen", bemerkte er amüsiert.

Ich verkniff mir ein Lachen, dann hörte ich ihn tief atmen, wie um sich zu beruhigen. Jetzt redete er nicht mehr. Mein Kopf lag oberhalb seines Schlüsselbeins. Sein Bart stach mich am linken Backenknochen, ich versuchte mich nicht zu kratzen, überhaupt jede Muskelanspannung zu vermeiden, auch wenn ich ihm mit einer Hand das Handgelenk streichelte.

„Ich glaube, jetzt geht es dir besser", flüsterte er. Er ging nicht aus dem Schlafsack, sondern drehte sich auf die andere Seite.

Ich dachte an meine Kühnheit als Mädchen, an den Lebenshunger, der sich fern von zu Hause erschöpft hatte, auf der anderen Seite des Atlantik, in dem, was das wichtigste Jahr meines Lebens werden sollte. Zusammen mit Alessio, eingehüllt in sein Schweigen betrachtete ich meine Existenz noch einmal von vorne, um zu verstehen, ob sie eine andere Richtung nehmen könnte.

Ich hörte, wie sein Atem schwer und rau wurde, während sich seine Gliedmaßen der entspannten Ruhe überließen, die dem Schlaf vorausgeht. Ich schlief ein mit dem Gedanken, dass wir vielleicht allein deshalb dort hinauf gekommen waren, um es gemeinsam mit der Nacht aufzunehmen, eine neben dem anderen.

8.

Am Abend der Preisverleihung kam ich zu spät. Alessio hatte keine Andeutung gemacht, dass er mich begleiten wollte, und ich musste dreimal umsteigen, um an den südlichen Stadtrand zu gelangen. Die Veranstaltung sollte in einer Werkshalle stattfinden, die einst Sitz einer bekannten Fliesenfabrik gewesen war. Eiligen Schritts und mit verschwitzten Händen drängte ich mich an der Menschenschlange vorbei und kam zu der Hostess am Eingang. Sie ging die sehr lange Gästeliste durch, die sie in Händen hielt. Am Radiofestival nahmen fast alle Agenturen teil, die meinten, einen preiswürdigen Werbespot zu haben. „Du bist an Tisch drei, direkt vor der Bühne", sagte sie und deutete auf den Eingang.

Außer Atem kam ich an. Ich konnte bezüglich Seattle zu keiner Entscheidung finden. Ich hatte noch nicht bestätigt, dass ich gehen würde, ich hatte mit niemandem darüber gesprochen. „Wenn du nicht mitkommst, gehe ich auch nicht", hatte mir Alessio mit leicht belegter Stimme zugeraunt, auch wenn er mich dann in den folgenden Tagen nicht mehr einlud, mit ihm auszugehen.

„Da bist du ja endlich", sagte Fabrizio, der Regisseur der Produktionsfirma. Er saß schon am Tisch. Er hatte meinen Radiospot realisiert. Ich setzte mich, und Fabrizio fing an zu plaudern. Er nahm mich am Arm, zeigte auf mögliche Preisträger, kommentierte die Gestaltung der Bühne und die Speisekarte.

Ich nickte und schaute auf den überfüllten Saal, hörte ihm aber nicht wirklich zu. An unserem Tisch saßen auch ein paar Copywriter von anderen Agenturen. Anstelle meines Kreativdirektors war Sandra gekommen, die Abteilungssekretärin. Wir hatten uns rasch begrüßt, sie aber hatte sich weiter mit dem jungen Mann zu ihrer Rechten unterhalten. Gelegentlich warf sie mir lange Blicke undefinierbaren Ausdrucks zu, den Mund verkniffen.

Die Zeremonie der Preisverleihung begann. Für die Veranstaltung war ein TV-Entertainer engagiert worden, er lief auf der Bühne auf und ab, mit Blick auf die Blätter, die er in der Hand hielt.

„Ich hatte mir nicht vorgestellt, dass der Abend so sein würde."

Fabrizio lächelte mir zu. „Wie *so?*"

„So förmlich", sagte ich, während der Ober das Dessert brachte. Gierig stürzte ich mich auf das voluminöse Stück Schokoladentorte, das mir eben serviert worden war.

„Das nenn ich mir echten Mädchenhunger!", sagte Sandra und sah mich über den Brillenrand hinweg an.

Auch wenn ich so tat, als würde mich die Bemerkung amüsieren, genügte dieser Satz, um mir den Magen umzudrehen. Sandra wusste immer, was sie sagen musste, um sich als gewitzt und scharfzüngig zu zeigen, sie war schlagfertig. Das war eine Eigenschaft, die sie vor allem bei mondänen Anlässen zur Schau stellte.

Ich hingegen zog es vor zu schweigen. Ich lächelte die ganze Zeit. Ich lächelte und nickte. Nicken war meine Spezialität.

„Bevor es losgeht, werden alle Finalisten für ein Gruppenfoto auf die Bühne gebeten", sagte Fabrizio irgendwann.

Die anwesenden Frauen waren alle elegant gekleidet. High Heels, bunt gemusterte Hosen, leichte Röcke. Als ich zu dem Moderator kam, im dunkelblauen Pullover meines Vaters und Jeans, schloss ich einen Moment lang die Augen, ich fühlte mich, als würde ich zum Flug abheben.

„Stellt euch hier auf, entlang diesem Strich." Ein Techniker deutete auf die mit Klebeband markierte Linie, die quer über die Bühne verlief. Ich achtete darauf, dass meine Converse ein paar

Zentimeter von dem Strich entfernt blieben, als ob davon viel mehr als dieser Abend abhinge.

„Gut so, bleibt so!“

Eingehakt bei einigen Kollegen aus anderen Agenturen lächelte ich ins Leere, nachdem der Moderator wie beim Appell unsere Namen aufgerufen hatte. Ich zeigte allen meine Freude, nur weil ich glaubte, Alessio würde mich von Weitem sehen und würde kommen und mich beglückwünschen.

„Es ist unglaublich, dass du wirklich eine Kreative geworden bist“, sagte Sandra zu mir, sobald ich wieder an den Tisch kam, „Als ich dich das erste Mal sah, glaubte ich, du wärst Rechtsanwältin.“ Sie knabberte an einem Grissino.

Lachend schenkte ich mir Wasser ein: Es lag etwas Heroisches in diesem Lachen über etwas, das mich verletzte.

„Hallo meine Liebe, wie geht es dir?“ Nicolas war von einer Seite des Saals herangekommen, umarmte Sandra, die er seit den Zeiten kannte, da sie beide bei der TBWA gearbeitet hatten. Ich hörte, dass er ihr Komplimente ins Ohr flüsterte, und starrte ihn wie gebannt an. Dann hatte er ein zerstreutes Lächeln für mich. An diesem Abend war Nicolas nervös, er hatte das Hemd falsch zugeknöpft und die Armbanduhr verkehrt herum an. Er hatte kapiert, dass ich mit Alessio aufbrechen würde, aber sicher konnte er nicht ahnen, was alles auf dieser Reise geschehen würde.

Ich hätte ihn fragen wollen, wo Alessio war, warum er nicht kam. Stattdessen hörte ich den Moderator meinen Namen nennen und sprang auf, das Herz war mir in die Hose gerutscht, der Gang staksig.

Wir waren zu viert auf der Bühne. Das Mädchen neben mir zitterte leicht, sie trug ein ärmelloses Kleid, sofort dachte ich, dass ihr kalt sein musste. Der Moderator sah sie unentwegt an. Der dritte Finalist war ein Mittdreißiger, selbstbewusst, Dreitagebart, einen breiten Baumwollschal um den Hals geworfen. Während unsere Radiospots vorgespielt wurden, warf ich einen Blick in den Saal. Die Personen, die an den Tischen saßen, ihre glänzenden Gesichter, dann das übrige Publikum stehend, ein Gedränge von Körpern rund um die Bar. Auf einer Seite verdeckten lange blaue Samtvorhänge eine große Fensterfront. Nun war auch Alessio gekommen, er stand neben Nicolas, ihre Schatten zeichneten sich riesig auf der Draperie ab. Sie flüsterten so dicht miteinander, dass ich einen Moment lang dachte, sie würden sich küssen. Sie wandten sich nie der Bühne zu.

„Dein Preis", der Moderator hielt mir die Auszeichnung hin, die ich soeben erhalten hatte, ohne recht zu verstehen, wie mir geschah. In meiner Kategorie war ich Dritte geworden, ich hielt eine Bronzeantenne in der Hand, die wirkte wie ein zum Himmel aufragender Stiletto. Ich ging von der Bühne, beinah wäre ich über die letzte Stufe gestolpert.

„Sehr gut." Der Kreativdirektor unserer Agentur musste vor Kurzem gekommen sein, er war auf mich zugegangen, ohne abzuwarten, dass ich zum Tisch zurückkehrte. Wir lenkten unsere Schritte zur Bar. Bevor er eine leitende Position bekommen hatte, war er ein sehr gefragter Copywriter gewesen. Im Allgemeinen war er nicht großzügig mit Komplimenten, er neigte dazu, seine Anerkennung durch einen oder zwei gedämpfte Schläge auf den Arm seines Gesprächspartners auszudrücken.

„Ich bin Dritte geworden", sagte ich, wie um mich zu rechtfertigen.

„Drei war schon immer meine Lieblingszahl."

Das Grübchen in seinem Kinn hatte etwas Kindliches und Impertinentes. Man nannte ihn Pepi, auch ich gebrauchte diesen Spitznamen, wenn ich mich an ihn wandte. In der Agentur schienen alle Freunde zu sein, man brauchte nur häufig zu lächeln, sich zu duzen, sich Vertraulichkeiten herauszunehmen, die in anderen Büros undenkbar gewesen wären.

„Danke", flüsterte ich, wobei ich versuchte, meine Befriedigung nicht zu sehr zu zeigen.

Viele Leute gingen schon, ich war überzeugt, dass Alessio unter ihnen war, doch dann sah ich ihn allein an der Bar. Umschatteter Blick, gesammelt, schien er mich zu beobachten. Er hielt ein Glas in der Hand, er mochte den Long Island Iced Tea, ein Cocktail, von dessen Geruch allein mir schwindlig wurde.

„Sandra hat mir gesagt, dass du dich noch nicht für Seattle entschieden hast“, bemerkte Pepi.

„Ich überlege es mir, es ist hoffentlich noch Zeit.“

„Schau, wenn du nicht gehst, schicke ich jemand anderen.“

„Ich stelle mir vor, es sind viele, die gehen wollen.“

„Sie stehen Schlange!“ Pepi lächelte und entblößte die Eckzähne. „Es kommt fast nie vor, dass man uns einlädt, an solchen internationalen Wettbewerben teilzunehmen.“

„Versuchst du, mich loszuwerden?“, fragte ich.

„Ja, auch wenn es mir etwas leidtun würde.“

„Dann will ich dich nicht leiden lassen.“ Die Ironie machte mich kompakter, fester.

Pepi sah mich mit anerkennendem Lächeln an, dann wurde er ernst. „Wenn du nicht jetzt gehst, wo du jung bist, wann sollst du dann gehen? Überleg dir das.“

Ich konzentrierte mich auf die Spitzen meiner Turnschuhe, stellte das Bild unscharf. Ich war nicht jung, war es nie gewesen, seitdem ich siebzehn war. Jemand kam und begrüßte Pepi. Ich sah mich um, ich nestelte an einem gebrochenen Fingernagel. Alessio kam näher, und zum ersten Mal seit Beginn dieses Abends fühlte ich mich euphorisch.

„Siehst du, dass ich recht hatte?“, sagte er und nahm mir den Preis aus der Hand.

Ich nickte.

„Kinder, ich sage dem Chef der ADCI Guten Tag, dann gehe ich nach Haus, morgen früh um sieben habe ich einen Flug.“ Mit seinem schlaksigen Gang und seinen wirren Locken entfernte sich Pepi.

Alessio richtete die Bronzeantenne auf meinen Bauch, bewegte sie vor und zurück. Er ließ sie an meinen Armen entlanggleiten, dann langsam hinauf zu den Haaren.

„Bist du glücklich oder nicht?", fragte er mich und trank gleich darauf einen Schluck aus seinem rosa Strohhalm.

„Natürlich", sagte ich, nahm meinen Preis wieder an mich und versuchte, die Antenne zwischen zwei Fingern hin und her zu drehen. „Aber jetzt hätte ich Lust nach Hause zu gehen", setzte ich hinzu. „Ich fühle mich entnervt." Die Kontaktlinsen waren mir lästig, ich war leicht heiser.

„Ich verabschiede mich von ein paar Leuten und dann begleite ich dich, wenn du willst."

Ich wollte ihn fragen, ob er mit Nicolas gekommen war, ihn fragen, ob er noch da war, aber mir war nicht danach. Ich bemerkte, dass er meine Hand genommen hatte, erst, als er sie losließ. An der Handinnenfläche ein Gefühl von Kälte, von Leere. Ich sah ihm zu, wie er auf eine Gruppe von Leuten rings um einen Tisch zuging. Alessio war immer der am meisten bewunderte Kreative, derjenige, mit dem alle diskutieren, Spaß machen, Allianzen schmieden wollten.

„Glückwunsch!" Nicolas war zu mir gekommen.

„Danke. Ich habe Bronze gewonnen ..."

„Ich auch. Vor sechs Jahren."

„Wirklich? Für welchen Kunden?"

Nicolas sah mich an, schien aber die Frage nicht wahrgenommen zu haben.

„Es ist schön, für das Radio zu arbeiten, es ist die einzige Arbeit, die ein Copywriter allein macht."

„Das stimmt. Aber mir gefällt es nicht so sehr, allein zu arbeiten."

„Das habe ich geahnt."

„Was hast du geahnt?", fragte ich irritiert.

„Dem muss ich erst noch auf den Grund gehen." Dann deutete er auf die Bronzefigur. „Der Preis ist wirklich schön, weißt du?"

„Ja, auch wenn er mir dort auf der Bühne nicht vorkam wie eine Antenne ..."

„Was dachtest du denn, was es sei?"

„Keine Ahnung, eine Angelrute."

„Ich vergaß, dass du vom See kommst", stieß er zwischen den Zähnen hervor. „Sind deine Eltern nicht da?"

„Und warum?"

„Nur so, ich meinte ja nur. Sobald sie können, schmuggeln hier alle ihre Brüder, Schwestern, Tanten, Onkeln und Schulkameraden rein."

Ich hatte niemand zum *Reinschmuggeln*. Reinschmuggeln, dieses Wort war mir unangenehm, es klang vulgär. „Ich habe niemanden", sagte ich. Nicolas lächelte steif. Er verabschiedete sich von mir, „Gut gemacht, weiter so." Ich sah, wie er sich auf den Ausgang zu bewegte.

Während ich auf Alessio wartete, streifte ich eine Viertelstunde allein herum. Ich ging auf die Toilette, verlangte an der Bar eine kleine Flasche Wasser, suchte den Außenbereich auf. Ständig kontrollierte ich die Zeiger auf der Uhr und ging mit meiner zum Boden weisenden Antenne hin und her. Ich fühlte mich wie eine Art Musketier vor dem unmittelbar bevorstehenden Duell. Jemand hielt mich auf, um mir zu gratulieren, ein paar Copywriter von anderen Agenturen, ein weiterer Kreativdirektor und ein Account Manager, mit denen ich noch nie gearbeitet hatte. Allen antwortete ich höflich, ich hätte das wirklich nicht erwartet, der erste Radiospot, das Glück der Anfängerin. Gleichzeitig wollte ich die Unterhaltungen abkürzen, suchte einen Fluchtweg. Als ich zur Bar zurückkehrte, stellte ich fest, dass zwanzig Minuten verstrichen waren. Ich schaute mich um, aber Alessio war nicht da. Ich ging noch einmal zwischen den Tischen herum, trat dann wieder hinaus. Ich versuchte ihn anzurufen, doch es läutete umsonst.

„Hast du Alessio gesehen?", fragte ich Sandra, während sie schon im Mantel auf den Ausgang zustrebte.

Sie zögerte, bevor sie mir antwortete. Mir kam es so vor, als würde sie mich mit einer seltsamen Impertinenz ansehen.

„Er ist vor fünf Minuten mit Nicolas gegangen."

9.

Diesen Freitag hatte ich mir einen Tag Urlaub genommen, am späten Morgen kam ich am See an. Die Antenne war im Koffer, in Zeitungspapier gewickelt, ich hätte sie gern meiner Mutter gezeigt, das hast du mir nicht gesagt, bravo, Bronze, doch dann dachte ich nicht mehr daran. Der Preis war vom Horizont meiner Absichten verschwunden, vergessen zwischen Socken und ein paar Sweatshirts. Alessio hatte mir nach achtundvierzig Stunden eine Nachricht geschickt. In die Agentur war er zwei Tage lang nicht gekommen. Ich erwartete, dass er sich dafür entschuldigte, dass er, ohne mir Bescheid zu geben, vom Radiofestival weggegangen war; an dem Morgen dagegen kam eine SMS, die wie eine Einladung oder vielleicht eine ungeduldige Aufforderung klang, das war schwer zu sagen: *Brechen wir gemeinsam auf.* Aber ich war noch wütend, weil er gegangen war und mich am Abend der Preisverleihung allein gelassen hatte. Ich war wütend und hatte auch Angst, ihn zu verlieren.

Nach Amerika wollte ich gehen, ich musste nur einen Weg finden, meine Mutter davon zu überzeugen, dass das die richtige Entscheidung war. Ich hatte mich nie imstande gefühlt, es mit der Mauer ihrer Missbilligung aufzunehmen, und das einzige Mal, dass ich das getan hatte, war ein Fehler gewesen. Ich wusste auch, dass ich mit Claudia würde reden müssen. Ich versuchte, den Moment so lang wie möglich hinauszuzögern, ich verlangsamte den Schritt bis zur Piazza, wo die Schule war, und trat neben ein altes Steinhaus. Ich konnte die Schulpforte in zwanzig Metern Entfernung sehen, aufsteigende Spiralen von Zigarettenrauch, zwei irische Setter an der Leine, Grüppchen von Müttern und ihr angeregtes Geplauder: Wann kommen sie denn heraus, sie sind immer zu spät, heute haben wir Katechismusunterricht. Die Male, die ich Claudia von der Schule abholen ging, lehnte ich mich gern an diese Mauer, die Rauheit des Steins an den Händen, die Wärme, die das Gemäuer nach dem langen Sonnenschein darauf ausstrahlte. Ich fühlte mich in einer Grenzregion, eingekeilt zwischen dem Leben in der Provinz und der grauen Zunge der Simplonautobahn, wo die Autos mit hoher Geschwindigkeit in die Schweiz oder nach Mailand fuhren. Ich blieb jedes Mal dort stehen und wartete, von den anderen Müttern durch in Beton gefasste Blumenrabatten getrennt sowie durch eine Schattenlinie, die um diese Zeit den Platz zweiteilte, bis ich die Schulglocke läuten hörte. Wenn sich die Tür öffnete, ging ich vorsichtig näher, den Hals hochgereckt und die Augen wie ein Periskop. Die Angst, mich nicht bemerkbar machen zu können, mit hochgehobenem Arm stehenzubleiben wie bei einer Gemäldeversteigerung, ohne dass jemand es bemerkt. An diesem Tag lastete mir die Tasche schwer auf der Schulter, ich hatte zwei Geschenke für Claudia dabei: Wir würden zum Kaffeetrinken nach Arona fahren, würden ein bisschen spazieren gehen.

Als die Klassen der Kleinsten herauskamen, sah ich mich verwirrt um.

„Hallo", grüßte mich jemand von hinten. Es war Isabella, die Mutter von Giulia, einer Klassenkameradin von Claudia.

„Wie geht es dir?", fragte sie in überraschtem Ton.

„Gut", antwortete ich. „Ich komme immer zur früh. Jedes Mal ist hier ein unglaubliches Durcheinander."

Sie nickte amüsiert.

„Giulia hat mir gesagt, du würdest bald wieder ganz am See wohnen", sagte Isabella und kam näher. Ich verstand nicht, die Lippen halb geöffnet und eine mögliche Antwort im Mund erstickt. „Ich würde mich freuen, Giulia spricht immer von Claudia." Sie lächelte mich weiterhin an, während ich ihren Lippenstift ansah, der an einem Mundwinkel verschmiert war, die beiden Falten zwischen Nase und Mund so markant, dass sie wie gezeichnet wirkten.

„Ich habe die Möglichkeit, nach Amerika zu gehen", hatte ich zu meiner Mutter gesagt, nach einem Kaffee und bevor ich Claudia von der Schule abholen ging. „Wie bitte?" Ich musste es ihr mehrmals wiederholen. Amerika, die Vereinigten Staaten waren kein Ziel für uns, waren nicht Teil unserer Welt. „Und der Reisepass?", fragte sie hart, als ob das das einzig Wichtige wäre. Den Reisepass hatte ich ein einziges Mal in meinem ganzen Leben benutzt. „Ich habe ihn verlängern lassen", antwortete ich, und ohne zu warten, dass sie noch etwas erwiderte, erging ich mich in der Schilderung der Arbeit, der Reise, der Unterbringung in einer Wohnung mit Meerblick. Mindestens dreimal wiederholte ich, dass ich in Seattle sein würde. Dort in der Küche musterte sie mich finster, ungläubig. „Es ist wichtig, dass wir hinfahren, aber ebenso unwahrscheinlich, dass Alessio und ich länger bleiben", sagte ich. „Drei Wochen? Eher noch weniger." Ich log, wenn unsere Idee sich durchsetzte, würden wir viel mehr Zeit bleiben müssen. „Ich hätte nicht gedacht, dass du in der Arbeit so schnell vorankommen würdest", hatte sie sich entschlüpfen lassen. Meine Mutter spielte die ganze Zeit über mit einem ihrer Perlohrringe, es schien, als wollte sie ihn jeden Moment ausreißen. Ich war immer in allem gut gewesen, in der Schule, an der Universität, im Umgang mit Worten; als ich klein war, hatte sie für mich von einem brillanten Leben geträumt, aber es war anders gekommen. Die Arbeit in Mailand veränderte mich, machte mich stärker. Sie nahm das mit verhaltener Furcht wahr. Aber Amerika, nein, das konnte keine so wichtige Gelegenheit sein: Es ging einfach nicht. „Wieder einmal lässt du dich beeinflussen", sagte sie, „solche Sachen sind zu nichts nutze als dazu, junge Leute wie dich, die für wenig Geld arbeiten, zu blenden." Ich wollte trotzdem weg, mit der Arbeit hatte das wenig zu tun. „Er gefällt dir, nicht wahr? Er gefällt dir, dieser Alessio. Du hast dich immer von deinem Begehren abhängig gemacht", sie sagte das in gewisser Weise aufgebracht, vielleicht hatte sie recht. Ich interessiere ihn nicht, ihm gefallen Männer, hätte ich sagen wollen, aber dieser Satz hätte ihre Diagnose nur bestätigt. Sie sah mich an, sie ließ mir keinen Ausweg. „Du interessierst ihn nicht, aber er interessiert dich, du warst schon immer fasziniert von unzugänglichen Menschen." Sie hatte das gesagt, als ob in diesen Worten die Geschichte meines Lebens enthalten wäre. „Es wäre falsch, nach Amerika zu gehen", hatte sie frostig hinzugefügt, „es wäre falsch für Claudia; du kannst dir keine Liebesgeschichte leisten, du musst an deine Tochter denken, du darfst nicht riskieren, sie zu verlieren."

Ich war aufgestanden, hatte das Wasser an der Spüle aufgedreht, um meine Kaffeetasse abzuwaschen. Das Gesicht erhitzt, die Hände zitternd unter dem kalten Wasserstrahl. „Du lässt mir nie eine Chance", war es mir herausgerutscht, ohne dass ich mich umdrehte. Die Tasse war meinen Händen entglitten. Meine Ohren glühten, ich war versucht, die Tasse auf den Boden zu werfen. Meine Mutter war näher gekommen, das plötzliche Kreischen des Hockers auf den Bodenfliesen, ihr rauer Atem in einem Schritt Entfernung von mir, eine Hand auf die Arbeitsplatte gestützt, die andere in die Seite gestemmt. „Worauf beziehst du dich?", hatte sie trocken gefragt, ihre Stimme hallte im ganzen Haus wider. Wütend hatte ich sie angesehen und mir auf die Lippen gebissen. „Das Kind war deine Entscheidung, nicht meine, oder täusche ich mich? Und Entscheidungen trägt man bis in ihre Konsequenzen." Die Unterlippe tat mir weh, sie pulsierte unter dem Druck der Schneidezähne, ich wollte nicht weinen. Ich war siebzehn Jahre alt, hätte ich ihr sagen wollen, erst siebzehn Jahre alt, und ich hatte nicht wirklich entschieden, das wusste sie. Wie viele Entscheidungen kann man gleichzeitig bis in ihre Konsequenzen tragen? Wie viele, ohne sich weh zu tun? Das fragte ich mich.

Seit einer Weile war mein Vater ins Haus gekommen, aber wir hatten ihn nicht bemerkt. Zu seinen Füßen stand ein Korb voller Gartenwerkzeuge. Er hatte die Schirmmütze abgenommen und lächelte uns zu. Unser Schweigen nicht beachtend, hatte er eine

Hand auf meinen Rücken gelegt, dann hatte er mit seiner bedächtigen Ruhe meine Mutter angesehen, den Blick noch immer voller Liebe für diese nicht zu bremsende Frau. Zärtlich hatte er ihr eine Haarsträhne aus dem Gesicht gestrichen und hatte sie mit sanftem Druck an den Schultern genommen. „Lass sie", hatte er geflüstert, „lass sie den Versuch machen."

* * *

„Da sind sie ja!", rief Giulias Mutter und zeigte auf die Gruppe von Kindern, die aus der Tür herauskamen und auf die Treppe zuliefen.

Ich deutete ein höfliches Lächeln an. „Da ist so viel zu tun vorher, viel zu organisieren", ich brummte Worte ohne Sinn, auch wenn sie schon nicht mehr an meiner Seite war. Sie ging zu ihrer Tochter und nahm ihr den Rucksack ab, der ihr von der Schulter gerutscht war.

Die Kinder oben auf der Treppe waren wie zu einem einzigen Körper verschmolzen, die kleinen Köpfe ragten aus dieser lebendigen Masse hervor. Die Lehrerin breitete die Arme aus, hielt ihre Schüler mit ausholender Geste zurück, währenddessen versuchte sie, die Gesichter der Mütter zu erkennen. Sie wandte mir ihren Blick zu, ließ ihn aber nicht auf mir ruhen, sie erkannte mich nicht wieder.

Endlich entdeckte ich Claudia in dieser quirligen Menge, klar zeichnete sich ihr Profil im Goldstaub der Luft ab wie ein rascher Tuschestrich. Mit aufgerissenen Augen und offenem Mund suchte sie ihre Großmutter, sah sie nicht. Besorgt sagte sie etwas zur Lehrerin. Die Frau hob den Kopf. Dann bemerkte Claudia mich und ihr Gesicht hellte sich auf, von fern wies sie auf mich: „Die Mama, die Mama ist da." Ich ging zu ihnen, hatte gerade noch Gelegenheit, ein paar Worte mit der Lehrerin zu wechseln, dann wandte ich mich zu Claudia. Ihr Blick erstaunt, was machst du hier?

„Ich habe dir Geschenke mitgebracht", sagte ich, wobei ich eine Hand auf ihr kastanienbraunes Haar legte. Sie war so aufgeregt, dass sie sie gar nicht sehen wollte.

Gemeinsam gingen wir zum Auto, sie nahm aber nicht meine Hand, das waren wir nicht gewohnt. Sie hielt sich an meinem Mantel fest, sie zog so heftig daran, dass ich fast gezwungen war zu hinken.

„Schmeckt es dir?", fragte ich sie. Wir hatten in einer Bar Platz genommen, deren Fenster direkt auf das dunkle Wasser des Sees gingen. Claudia aß ihr Eis, die Schlagsahne, die Schokoladensauce mit einer Gier, die ich nicht erwartet hatte. „Was für ein Heißhunger!", sagte ich mit einem Lächeln.

„Oma sagt, Süßigkeiten bekommen mir nicht.", antwortete sie mir mit ganz verschmiertem Mund. Das Geschenk, das ich ihr mitgebracht hatte, hatte sie auf einem Stuhl liegen lassen. Ab und zu warf sie einen Blick darauf, hatte aber nicht den Mut, es aufzumachen, noch nicht. Alles, was mich anging, behandelte sie mit einer erwachsenen Vorsicht.

„Ich habe es in einem Geschäft gesehen", bemerkte ich auf das Paket deutend, „und habe an dich gedacht", sagte ich und fühlte mich schuldig.

Mit strahlendem Lächeln sah Claudia mich an. Sie ließ den Löffel in ihrem Eis stecken, um das Geschenk in die Hand zu nehmen. Wir bekamen das Band nicht auf, also stand ich auf, um den Ober um eine Schere zu bitten. Als ich zum Tisch zurückkam, half ich Claudia die Schachtel auszupacken: groß, rosa, die Vorderseite aus durchsichtigem Plastik.

„Eine Barbie?!" Claudia sah die Schachtel an, dann mich, dann wieder das feine Profil des Miniaturmädchens. Sie ähnelte in nichts den Puppen, die meine Mutter ihr in all diesen Jahren geschenkt hatte.

„Warum hast du zu Giulia gesagt, dass ich bald wieder hier am See wohnen würde ?", fragte ich sie. Sie antwortete nicht, über die Barbie gebeugt, versuchte sie ihr ein paar violette Schlittschuhe anzuziehen. „Du weißt, dass es im Moment nicht wahr ist", ich legte eine Hand auf ihr Handgelenk, mein Griff unsicher. Sie schaute auf, sah mich mit zusammengepressten Lippen an.

Jemand kam in die Bar: eine Frau mit einem Schäferhund, der bellte, weil die Musik zu laut war. „Riesig, dieser Hund", flüsterte ich in Gedanken.

Claudia ließ die Barbie am Sesselrand entlanglaufen, aber jede Bewegung ihres Handgelenks hatte etwas Gezwungenes, Unnatürliches. Ich wusste, dass es schwierig sein würde, mit ihr zu reden.

„Die Lehrerin hat mir gesagt, dass du mit Schulkameraden streitest", bemerkte ich, während sie die Barbie um die Klinke am Fenster hinter uns kreisen ließ. Sie antwortete nicht.

„Claudia?" In meiner Stimme war nichts Vorwurfsvolles.

„Hast du gesehen, dass sie Spagat kann?" Sie zeigte mir die Puppe, nun auf dem Tisch.

„Wir verstehen nicht, warum du so reagierst. Warum schlägst du Mitschülerinnen?", insistierte ich. Sie nahm die Barbie an sich. „Hey, Claudia, willst du mir antworten?"

„Marta hat gesagt, ich bringe Unglück." Sie hatte die Augen niedergeschlagen, verborgen hinter den dichten Wimpern. „Ich habe sie geschubst", sagte sie.

„Du musst versuchen, das nicht zu tun. Hast du verstanden?"

„Aber das vergeht gleich wieder."

„Das weiß ich, dass es vergeht, aber eigentlich darf es nicht passieren. Du darfst dich nicht so aufregen."

In meinem Sommer in Amerika hatte ich kurz vor meiner Abreise den Jungen, der mit gefiel, mit einem amerikanischen Mädchen auf der Mole von Newport spazieren gehen sehen. Sie gingen nur spazieren, aber ich hatte mir den Anhänger, den er mir geschenkt hatte, vom Hals gerissen und mit aller Kraft darauf herumgetrampelt. Am nächsten Tag hatte ich es schon bereut.

Claudia drückte die Puppe an die Brust, sie hatte Angst, ich könnte sie ihr wegnehmen, um sie zu bestrafen.

„Soll ich dir einen Trick zeigen?"

Sie lächelte und rückte ihren Stuhl an meinen heran. Der Ober kam und räumte den Eisbecher ab, und ich bat ihn, uns ein Stück Apfelkuchen zu bringen. Ich wollte, dass diese Stunden in Claudias Erinnerung als ein Nachmittag nur für uns erhalten blieben, nicht als der Tag, an dem ich sie verlassen würde.

„Du musst es so machen, sobald du spürst, dass die Wut in dir aufsteigt, fang an zu zählen. Zähl mit lauter Stimme."

Sie sah mich an und fing an zu lachen. Eins, zwei, drei, vier, flüsterte sie die Zahlen.

„Oder mach die Augen zu und stell dir etwas Schönes vor. Dass du nach Hause kommst und mit dem Opa im Garten arbeitest oder dass ihr einen Ausflug mit dem Boot macht."

„Aber das tue ich doch!", rief sie aus. „Aber ich tue es zu Hause, in der Schule ist es schwieriger."

Claudia nahm zwei Gabeln voll von der Torte, und stopfte sich den Mund so voll, dass ihr die Krümel aus dem Mund fielen.

„Hat dir die Oma erzählt, dass wir einen Ausflug gemacht haben?"

„Nein, das wusste ich nicht."

„Wir sind mit dem Bus bis zum San Carlone gefahren", sie lächelte und deutete nach oben. Auf dem Hügel hinter uns, beim Collegio Rosmini, stand ein riesiges Denkmal des heiligen Carlo Borromeo. Ich hatte es immer als monströs empfunden: dreißig Meter hoch, man konnte im Inneren hinaufgehen bis in den Kopf und das Panorama mit den Augen des Heiligen betrachten.

„Und hat es dir gefallen?", fragte ich sie.

Claudia zuckte mit den Schultern. „Ich war immer bei der Lehrerin", sagte sie stolz. Ich stellte sie mir vor, zusammengekauert neben dieser resoluten Frau, fern von den Klassenkameraden.

„Immer?"

Claudia nickte, nahm die Barbie und ließ sie tanzen.

„Auch im Bus? Warum hast du dich nicht neben Giulia gesetzt?"

„Die Plätze waren alle belegt, die anderen hatten sich schon im Klassenzimmer zu Paaren verabredet. Ich war neben der Lehrerin, auch auf dem Rückweg." Sie lächelte.

Ich fragte sie, wer ihre Lieblingsschulkameradin war. „Alle, antwortete sie. „Weißt du, was wir machen? An einem Sonntag laden wir ein paar Freunde nach Hause ein." Es war das erste Mal, dass ich solche Neugier an ihrem Schulleben bekundete.

Claudia schaute aus dem Fenster, mit den Augen folgte sie dem Schiff, das in Richtung Angera fuhr.

„Stell dir vor, ihr spielt in unserem Wald Verstecken!", sagte ich lachend. Inmitten all dieser Bäume hätte ein Kind sich verlaufen können, verschwinden. „Vielleicht veranstalten wir eine Schatzsuche."

Claudia zog eine Grimasse. Sie schüttelte den Kopf, als ob ich Lügen erzählen oder etwas Unwahrscheinliches sagen würde.

Der Ober kam, um den Teller und die schmutzigen Gläser abzuräumen. Ich beugte mich zu Claudia, ich wollte ihr mit der Hand durch die Haare fahren, dann aber nahm ich die Handtasche. Meine Nasenlöcher juckten, die Augen taten mir weh.

„Schau, da ist noch ein Geschenk", sagte ich.

Diesmal schien sie nicht erfreut zu sein, sie zögerte, es wurde ihr offensichtlich zu viel. An diesem Nachmittag geschah mehr als in den neun Jahren, die wir zusammen verbracht hatten. In einer Schreibwarenhandlung hatte ich Ringe für kleine Mädchen gekauft, und da ich mich nicht entscheiden konnte, hatte ich die ganze Packung erstanden. Claudia steckte sie sich alle an, einen Ring pro Finger, an beiden Händen.

„Gehen wir ein paar Schritte spazieren, ich muss dir etwas sagen", ergänzte ich, ohne dass sie sich von dieser Nachricht überrascht zeigte.

Wir gingen den Corso entlang, auf und ab, mindestens viermal. Sie wollte, dass ich mir alle Gedichte anhörte, die sie auswendig konnte. Sie wollte mir einen modernen Tanzschritt zeigen, den sie im Fernsehen gesehen hatte. Sie forderte mich auf, Additionen, Subtraktionen, Multiplikationen zu formulieren, die sie im Kopf ausrechnen würde. Dann kam sie auf die Geografie zu sprechen, die sie sehr mochte, sie erzählte von Landkarten und anderen Themen, da war ein Wort, das man ihr beigebracht hatte, *anthropisch, Anthropozän,* sie gebrauchte es, brüstete sich damit, füllte jeden Augenblick mit ihrer Begeisterung, schob ständig auf, was ich ihr sagen musste.

„Und Amerika? Nehmt ihr das auch durch?", ich gab ihr ein Schokoladenbonbon, das ich in der Tasche hatte.

„Nein, noch nicht."

In diesem Augenblick bemerkte ich, dass sie an der rechten Hand nur einen Ring trug, aber ich hatte nicht den Mut, das anzusprechen.

„Das ist ein Land, wo es riesige Nationalparks gibt. Voller Bären und Murmeltiere." Gern blieben wir vor den Schaufenstern stehen, sie zeigte auf bestimmte Kleider, Pailletten hatten es ihr besonders angetan, die mir gut stehen würden, die aus mir eine Prinzessin oder so etwas Ähnliches machen würden. Ich hingegen sah in jedem Schaufenster unser Spiegelbild.

„Gibt es da Meer?", fragte sie.

„Aber freilich. Es gibt zwei Ozeane, einen auf der einen, der andere auf der anderen Seite."

Erstaunt sah sie mich an. Mit dem Meer war sie nicht so recht vertraut. Abgesehen von einem Mal mit meinem Vater waren wir gemeinsam nie dort gewesen.

„Dieses Jahr nehme ich dich mit ans Meer. Würde dir das gefallen?"

Sie wirkte versunken, als versuchte sie gerade, sich uns zusammen am Strand vorzustellen. Im Spiegelbild an den Schaufenstern sah ich eine magere Frau und ein sportliches Mädchen, die sich nicht ähnelten.

„Und dann gibt es da die Canyons, die aussehen wie Blätterteigtorten."

Sie lachte, dann hängte sie sich wieder an meinen Mantel, fest wie jemand, der keine Absicht hat loszulassen. Das Herz saß mir in der Kehle.

Ich hätte mich zu ihrem Kopf hinabbeugen wollen, dort, wo er am empfindlichsten ist, hätte sie an mich drücken wollen, ihr sagen, dass ich bald wiederkommen würde, sie schimpfen, weil sie die kleinen Ringe unterwegs hatte fallen lassen, um mich zu ärgern, um mich schon im Voraus zu bestrafen. Ich hätte ihr Ohrläppchen streicheln wollen, den Pferdeschwanz richten, sie kämmen, meine Nase an der ihren reiben. Doch diese Gesten besaß ich nicht. Das im Hals eingesperrte Herz erstickte mich.

„Wir fahren gemeinsam nach Amerika", sagte ich.

Die Barbie schaute aus ihrer Jackentasche. Sie blieb stehen.

„Ja, wir fahren hin. Wenn du groß bist", setzte ich hinzu und beugte mich zu ihr hinunter. „Aber vorher fahre ich hin, ich sehe nach, wie es dort ist."

Sie schaute zu Boden und spielte mit dem einzigen Ring, der ihr geblieben war, brachte die Faust bis unter die Nase.

„Du wirst sehen, ich bleibe nicht lange weg", sagte ich mit erstickter Stimme.

Sie war ganz rot geworden im Gesicht.

Ich richtete mich auf, und wir gingen schweigend noch ein wenig auf und ab, sie an meinen Mantel geklammert, ich mit müdem Schritt. Als ich spürte, dass ihr Griff sich lockerte, drehte ich mich sofort um. Sie hielt sich den Bauch.

„Claudia, was hast du?"

Sie murmelte etwas, dass sie keine Süßigkeiten vertrug, nicht so viele auf einmal. Sie stützte sich an eine Hausecke, die Barbie rutschte ihr aus der Tasche, aber sie bemerkte es nicht.

Ich hielt ihr die Stirn, bis sie aufhörte sich zu übergehen, dann kniete ich neben ihr nieder. „Es tut mir leid, es tut mir leid", flüsterte ich immer wieder, „es tut mir leid". Mit meinem Baumwolltaschentuch wischte ich ihr den Mund ab und die Tränen in ihren Augen. Ich tupfte vorsichtig, um ihr nicht weh zu tun.

10.

„Da bist du ja!“ Nicolas kam gerade mit zwei Flaschen Rotwein aus dem Abstellraum.

„Das ist meine Freundin Francesca“, sagte ich. Francesca war nach Mailand gekommen, sie wollte sich von mir verabschieden; am folgenden Morgen würde ich in die Vereinigten Staaten fliegen.

Nach einem höflichen Kopfnicken schüttelte Nicolas ihr mit einem angespannten Lächeln die Hand, mit bestimmten Schritten ging er uns voraus. Wir folgten ihm durch den Flur, machten aber kurz in der Küche Halt, bevor wir auch auf die Terrasse hinaustraten. Auf dem Tisch saubere Teller, Gläser, Messer und Gabeln, die das Licht in verschiedene Richtungen reflektierten, wie ein Stand mit silbrigen Fischen; daneben eine rosa Pyramide Fleisch für das Barbecue. Ich hatte meine Freundin zu dem von Nicolas veranstalteten Essen eingeladen, ohne jemandem Bescheid zu geben. An diesem Tag würden sich die beiden Hälften meiner Existenz begegnen. Meine Mutter hatte mir beim Abschied an der Tür unseres Hauses nicht einmal eine gute Reise gewünscht. Ich stellte mir Francesca am kommenden Morgen am Flughafen vor: Sie würde mich mit einer ihrer Umarmungen umfangen, würde sich zu Erklärungen voller Wärme hinreißen lassen – diese gemeinsamen Jahre waren wichtig gewesen, sie war stolz auf mich. Versprich mir, dass du wiederkommst, würde sie mich bitten, da war ich mir sicher.

„Ihr habt ja gar keine Vorstellung, was für einen Koffer Alessio gepackt hat!“

Unser Gastgeber lachte aus vollem Hals, den Kopf nach hinten geworfen, vor einer von Efeu bedeckten Wand. Er stand beim

Grill auf der Terrasse und sprach gerade mit Sandra, die auf einer Liege neben Lorenzo und Marco lag, zwei Kreativen aus der Agentur, in der Nicolas arbeitete. Ich hatte die beiden schon ein paar Mal getroffen, muskulöse Arme, geometrischer Haarschnitt, emphatische Gesten.

„Immer noch diese Geschichte mit dem Koffer?" Alessio tauchte aus einem mit Pflanzen zugestellten Winkel auf, den Wasserschlauch in der Hand. Langsamer Schritt, die Haut auf der Brust sonnengebräunt und die Oberarme von einem Netz bläulicher Venen durchzogen. Er trug nur Jeans. Als er meine Anwesenheit bemerkte, grüßte er von Weitem mit einer zerstreuten Geste, der Schlauch entglitt seinen Händen und der Wasserstrahl richtete sich auf seine Hose. „Scheiße!", sagte er und wich einen Schritt zurück.

„Mach dir keine Sorgen, bei dem, was du eingepackt hast, kannst du dich ein Jahr lang vier Mal am Tag umziehen!" Nicolas lachte. „Hat Ada auch vor, mit einem Schrankkoffer zu verreisen?", sagte er zu Francesca gewandt.

„Bei ihr zu Hause neben dem Schrank habe ich nur einen Rucksack gesehen", sagte Francesca unbekümmert, sie war jeder Situation gewachsen.

„Hast du gehört, Alessio? Ich fürchte, ihr habt zwei sehr verschiedene Auffassungen von dieser Reise!"

Diese Reise war unsere Flucht, wir flüsterten darüber wie über ein kindliches Geheimnis, wir flohen, aber vor wem und vor was, gestanden wir uns nie ein.

Ich sah ihm zu, wie er seine Hose abtrocknete. Ich war noch nicht näher zu ihm hingegangen, als ich hinter mir ein Geräusch hörte. Zu dem Essen war auch Barbara aus der Produktionsabteilung eingeladen. Sie hatte eine Polaroid in der Hand. „Nicolas liebt diese Vintage-Objekte, entschuldige, ich habe dich überraschend erwischt", sie reihte Sätze an Sätze und schwenkte das kleine Rechteck Fotopapier in der Hitze dieses Tages. Ihr Bikini mit tropischem Muster hatte changierende Farben.

„Ich habe ihn in Brasilien gekauft", sagte sie strahlend. Sie war soeben zurückgekehrt von sechs Monaten Auszeit, eine lange Reise durch ganz Lateinamerika.

„War es schön?", fragte ich und wischte mir den Schweiß von der Stirn. Die Hitze stieg mit einem feuchten Hauch von dem Betonboden der Terrasse auf. Nicolas war in kurzen Hosen. Sandra in einem einteiligen Badeanzug, der ihre Hüften betonte.

„Schön?", sagte Barbara. „Am liebsten wäre ich dort geblieben."

„Aber nun bist du hier."

„Am Ende kann man nicht anders als zurückkehren."

In diesem Augenblick ging Alessio hinter mir vorbei, er berührte mit den Fingerspitzen leicht meinen Nacken und stellte sich meiner Freundin vor.

„Ich will auch braun werden", sagte Francesca.

Ich drehte mich um und lächelte ihr zu. „Aber du hast keinen Badeanzug dabei."

„Na und? Wenn sie halb nackt sind, kann ich das auch."

Ich sah, wie sie mit raschen Bewegungen ihr T-Shirt auszog. Ihr im Rücken gekreuzter BH betonte die Rückenmuskulatur. Anstelle eines Slips trug sie gestreifte Shorts, ganz ähnlich wie das Unterteil eines Bikinis.

„Bedient euch!" Nicolas reichte einen Teller mit Bruschetta herum. Dann wandte er sich an uns: „Barbara ist eine erfahrene Reisende, müsst ihr wissen. Vielleicht kann sie Ada ein paar Tipps geben."

Francesca zuckte mit den Schultern und sah mich verlegen an.

„Aber eigentlich braucht Ada das nicht", sagte sie und rieb ihre Schenkel mit Sonnencreme ein. „Als wir nach Island fuhren, haben wir ganz alleine eine lange Wandertour organisiert."

Nicolas runzelte die Stirn. Um zu verhindern, dass Francesca weitersprach, zwickte ich sie in die Hüfte. Auf Francesca war Verlass, nie würde sie von Claudia oder meiner Mutter sprechen, Angst machte mir nur ihr Überschwang, ihre mitreißende Heiterkeit.

Über Island wussten wir alles. Jahrelang hatten wir davon geträumt, gemeinsam dorthin zu fahren, hatten den Lonely Planet und einige weitere Führer studiert. Ein paar Karten in kleinem Maßstab, drei Kostenvoranschläge für Leihwagen, auch wenn wir dann beschlossen, lieber eine Wanderreise zu planen, einen Rucksack und einen Schlafsack pro Kopf. Im Netz gab es alle möglichen Fotos, viele Artikel. Wir hätten Island in allen Details beschreiben können, die Farben, die Gerüche, die Geräusche, es war, als wären wir wirklich dort gewesen.

„Du hast mir nie von Island erzählt." Alessio kam zu mir, ich sah zu Boden, meine Füße in den Ledersandalen dicht beieinander wirkten wie Tiere in der Falle. In dem Moment bemerkte ich, dass ich die Einzige auf der Terrasse war, die noch angezogen war.

„Nimmst du mich mit dorthin?", neckte mich Alessio. Er scherzte auf kindliche Weise, versuchte mich zu kitzeln, ich wollte, dass er damit aufhörte. Francesca sah uns verwundert an. „Basta, hör auf, lass mich in Ruhe", ich mochte keinen plötzlichen physischen Kontakt. Als er mich dann mit seinen muskulösen Armen fest umschloss, stieß ich ihn mit Macht zurück, wobei ich einem ungefilterten Impuls, den stummen Worten meines Körpers gehorchte, ich sah ihn, wie er mit verwirrtem Ausdruck zurückwich, gegen einen Stuhl stieß, still stehen blieb. Er beschränkte sich darauf, sich langsam mit beleidigtem Ausdruck abzukehren, ohne etwas zu mir zu sagen. „Nein, warte, das wollte ich nicht." Ich machte ein paar zögernde Schritte in seine Richtung, doch dann verzichtete ich darauf, ihn einzuholen, und ging ins Haus, in der Hoffnung, dass mich niemand bemerkte.

Nicolas bewohnte eine elegante Wohnung, ein Geschenk des Vaters, hatte er einmal erzählt. Die großen roten Sofas waren L-förmig angeordnet. Von der Decke hing ein Lüster, bestehend aus schweren Glastropfen, die aus Quecksilber zu sein schienen. Auf einem Regal zwischen den beiden Fenstern standen neben zwei Dutzend Romanen auch ein paar Fotos. Auf einem umarmten sich Nicolas und Alessio, das gleiche weiße Hemd, die gleichen Sonnenbrillen.

Das Schlafzimmer befand sich am Ende des Korridors. Auf dem Nussbaumparkett neben der Matratze stand Alessios Koffer, offen wie ein riesiges aufgeschlagenes Buch, die Kleidungsstücke quollen daraus hervor. Ein T-Shirt lag zwischen den zerwühlten Bettlaken. Bis zu diesem Zeitpunkt hatte ich nicht verstanden, dass sie zusammenwohnten. Ich hockte mich nieder, das Kinn zwischen den Knien, die Pobacken praktisch am Boden, mit der sehr starken Versuchung, die Kleider auf den Boden zu werfen. Was machte ich da? Ich schüttelte den Kopf und ging mir in der Küche das Gesicht waschen: Das Bad wollte ich nicht benutzen, ich wollte nicht Alessios Deodorant und seine Zahnbürste auf einem Waschbecken sehen, das nicht das meine war.

Als ich herauskam, war Francesca dabei, eine Flasche Wein zu öffnen, währenddessen plauderte sie mit Barbara und Sandra, die neugierig waren auf ihr Tattoo: ein großer, roter Karpfen, der auf dem Rücken begann und bis zum Bauch ging. Francesca hob die Arme wie in einem Kopfsprung in den Himmel, um die Haut zu straffen und jedes kleinste Detail sehen zu lassen. Ihr Tattoo hatte mir immer gefallen. „Ich habe nichts vorzuzeigen, meine Haut ist intakt!“, sagte Nicolas, um die Aufmerksamkeit auf sich zu ziehen, jedenfalls bis von der Nachbarwohnung aus ein Ball herübergeflogen kam. Die Kinder der Nachbarn spielten seit dem Morgen, und jetzt war der Ball über unsere Köpfe hinweg auf das Barbecue gefallen. „Unerträglich, diese Kinder!“, rief Nicolas und eilte mit großen Schritten auf die Trennwand zu. Francesca sah mich an. Ich rührte mich nicht, diese Worte betrafen mich in keiner Weise.

„Ich habe nur das da.“ Alessio zeigte allen eine lange Narbe, die von der Achsel bis zu den Rippen verlief. Da hatte man ihm eine Zyste entfernt. Dieses schmale, aufgewölbte Zeichen rührte mich. Es war ähnlich wie meine Narbe vom Kaiserschnitt, aber ich würde mich gewiss nicht ausziehen.

Beim Essen saßen wir in der Sonne. Nicolas hatte Strohhüte verteilt. Lorenzo rezitierte ein paar Abschnitte aus dem französischen Roman, den er gerade las, und Marco schlug Kartenspielen vor. Der Nachmittag verging langsam, als ob die Zeit einen gekrümmten und trägen Verlauf nähme, keiner wollte, dass der Tag zu Ende ging.

Als wir anfingen zu tanzen, warf die gegenüberliegende Wohnung einen violetten Schatten auf die Terrasse. Nicolas ahmte mit Lorenzo einen Pas de deux nach, mit sinnlicher Bewegung zog er ihm einen Küchenlappen über den ganzen Rücken. Francesca umkreiste sie, drehte sich mit einem friedlichen Ausdruck auf dem Gesicht. Unterdessen war Alessio näher gekommen, er schien meine übertriebene Reaktion vergessen zu haben. Er wusste mir immer zu verzeihen, aber er ließ mich nicht los. Er legte mir eine Hand auf den Rücken, dann begann auch er sich im Rhythmus zu bewegen. Marco und Sandra, dann Barbara. Sie alle strebten auf das ideelle Zentrum der Terrasse zu, hüpfend, die Hände zum Himmel erhoben, in Richtung der Wolken, die wie Streifen eleganter Seidenschals am Himmel standen. Die Tropfen der Bewässerungsanlage schillerten opalisierend in den letzten Sonnenstrahlen, standen für den Bruchteil einer Sekunde still, dann lösten sie sich auf. Die Musik hallte zwischen den Wänden der Häuser ringsum wider, während wir vergaßen, dass sich das Fest dem Ende zuneigte, wir sprachen nicht mehr über die Arbeit oder Pläne für die Zukunft. Wir bewegten uns einfach, folgten einem Rhythmus, der uns ein ununterbrochenes Lächeln auf die Gesichter zauberte, als ob die Jugend endlos dauern würde.

Francesca und ich kehrten um neun Uhr abends zurück und keine von uns hatte Lust, zu Abend zu essen. Ich dachte immer noch an die letzten Momente dort auf der Terrasse. Jede Geste Alessios, sein Gesichtsausdruck, der neutral, immer ferner wurde, die Tatsache, dass er das Geschirr abgewaschen hatte, ohne mit jemandem zu reden, alles an ihm schmeckte nach Abschied.

Bevor wir gingen, hatten wir angestoßen und die Gläser zu einem bernsteinfarbenen Mond erhoben, dann hatten wir uns alle umarmt, eine Art Kreis gebildet aus verschwitzten Händen und Köpfen, die sich berührten. Jeder formulierte einen Wunsch. Lasst es euch gut gehen, werdet berühmt, zeigt es ihnen, macht euch keine Gedanken. Kommt wieder, bitte. Schulterklopfen, intensive Küsse auf die Wangen, feste Umarmungen.

Francesca saß mit gekreuzten Beinen auf dem Sofa. Sie massierte sich die Schulter, drehte den Kopf zu einer Seite und zur anderen wie angesichts einer Partie Tennis. In wenigen Stunden würde sie mich nach Malpensa begleiten. Der Flug ging um halb sieben.

„Es war ein amüsantes Essen", sagte sie, die Augen auf dem Handy.

„Ich habe zu viel gegessen ..." Ich massierte mir den Bauch und suchte nach Wasser. Ich trank direkt aus der Flasche, dann gab ich sie Francesca.

„Nicolas?", fragte sie und wischte sich den Mund mit dem Handrücken ab.

„Was?"

„Nein, nichts ...", ihr Ausdruck war verschmitzt. „Aber hast du gesehen, wie er sich aufgeführt hat?"

Ich wusste nicht, was antworten, aber ich hatte keine Lust zu erzählen, was ich von ihm dachte, nicht, nachdem ich verstanden hatte, dass er etwas gegen unsere Reise hatte.

„Magst du ein Eis?" Mit einem Satz war ich auf den Beinen. Zwei Löffel in der Hand, das Eisfach offen.

„Ja, bitte", antwortete sie. „Was für Sorten hast du?"

„Warum hast du diese Geschichte von Island erzählt?", fragte ich sie, während ich mit dem Eis zurückkam.

Francesca versuchte gleich, die noch gefrorene Oberfläche des Eises mit dem Löffel zu bearbeiten. „Wenn du etwas erzählst, wenn du die Worte findest und sie mit jemandem teilst, dann existiert dieses Etwas." Der besserwisserische Ausdruck, ihre Art, effektvolle Sätze zu finden, gingen mir manchmal auf die Nerven.

„Ich kann nicht von mir erzählen", sagte ich und versuchte, meinen Löffel in das Eis zu stecken.

„Ich weiß."

Im Bad zog ich mich aus und schlüpfte in ein vier Kleidergrößen zu großes Shirt, das mir bis zur Mitte der Schenkel ging und das ich Alessio entwendet hatte, ich benutzte es zum Schlafen, dann kehrte ich ins Wohnzimmer zurück.

„Ich habe dich noch nie so erlebt wie heute." Francesca sah mich vom Sofa aus an, während ich die Haare im Nacken zu einem Pferdeschwanz band.

Ich antwortete ihr nicht, ich hatte einen schlechten Geschmack im Mund, also ging ich wieder ins Bad. Die Zahnpasta auf der Zahnbürste enthielt so viel Fluor, dass sie auf der Zunge brannte. Ich begann zu bürsten, der Schaum, der sich am Rand der Lippen bildete, sah aus wie der Geifer eines erschöpften Tiers.

„Mit Alessio wegzugehen wird dir nichts bringen", sagte Francesca, die mir gefolgt war.

Wegzugehen bringt nichts, das sagte auch meine Mutter zu meinem Vater, wenn sie stritten und er mit seinen Angelruten durch das Gartentor verschwand.

„Wir sind auf doch auf Reisen gegangen, erinnerst du dich nicht?" Ich konnte nicht stillsitzen, lief weiterhin im Wohnzimmer auf und ab.

„Was sagst du denn da? Wir waren doch immer nur am See."

Island, Schottland, Namibia, Israel. Unsere Reisen unternahmen wir in der Fantasie, wir organisierten sie im Detail, um dann zu Hause zu bleiben. Wir mochten das, es war eine Art zu träumen.

„In einem Sommer haben wir das Schiff nach Ascona genommen."

Francesca nickte, sie hatte das vergessen.

„Das war die längste gemeinsame Reise, fünfzig Minuten,

doch mir schien es, als würden wir den Ozean überqueren. Ich erinnere mich noch daran, ich habe sehr oft an diesen Ausflug gedacht."

„Wenn du weg bist, nehme ich Claudia mit nach Ascona", sagte sie.

Nachdenklich sah ich sie an, während ich mir Claudia vorstellte, mit den Händen auf der klebrigen Reling, den Zeigefinger auf die Schlösser von Cannero gerichtet, die aus dem Wasser auftauchen wie mit Brombeeranken überwucherte Felsen.

„Ich könnte ihr auch Tennisspielen beibringen."

„Ja, sicher ...", antwortete ich stockend, ich wollte nicht an Claudia denken. Die beiden verstanden sich. Francesca hatte ihr vier Tennisbälle geschenkt, auf die sie Augen, Nase und Mund gemalt hatte, mit vier verschiedenen Ausdrücken. Sie warfen sie sich im Garten zu und hatten ihren Spaß damit, als ob sie gleichaltrig wären.

Ich nahm die schmutzigen Eisbecher und stellte sie in die Spüle. Das warme Wasser vermischte sich mit den Resten vom Eis zu einem Schaum, der aussah wie Glyzerin.

Um Mitternacht gingen wir ins Bett, aber wir waren noch nicht müde. In wenigen Stunden würden wir wieder aufstehen: Abflug war kurz vor sieben. Ich drehte mich zum Fenster, die Sterne sahen aus wie kleine Augen. Ich dachte an die Abreise, die Koffer, die Reisedokumente und das, was Sandra mir am Nachmittag gesagt hatte: an die Wohnung über der Bucht, die sie nur für Alessio und mich gemietet hatten. Nach neun Jahren kehrte ich zurück in die Vereinigten Staaten, ich würde nicht am selben Ort sein, es würde ein anderes Amerika sein, aber wie damals raubte es mir den Atem und schnürte mir den Magen zu, wie bei jemandem, der zu einem Sprung ansetzt. Ich hatte nichts geplant, ich wusste nichts Genaues über die Arbeit, die uns erwartete, ich hatte nicht einmal das Rückflugticket.

Francesca lag in der gleichen Position wie ich, der Kopf in die Kissen versunken, tiefe Atemzüge. Sie drehte sich zu mir und drückte mir mit ihren kräftigen Tennisspielerfingern die Hand. „Ich bin sicher, wenn du ihm von Claudia erzählst, ist Alessio auf deiner Seite."

In der gegenüberliegenden Wohnung hatte jemand die Lautstärke der Stereoanlage aufgedreht, eine Weile lauschte ich der Musik, die in Wellen herüberschwappte, während Francesca einschlief. In der Wohnung nebenan läutete das Telefon, ohne dass jemand abhob. In diesem Moment fiel mir ein, dass ich Claudia nicht wie versprochen für ein letztes Lebewohl angerufen hatte, Aber es war zu spät. Ich konnte meiner Mutter eine Nachricht schicken, sie würden sie am nächsten Morgen gemeinsam lesen, *Ciao, ich bin im Aufbruch, ich umarme euch, spielt und lasst es euch gut gehen*, ich wusste nicht, was ich schreiben sollte. Ich schaltete das Handy aus und drehte mich auf die Seite, in der Hoffnung, schlafen zu können.

11.

Das künstliche Licht und die klimatisierte Luft verursachten mir Übelkeit, der Flughafen verwirrte mich. Von Francesca hatte ich mich am Eingang verabschiedet, „Mach dir keine Sorgen, ich gehe allein hinein. Alessio wird schon da sein, ich habe dich lieb." Der Lärm, die Stimmen, die sich vermengten und dann verloren, der krächzende Lautsprecher. Ein paar Amerikaner in Shorts und Sandalen, mit Stoffhüten und verbrannter Haut an den Nasen kontrollierten ihre Reisedokumente, bevor sie sich in die Schlange vor dem Check-in-Schalter einreihten. Aufmerksam sah ich alle Passagiere an, Alessio war nicht dabei. Ich holte das Handy aus der Tasche, überprüfte es, es hatte Netz, kein Anruf, er war zu spät dran. Dann wurde ich von meinem Spiegelbild auf einer Metallplatte abgelenkt, ich sah aus wie ein verkatertes kleines Mädchen, auch wenn ich schon seit Jahren keinen Alkohol anrührte. Eine verrückte Leichtigkeit regte sich in meiner Brust, die Lust, wie eine Königin mit zum Himmel erhobenem Haupt dahinzuschreiten, die Haare lose auf dem Rücken. Unvermittelt kehrte ich zurück in der Zeit, von sechsundzwanzig zu sechzehn Jahren, das letzte Mal, dass ich aufgebrochen war, dieselbe stolze und lebenshungrige Freude, mit einem leisen Stich Schmerz auf dem Grund von allem. Zusammen mit dem Atem versuchte ich mit einem Mal das Ticken der Angst anzuhalten. Amerika würde erneut mein Leben verändern.

Auf dem Handy erschien noch die Nachricht vom vorherigen Abend, die ich meiner Mutter hatte schicken wollen. Ein paar Sekunden lang verweilte ich bei diesem Abschiedsgruß für Claudia, bei den Küssen und Umarmungen, nur virtuell, also schmerzlos, und ich beschloss, sie abzuschicken.

„An wen schreibst du?" Alessio schaute mir über die Schulter.

„Bist du verrückt?", sagte ich mit einem Schlucken, das Display mit der Hand bedeckend. Alessio sah mich mit seiner üblichen Jungenmiene an. „Ich habe einen letzten Gruß nach Hause geschickt."

Nicolas war nicht mit ins Terminal gegangen, er hatte sich am Eingang von ihm verabschiedet. „Ich habe niemand von meiner Abreise unterrichtet." Auch wenn es vier Uhr morgens war, hatte er die Sonnenbrille auf, das Kinn hochgereckt, während ich versuchte, ihm eine Hand auf den Rücken zu legen, ohne dass mir das gelang. „Ich reise mit meiner Geschäftspartnerin", setzte er resolut und im Ton eines faszinierenden Schauspielers hinzu, der in Rezitation geübt ist. „Bist du bereit, in Cannes zu gewinnen?" Er hatte sich ruckartig zu mir umgedreht: Er meinte das Festival der Werbung, das im Juni stattfindet. Er wollte die höchste Auszeichnung gewinnen, wie die Stars auf der Croisette defilieren, hoch aufsteigen, bis die Luft dünn wurde. Er dachte an nichts anderes.

„Hör auf, Unsinn zu reden." Ich zögerte, den Reisepass in der Hand in einem Meter Entfernung vom Schalter und der Hostess, die uns zulächelte.

„Lass sehen ..." Er hielt mich an einer Schulter fest. „Gut getroffen!" Alessio sah auf das Foto im neuen Pass, das ich vor einem Monat von mir gemacht hatte. In dem alten Pass war nur ein einziger Stempel, der der amerikanischen Einwanderungsbehörde.

„Wundert dich das?"

„Sicher, ein wenig Retusche mit Photoshop hätte nicht geschadet, aber es geht auch so."

„Was für Retuschen?"

„Die Augenringe. Du siehst aus wie das Exemplar einer vom Aussterben bedrohten Art", sagte er und wandte sich zur Seite, vielleicht um die Wirkung seiner witzigen Bemerkung auf die Umstehenden zu studieren.

„Wenn du nicht aufhörst, gehe ich." Ich musste mir ein Lachen verkneifen.

Das Foto in meinem neuen Pass unterschied sich von dem, das mich als Mädchen zeigte: Die Augen halb geschlossen, die Wangen noch kindlich rund, die Haare durch endlose Kamillepackungen aufgehellt. Es war August, als Lorena und ich aufbrachen. Die Einzigen auf unserem Gymnasium, die ein Abenteuer wie dieses gewagt hatten, mein Vater wiederholte es unaufhörlich, er bewunderte meinen Mut. Wir würden die zwölfte Klasse in Amerika verbringen, Lorena in Linden in New Jersey und ich in Newport in Rhode Island. Ich hatte die gesamten Sommerferien am See verbracht. Jeden Morgen kam Margaret zu uns, eine Freundin der Familie. Ich hatte mich gründlich auf den Englisch-Test vorbereitet, der für den Schüleraustausch Voraussetzung war, aber meine Eltern meinten, ein paar zusätzliche Stunden könnten mir nur guttun. Margaret brachte immer ein paar amerikanische Magazine mit. Sie ermutigte mich. Sie sagte, in die Ferne zu gehen sei wichtig, um sich fortzuentwickeln; um im Leben richtig weit zu kommen, setzte sie mit ausgestreckter Hand hinzu und wies auf einen unbestimmten Punkt am Horizont. Mir schien es, als würde man durch dieses Weiterkommen einfach verschwinden. In der Nacht vor der Abreise hatte ich kein Auge zugetan. Am JFK angekommen, fiel es mir jedoch nicht schwer, meine Gastfamilie zu erkennen. Ein blondes Paar mit einem großen bunten Schild, auf dem mein Name stand. Neben ihnen ihre beiden Kinder, leuchtende Augen, breites Lächeln mit sehr weißen Zähnen: ein zehnjähriges Mädchen und ein athletisch gebauter Junge, der die Pubertät noch nicht lange hinter sich hatte. Meine neue Familie, dachte ich, während ich mit elastischem Schritt auf sie zuging, einen Schuss Euphorie in der Stimme. Ich schlüpfte in ein neues Leben.

Mit einem Gefühl der Erleichterung gaben Alessio und ich unser Gepäck auf. Wir bestellten einen Orangensaft mit Eis, kauften die Unterwäsche, die uns fehlte („Hübsch diese fluoreszierenden Slips, nicht wahr?"), Zahnseide, Haargummis, dann nahmen wir am Gate Platz, ich mit einem Buch von Eugenides, er mit den Radio Head in den Kopfhörern. In der Wartezeit teilten wir uns die Wasserflasche, dann schaute ich aufs Handy. Immer noch keine Antwort.

Die cremefarbene Fluggastbrücke führte direkt ins Flugzeug. Der Teppichboden dämpfte die Schritte, eine komplexe Stille, die ein Gefühl von Schutz vermittelte. Die amerikanische Agentur hatte Business Class für uns reserviert, und wir setzten uns mit gespielter Gleichgültigkeit auf unsere Plätze, wie zwei, die seit jeher an eine gewisse Art von Leben gewöhnt sind. Ich hatte noch nie so breite Sitze gesehen. Ich versuchte, die Passagiere rings um mich nachzuahmen, ihre gemessenen Bewegungen, das ruhige und distinguierte Benehmen.

„Bald gibt's zu essen", sagte Alessio. Er las die Speisekarte, einen Finger an der Schläfe. „Ich will alles, die Lasagne und das Filet auch."

„Danach schauen wir uns aber einen Film an", bemerkte ich, während er eine Schachtel Medikamente auf das Tischchen legte. „Eigentlich würde die Zeit sogar für zwei Filme reichen."

Amüsiert schüttelte er den Kopf. „Ich fürchte, du wirst sie allein ansehen." Die Medikamente waren weiße Pillen, sie erinnerten an Miniaturkonfekt. „Ich mag keine langen Flüge", sagte er und wendete den Blick ab, den Kragen seiner Lederjacke hochgeklappt, wie um seine angespannten Kiefer zu schützen. „Als Kind hatte ich Angst vor der Leere. Dieses Gefühl will ich nie wieder haben, das ist alles."

Ich wusste das nicht, er hatte es mir nie gestanden. Ich beugte mich vor, um die Zeitschrift aus der Tasche vor mir zu nehmen, ein rascher Blick, da war ein Beitrag über Alaska.

„Willst du wirklich die ganze Zeit schlafen?"

Er antwortete nicht, nur eine scharfe Bewegung der Lippen. Er hob den Arm über den Kopf, rief die Stewardess, „Einen Campari, bitte."

„Verträgst du das? Es ist Morgen!" Ich protestierte, ich wusste auch nicht, warum.

Alessio zuckte mit den Schultern, wie einer, der etwas aushält und sich keine Sorgen machen muss. Eines Abends hatte er mich im Auto nach Hause gebracht, fünfhundert Meter weit war er auf der Straßenbahntrasse gefahren; es stimmte also nicht, dass er nicht betrunken wurde. Ich beobachtete ihn von der Seite, er wirkte sehr müde, bläuliche Augenringe, die Haut unrein.

„Das Einzige, was ich nicht vertrage, ist, mich allein zu fühlen." Er hob die Gardine am Fenster, das erste Morgenlicht fiel gelb und staubig auf die Sesselbezüge.

Ich grinste, den Blick gesenkt, dieser Satz tat mir weh. „In Seattle leben wir zusammen", sagte ich mit erzwungener Fröhlichkeit, auch er hatte noch nie mit jemandem zusammengelebt.

Er sah mich eine Sekunde lang an. „Wir werden keine Zeit zum Leben haben, Ada. Wir werden arbeiten und das war's. Du wirst sehen, das wird wunderschön", dann tauchte er den kleinen Finger in das Glas mit dem Campari und rührte zerstreut darin um, wobei sich kleine feuerrote Wirbel bildeten.

Kurz danach bekamen wir etwas zu essen serviert. Ich hoffte, er würde vergessen, das Schlafmittel zu nehmen, ich wollte noch ein bisschen plaudern.

„Wie ist es mit Nicolas gelaufen?"

„Es ist gelaufen, wie es laufen musste."

Ich zuckte mit den Schultern, ich schämte mich, Gleichgültigkeit vorzutäuschen.

Alessio legte sich die Decke über die Beine und die Nackenstütze hinter den Kopf. Zwei Pillen, ein Schluck Wasser, die Augen sofort geschlossen, er wollte auf der Stelle einschlafen, trotz der Anspannung, die seine Beine immer wieder zucken ließ.

Im Flugzeug breitete sich Stille aus, Reglosigkeit der Körper, Geflüster. Ich setzte die Kopfhörer auf und schaute mir eine ganze amerikanische Komödie an, ohne einem einzigen Dialog zu folgen. Es war neun Jahre her, dass ich ein Flugzeug genommen hatte. Als die Maschine durch Turbulenzen heftig erschüttert wurde und die Lichter zum Anschnallen der Sicherheitsgurte angingen, klammerte ich mich an den Sitz, der Atem in der Kehle stockend, das Pochen des Herzschlags in den Schläfen. Alessio schlief mit offenem Mund und einem Ausdruck der Wehrlosigkeit. Die anderen Passagiere waren ruhig, niemand schien alarmiert zu sein. Ab und zu sah ich auf Alessios Schlafmittel, die noch auf dem Tischchen lagen; es war etwas Verführerisches an der Vorstellung, den Kopf, die Gedanken und einen Teil von sich selbst auszuschalten.

Alessio erwachte kurz vor der Landung. Während des Umsteigens in Amsterdam ging er mit schlafwandlerischem Schritt, die Arme steif vor der Brust verschränkt, studierte benommen die Tafel mit den Abflügen, stieg in das andere Flugzeug und nahm eine weitere Pille, als ob die Boeing ein Ort außerhalb der Welt wäre, eine Wabe mit Druckausgleich, wo nichts passieren kann.

Um halb zwölf Uhr mittags Ortszeit neigte der Flug sich seinem Ende zu; die Augen noch immer geschlossen, packte er mich am Arm und verlangte den Guten-Morgen-Kuss, ein verschlafenes Kind, die Lippen geschürzt. „Du Idiot, hör auf, gar nichts hast du verdient.“ Ich hatte überhaupt nicht geschlafen, nur zum Schein die Augen geschlossen, um die Träume günstig zu stimmen, die aber doch nicht kamen, während sich an ihrer Stelle Klagen, Ansprüche und Beschwerden einstellten: Die Filme waren grauenhaft, das Gemüse ungenießbar, du hast geschnarcht. Ich konnte es mir aussuchen, ob ich meinen Unmut an Alessio auslassen oder ihn absichtlich ignorieren wollte, enttäuscht, dass ich von den fünfzehn Stunden Flug auch nicht eine Minute mit ihm geteilt hatte, aber was ich durch das Bordfenster sah, ließ jede Missstimmung verfliegen. Die wie Brot zerbröselte Erde verlor sich im Meer, eine Abfolge von Inseln, Kanälen, Wasser, das zur gefangenen Schlange wurde. Weiter hinten ein Berg, der alle anderen überragte. Um ihn besser zu sehen, hatte ich mich über Alessio gebeugt, ich spürte seinen warmen Atem auf der Höhe des Ohrs. Ich hatte über diesen Berg gelesen, „Er heißt Mount Rainier“, flüsterte ich. „Er hat die Form eines riesigen Meeresgetiers. Schwarz und weiß gestreift, ist er ein schlummernder Vulkan, der letzte Ausbruch fand 1894 statt.“ „Schlummernd wie ich?“, fragte Alessio und räkelte sich.

Kaum waren wir aufgestanden, wurde er wieder derselbe wie immer. Ich dagegen verspürte einen Stich in der Magengegend. Trotz der Freude über die Ankunft waren diese Magenschmerzen, die mich seit ein paar Wochen plagten, wiedergekehrt. Mit resoluter Geste hielt Alessio mir das Handgepäck hin und zählte auf, was uns in den nächsten Minuten erwartete. Gefaltet in seiner Jacke hatte er die Mail, die ihm Nancy, die Sekretärin der kreativen Abteilung der amerikanischen Agentur, geschickt hatte. Bei unserer Ankunft am Samstag, schrieb sie, würde uns ein Wagen zu der Wohnung bringen, die sie für uns reserviert hatten. Wir hatten anderthalb Tage Zeit, um uns zu erholen, uns mit der Stadt vertraut zu machen und den Jetlag zu verdauen. Die Verabredung mit den anderen Kreativen, die an dem Pitch teilnehmen würden, war Montagmorgen um elf Uhr.

Vor den Schiebetüren des Baggage Claim erwartete uns ein Mann in Jacke und Stoffhose, er hielt ein Schild mit unseren Namen in der Hand. Willkommen, wie war die Reise, heute ist der erste wirkliche Sommertag, der übliche Small Talk. Sogleich war ich wieder in dieser Sprache drin. Die singende Sprechweise bewegte meine Lippen in einer Weise, die ich nicht vergessen hatte, es spielte keine Rolle, dass ich seit damals nie wieder Englisch gesprochen hatte: Im Auto gewann etwas die Oberhand, und ich sprach fließend wie vor Zeiten.

Während der Pontiac unseres Fahrers leise voranglitt, drehte ich mich immer wieder nach dem Mount Rainier um, ich wollte ihn im Rückfenster sehen, eingerahmt wie auf einem Foto von meiner Ankunft am anderen Ende der Welt.

„Zurückschauen verboten“, sagte Alessio. Mit dem Zeigefinger wies er auf die Stadt, die näher rückte, mit rauen Fingerkuppen drehte er mein Kinn nach vorne. Vor der Abreise hatte ich die Karten der Gegend studiert, ich mochte es, den Ort, den ich besuchen und an dem ich leben würde, von oben zu betrachten, ich kannte jedes geografische Detail, ich wusste immer, wo ich mit dem Körper war, schwieriger war freilich zu sagen, wo meine Gedanken waren.

Der Puget Sound ist ein Fjord, die Weiten des Pazifik sind meilenweit entfernt, er ist ein abgeschlossenes und geschütztes Meer. Er konnte nicht anders als schwarz sein. Ich stellte ihn mir vor, wie er endlos in die Tiefe reichte. Auch in Newport war ich an den Ozean gegangen. Wenn ich ein paar Stunden allein sein wollte, nahm ich die Küstenstraße, die auf die dunkle Fläche des Atlantik schaute. Ein paar Buchten konnte man zu Fuß erreichen; ich hockte mich nieder, ich liebte den Salzgeruch der Algen, den intensiven Geruch der Muscheln, die in der Sonne liegen geblieben waren. In Amerika war ich auf dem Weg gewesen, eine andere zu werden; sobald ich konnte, schwamm ich im Meer, obwohl ich sonst immer nur im See gebadet hatte, ich war schnell, auch wenn ich dann von den drei Meter hohen Wellen erfasst und ans Ufer geworfen wurde.

Der Vater der Gastfamilie, die mich aufnahm, hieß Dan. Vom ersten Tag an war ich ihm sympathisch, sicherlich mehr als seiner Frau Barbara. Er mochte es, wenn ich sang, und während der Barbecues im Garten bat er mich oft, das zu tun, wobei er mich auf der Gitarre begleitete. Als ich anfing, mit älteren Jungs auszugehen, die ich in der Schule kennengelernt hatte, kam Dan mich immer abholen, auch spät nachts. Unter der Woche aßen wir alle zusammen um sechs Uhr nachmittags zu Abend. Ich hatte um diese Zeit keinen Appetit, ich knabberte etwas, gegen elf ging ich dann hinunter und machte mir im Dunkeln ein Butterbrot. Zum Essen ging ich in den Garten, setzte mich auf einen Baumstrunk bei der Hecke. Ich betrachtete den Himmel, die Sterne, die mir alle verschieden vorkamen. Ich hatte das Gefühl, dass nichts in meinem Leben mehr wie früher sein würde. Erwachsenwerden musste etwas mit dieser beklemmenden Einsamkeit in der Brust zu tun haben, eine Art von innerem Schmerz, der mich jedoch anders als alle, einmalig werden ließ. Eine Weile lang, all die schwierigen Monate nach meiner Heimkehr hindurch, klammerte ich mich an dieses Gefühl.

Alessio hatte kein Interesse am Meer, er zeigte auf den Space Needle, den Turm von fast zweihundert Metern Höhe, der die Stadt überragte. Drei riesig lange Beine, die eine Scheibe tragen; mir kam das Bauwerk eher wie ein auf den Kopf gestellter Skistock vor, auf die Wolken weisend, die sich über unseren Köpfen zusammenbrauten.

Wir beschlossen, zu Fuß zu unserer Unterkunft zu gehen, wir stiegen eine abschüssige Straße hinauf, die genau beim Space Needle zu enden schien. Wall Street 72 war die Adresse. Verschwitzt traten wir ein. „Aber wie warm es ist, man sagt, es regnet hier dreihundert Tage im Jahr, aber das stimmt nicht." Die junge Frau am Empfang begleitete uns und öffnete die Tür mit der elektronischen Karte. Unsere Wohnung lag im fünfzehnten Stockwerk. Sie ließ uns vor und das Ambiente erkunden, sie sagte etwas über die Öffnungszeiten der Rezeption und über den Wäscheservice, über den Fitnessraum und den Saal für Feste. Ohne eine Antwort von uns abzuwarten, war sie schon verschwunden. Als wir eintraten, bemerkte ich sofort einen Geruch von Neu, von Unbewohnt. Alessio hatte nicht auf mich gewartet und war nach oben gegangen, wo der Salon und die Terrasse waren. Seine herausgeschrienen Kommentare, sein übertriebener Enthusiasmus. Die zwei Türen, wenige Schritte von mir entfernt, waren die zu den Schlafzimmern. Das erste mit Doppelbett ging auf eine Terrasse und bot einen weiten Ausblick über die Bucht. Das andere, kleinere, weniger geräumige ging nach hinten hinaus, seine Wände waren nachtschwarz. „Ich nehme das hier", sagte Alessio. Er war plötzlich wieder aufgetaucht, jetzt sprang er auf dem Bett herum, die Fernbedienung der Klimaanlage in der Hand. Nein, wir würden nicht weit auseinander schlafen. Ich fragte mich, ob es mir in der Stille von meinem Zimmer aus gelingen würde, seinen Atem zu hören, den Rhythmus seines Schlafs.

Ins Bad gelangte man von beiden Zimmern aus. Es war der Ort in der Wohnung, der uns mehr als alle anderen zusammenhalten würde. Dort würden wir uns begegnen, es war unmöglich, sich darin einzuschließen. Es würde regelmäßig intime, vielleicht skandalöse Zusammentreffen geben, diktiert vom Rhythmus der Tage. Die Körper feucht von der Dusche, die Augen erfrischt vom ersten Wasserschwall, Zahnpasta im Mund. Ich stellte meine Cremes in die Ecke rechts über dem Waschbecken und betrachtete mich im Spiegel, während Alessio im Stock darüber die Stereoanlage ausprobierte. Niemals hätte ich gedacht, dass ich mit jemandem zusammenleben könnte. Ich hätte vorher nie geglaubt, dass das Zusammenleben vor allem dies war: Räume zu teilen und abzuwarten, dass sie langsam in Kollision gerieten, bis sie sich einer mit dem anderen vermengten.

12.

„Los, mach schon“, rief er, während wir die Straße überquerten, die nach Queen Anne führte, dem Viertel, in dem sich die Agentur befand.

„Du hast gesagt, es sei nicht weit“, protestierte ich, die Sandalen mit Absatz taten mir an den Knöcheln weh. „Wir sind schon eine halbe Stunde unterwegs.“

An diesem Morgen hatte ich die Augen aufgeschlagen, ohne den Wecker zu brauchen, im Halbdunkel überrascht von all den Büchern, die ich unnützerweise auf dem Nachttisch aufgehäuft hatte. Ich war mir sicher, dass ich nicht die Zeit haben würde, sie zu lesen, ihr Stapel war jedoch beruhigend für mich. Bei offenem Fenster machte ich ein paar Yogaübungen, in einer Turnhalle in der Nähe von zu Hause hatte ich einen Kurs absolviert. Hände gefaltet über dem Kopf, die Fußsohlen fest am Boden, ich suchte die Energie. Ein Baum in BH und Slip. Anders als sonst konnte ich mich ausgezogen im Spiegel betrachten, ohne mich unbehaglich zu fühlen.

„Wir sind zu spät dran.“ Alessio war unruhig. „Du hast zu lang gebraucht, dich herzurichten!“

Wie einem neuen Instinkt gehorchend, hatte ich, noch nicht fertig angezogen, in meinem Kulturbeutel nach einem Nagellack gesucht. Da war ein Fläschchen mit blauem Lack. Mit meinen blauen Nägeln ging ich ins Bad und traf dort Alessio. Ein Guten-Morgen-Lächeln, während wir uns mit den Schultern streiften. Sein nasser Kuss hatte einen Fleck auf meinem eng anliegenden T-Shirt hinterlassen, aber ich hatte es nicht gewechselt.

„Ich glaube, es ist nicht mehr weit, los, komm.“ Alessio hielt das Handy in der Hand, aber nur um den Weg zu verfolgen, Nancys insistierende Anrufe ignorierte er.

Die Abteilung der Kreativen befand sich im zwölften Stock eines Gebäudes, das ganz mit blauem Glas verkleidet war. Desorientiert sahen wir uns um, als uns eine korpulente junge Frau entgegenkam. Sie trug eine schwere, quadratische Brille, die sie vielleicht älter machte. Nancy teilte uns mit, dass das Meeting eben begonnen hatte, wir verfielen in Laufschritt, brachten unsere Haare in Ordnung, kontrollierten uns gegenseitig, dass wir keine Essensreste zwischen den Zähnen hatten, und nahmen wieder den ruhigen Ausdruck von jemand an, der weiß, was Konzentration ist. Bevor wir den Raum betraten, sah Alessio mich an, als ob er mich erst in diesem Moment bemerkte: „Aber wie bist du denn angezogen?“ Ich fühlte mich wie vom Winde verweht, die Begeisterung des ersten Arbeitstages verklang wie der Nachhall eines fernen Tons.

Ein runder Raum, gedämpftes Licht, um die zu besprechenden Stichpunkte an eine Wand zu projizieren. Kein Laut. Die Stille war mir unbehaglich, in Mailand schlief ich mit den Foo Fighters im Hintergrund ein, ab und zu las ich mit lauter Stimme die Reiseführer, die ich sammelte. Die ganze Welt auf dem Nachttisch, das waren die einzigen Bücher, die ich auslesen konnte. Der Salar de Uyuni liegt auf 3653 Meter Höhe, eine Fläche trockenen Salzes, kilometerweit nur Weiß. So stand es im Lonely-Planet-Führer von Bolivien, den ich mitgenommen hatte. Führer waren eine Verheißung auf Bewegung. Eines Tages würde ich all die Orte besuchen, von denen ich gelesen hatte, und meine Wünsche würden genauere Konturen annehmen. Ich würde anfangen, mich selbst zu erkennen.

Rund um den Tisch saßen etwa zehn Personen, aber niemand beschwerte sich über die Unterbrechung. Ein Mann mit weißem Haar kam auf mich zu. Er hieß Bob und war der Kreativdirektor der Agentur, er entsprach exakt der Beschreibung, die Pepi mir von ihm gegeben hatte. Ein schwer auszusprechender polnischer

Familienname, blaue Augen und am Finger ein goldener Ehering. Amar hingegen war ein Senior Copywriter, der uns in den folgenden Wochen Schritt für Schritt begleiten würde. Rebecca war die Account Managerin, sie trug einen rosa Haarschopf, der ihre Wangenknochen umspielte. Ich zeigte mit meinem blau lackierten Fingernagel darauf und dachte mir, dass das ein schöner Farbkontrast war.

Am Tisch saßen schon die drei Kreativ-Duos, die an dem Projekt mitarbeiten sollten. Paul und John waren eben aus London gekommen. Als John mir die Hand drückte, bemerkte ich in seinem Mundwinkel einen Schokoladenflecken. Paul dagegen trug ein so zerknittertes Hemd, dass es aussah, als hätte er darin geschlafen. Seine lässige Sicherheit bewirkte, dass ich mich sofort für die Sandalen schämte, die ich angezogen hatte. Isabel und Diego waren schon vor fünf Tagen von Madrid aus aufgebrochen. Isabel spielte mit dem langen Zopf, den sie über einer Schulter trug, und wickelte ihn sich immer wieder ums Handgelenk. Wir Frauen stellten uns rasch vor, aber im Kontakt unserer Hände gab es so etwas wie eine elektrische Entladung. Nicole und Chris kamen aus Sidney, auf dem Stuhl neben ihnen sah ich zwei bunte Fahrradhelme. Er trug eine dieser Armbanduhren mit Kilometerzähler. Schließlich war da Wen, älter als wir alle, um die Vierzig, er war der Chef der Filiale in Hong Kong. Er war allein gekommen, weil seine Kreativen mit anderen Projekten beschäftigt waren.

Ich sah sie aufmerksam an, als wollte ich Fragmente ihrer Wahrheit ausfindig machen, um einen eventuellen Prozess der Freundschaft zu beschleunigen. Jedenfalls bis ein Teil von mir gewahr wurde, dass die Tür geschlossen war und dass es keine Fenster gab. Ich blähte die Nasenflügel, fühlte den Schweiß auf der Stirn, während ich mit dem Blick nach einem Feuerlöscher und einem Fluchtweg suchte.

Alessio saß zwischen Wen und Diego, ich sah, wie er seine Stirn in Falten legte und an seinem Ohrläppchen zupfte, er hörte auf das, was Bob erklärte. Ich hatte ihm noch nie gesagt, dass

Unsicherheit ihn wahrhaftiger machte, mit seinen leicht gebeugten Schultern wirkte er wie ein gescholtener Bub, der sich selbst vergisst. Im Übrigen aber hörte er nicht einen Moment auf, sich vom Leben etwas Großes zu erwarten, einen Stolz zu kultivieren, der mich erschreckte.

Der Kunde war ein Technologieriese. Wir würden uns auf die Kampagne für das gesamte Druckersortiment konzentrieren. „Wenn du von einem Unternehmen sprichst, nicht von einem einzelnen Produkt", sagte Bob,"ist das, als würdest du die Welt von einem Satelliten aus betrachten, was zählt, ist die Distanz, die alle Elemente zusammenhält. Du entwirfst eine Vision, du evozierst sie, du versuchst, nicht nur ein Produkt zu verkaufen, sondern du bietest Perspektiven, existenzielle Orientierung. Es ist einfach, man muss nur von einem Grundbegriff ausgehen: Was wollen wir über diese Drucker aussagen? In dieser Phase kann man in alle Richtungen denken", fügte er in einem Ton hinzu, der etwas Prophetisches hatte. Jedes Kreativ-Duo würde seine Ideen sammeln bis zur ersten Präsentation für den Kunden.

Mir schien das Projekt unsere Fähigkeiten bei Weitem zu übersteigen. Ich lehnte mich auf dem Stuhl zurück, die Arme ausgebreitet und tiefe Atemzüge, die die Brust weiteten wie vor einem Anstieg in den Bergen. Auf der anderen Seite des Tisches unterhielt Alessio sich mit Wen, sie steckten die Köpfe zusammen, während Nancy mit einem Metalltablett voller Sandwiches in bunten Servietten herankam. Zehn Minuten Pause, dann würden wir weitermachen.

Ich biss in einen vegetarischen Toast, die Sauce lief mir über die Finger und befleckte die Bluse. Während ich versuchte, mich mit einem Papiertaschentuch sauberzumachen, sah ich, wie Diego sich niederkniete und sich zu dem Stuhl neigte, auf dem Alessio saß. Sie wechselten Ausdrücke des Erstaunens und des Wohlgefallens, ich konnte sie nur undeutlich hören. Am Abend würde Alessio mir erzählen, dass sie sich zwei Jahre zuvor in Cannes auf einem Fest kennengelernt hatten. Ich war noch nie dort gewesen, aber ich hörte ihn immer davon erzählen. Beide waren im Wettbewerb, Alessio mit einem Spot für ein Bier und Diego mit einem für einen Energy Drink. Obwohl Diego einen Preis gewonnen hatte und Alessio mit einem bitteren Lächeln auf den Lippen nach Hause gekommen war, schienen sie Freunde zu sein.

Ich hielt mich abseits, ich studierte die Situation oder vielleicht war ich nur eingeschüchtert davon. Sandra in Mailand hatte mich darauf hingewiesen, dass meine Zurückhaltung und mein Schweigen in den informellen Meetings Verlegenheit und Missbehagen hervorrufen konnten. Ich hatte ihr nicht geantwortet. Wenn ich Leuten begegnete, umarmte ich sie nicht, ich beeilte mich nicht mit Wangenküsschen, ließ mich zu keinem Kompliment hinreißen. Ich konnte keine Intimität vortäuschen, weil ich sie nicht kannte. Ich hatte sie mit niemandem erlebt, auch mit Alessio nicht.

Bob sagte etwas mit lauter Stimme, sodass alle es hörten. Wir müssten an unsere Plätze zurückgehen, einige Punkte seien noch zu klären.

„Ich hätte eine Frage", begann ich, sobald Bob uns Kreativen das Wort erteilte. Unter dem Tisch legte ich den großen Zeh über die anderen Zehen, ich presste sie eng aneinander. Mein Englisch war flüssig und sicher. „Was heißt das genau, dass man auf jedweder Oberfläche drucken kann? Meint man damit Keramik, Glas, Textilien, Plastik?" Über einen Block gebeugt, zeichnete Diego mit dem Stift etwas. „Aber wenn das wirklich mit jeder Oberfläche funktioniert, können wir überall ein Zeichen hinterlassen, wir erweitern den Horizont des traditionellen Druckens." Ich erinnere mich nicht an die genauen Worte, aber der Sinn war der. Beim Gestikulieren gerieten meine Hände ins Blickfeld. Erst in diesem Moment wurde mir klar, dass der blaue Nagellack auf meinen Fingernägeln der von Claudia war, sonntagnachmittags lackierten wir uns gegenseitig die Nägel, wenn wir uns als Hexen verkleideten. Sofort schloss ich die Hände zur Faust und legte sie mit einem dumpfen Knall auf den Tisch. Dann sagte ich nichts mehr, die Haltung von jemandem, der sich schämt.

Es folgte eine Pause, Alessio sah mich an, rhythmisch ließ er einen Stift zwischen den Fingern hin- und herwippen, ein unbeirrbares Metronom. Er musterte mich mit einer ganz anderen Intensität als der, die ich erwartet hätte. Die Australier rührten sich nicht, Wen nickte. Nur Bob klatschte in die Hände und wies auf mich. „Richtig, eine ausgezeichnete Intuition, ein guter Ausgangspunkt. Ein Zeichen hinterlassen, einen neuen Horizont aufzeigen." Ich sah, wie Isabel und Paul sich Notizen machten. Alessio musterte mich noch immer, ich versuchte, ihm zuzulächeln, aber er verzog keine Miene. Also beugte ich mich vor und nahm ein Sandwich mit Lachs und Avocado, nur um etwas zu tun und einen Vorwand zum Luftholen zu haben.

Bob sprach wieder, aber diesmal, um das Meeting zu beenden. Er wünschte allen gute Arbeit, forderte zu ganzem Einsatz auf, mit seinem breiten und weißen Lächeln rief er zu den Waffen. Ich nickte zustimmend und dachte weiterhin an Alessios merkwürdigen Ausdruck, als mein Handy in der Hosentausche vibrierte. Ein paar Sekunden lang rührte ich mich nicht, denn ließ ich es unter dem Tisch in die Hand gleiten.

Es war meine Mutter, nach drei Tagen des Schweigens.

Alle diskutierten, die einen stehend, die anderen noch sitzend. Jemand griff nach den letzten übrig gebliebenen Sandwiches, Rebecca verteilte das ausgedruckte Briefing. Ich stand auf und ging hinaus, das Handy in der Hand. Ich murmelte, dass ich auf die Toilette müsse, aber keiner beachtete mich.

„Da bist du ja endlich."

Die Stimme meiner Mutter kam vom anderen Ende der Welt. Ich fing an, am Daumennagel zu kauen, ich nahm ihn zwischen die Zähne, um seine Dicke zu erspüren. „Hallo, die Reise war gut, keine Verspätung", chaotisch häufte ich Informationen auf Informationen. „Die Stadt hier ist wunderschön."

„Amüsierst du dich?“, fragte sie nach einer Weile.

Ich antwortete nicht, presste nur die Lippen zusammen, in einem harten, verletzten Ausdruck. Diese Frage machte, dass ich mich fehl am Platze fühlte. Ich hatte Lust, auf die Terrasse hinauszugehen und die Haut von der Sonne streicheln zu lassen.

„Heute war das erste Meeting, ich war sehr aufgeregt.“

Ich hörte ihren Atem in der Hörmuschel. „Das ist normal“, sagte sie.

„Ich habe noch nie vor so vielen Menschen gesprochen ...“ Ich kam an einen abseits stehenden und dem Wind ausgesetzten Holztisch. Ich zündete mir eine Zigarette an, auch wenn das verboten war.

„Du musst dir Zeit lassen, Ada. Mit dem Englischen wirst du ja keine Probleme haben.“

In diesem Moment kamen Chris und Paul heraus, von Weitem konnte ich undeutlich ihr Gespräch hören.

„Heute hat Claudia ihre erste Segelstunde gehabt.“ Die Stimme kam mit einer kleinen Verzögerung, angesaugt von einem unbestimmten Punkt im Raum. Ich nickte und sah weiterhin auf den blauen Daumennagel, der Lack war abgeblättert. Alessio kam mit Diego heraus. Ich sah sie gemeinsam auf und ab gehen, sie deuteten auf den Horizont und den Mount Rainier, dann setzten sie sich auf ein Loungesofa neben zwei Ahornbäumen, die schief in großen Terrakotta-Töpfen standen.

„Brauchst du Geld?“, fragte meine Mutter, als würde sie sich an etwas erinnern.

„Geld?“

„...“

„Nein, ich bin hier, um zu arbeiten.“

Es schien, als wollte sie noch etwas hinzusetzen, aber es gelänge ihr nicht.

„Sicher ...“

„Das ist wichtig für mich, Mama.“ Im Hintergrund hörte ich Geschirrklappern, Teller, die in die Spüle gestellt wurden.

„Ja, Ada, das habe ich verstanden."

Nancy grüßte mich von ferne mit der Hand, ich lächelte ihr zu und wandte mich dann zum Vulkan um. Ich nahm mir vor, als Erstes seinen Gipfel zu besteigen. Ich hatte gesehen, dass von jeder Seite viele Wege hinaufführten, und hatte über die Geschichte des Nationalparks gelesen. Es gefiel mir, dass der Mount Rainier im neunzehnten Jahrhundert dank eines gewissen John Muir, einem Pionier der Umweltschutzbewegung, bekannt geworden war.

„Das Meeting ist gut gelaufen, das Projekt ist sehr schön", setzte ich hinzu, auch wenn meine Begeisterung etwas holprig klang.

„Du bist zufrieden, ich höre es an deiner Stimme." Sie war jetzt ruhiger. „Gut, dann hören wir uns in den nächsten Tagen. So kannst du mir erzählen, wie es mit den Präsentationen vorangeht." Plötzlich musste sie husten, sie konnte nicht damit aufhören. „Ich bitte dich, iss und schlaf ausreichend", schloss sie mit Mühe.

„Es sind zehn Stunden Zeitdifferenz ..." Ich wusste selbst nicht, was ich damit sagen wollte, vielleicht wünschte ich mir, dass die Verbindung zusammenbrechen sollte, stattdessen hörte ich ein Durcheinander. Meine Mutter brummte etwas Unverständliches, dann Stille am Handy.

Es war sie. Sie atmete mit offenem Mund, das tat sie immer, auch die Lehrerin hatte mich darauf aufmerksam gemacht.

„Hallo", sagte ich mit gesenkter Stimme. „Wie geht es dir?"

„Gut." Claudias Stimme war heiser.

„Ich habe von der Segelstunde gehört ..."

„Hier ist es heiß."

„Hier auch. Heute hat es dreißig Grad."

„Ich habe gelesen, dass man Wale sehen kann."

„Wo?"

„Dort."

„Hier?"

„Das steht in einer von Opas Zeitschriften."

„Wirklich?"

„Hast du sie nicht gesehen?" Sie klang unsicher, ein Teil von ihr wollte nicht glauben, dass ich so weit weg gefahren war.

„Nein, noch nicht. Aber wenn es passiert, mache ich ein Foto."

„Mh-mh."

Von ferne sah ich Amar zu den anderen stoßen. Er war mit einem Glas Orangensaft auf die Terrasse gekommen.

„Claudia, ich muss jetzt gehen."

Sie blieb einen Moment still. „Sie lässt mich nicht zum Bach gehen", sagte sie in einem Atemzug.

„Wer, die Oma?"

„Ja."

Im Sommer gingen wir morgens aus dem Haus und nahmen den Weg durch den alten Wald. Hinter der Einzäunung erreichten wir nach vier Kurven den Bach, der zur ehemaligen Papierfabrik floss. Claudia blieb immer stehen und schaute auf die Stelle, an der das Wasser seine Richtung änderte und eine Gumpe bildete. „Das ist wunderschön", sagte sie dann. Einmal hatten wir im dunklen Wasser das Schillern der Forellen gesehen. Sie reflektierten das Sonnenlicht wie Klingen in einer Höhle.

„Sie will mich nicht dorthin begleiten, sie sagt, es ist gefährlich."

„Sag ihr, dass du dich nicht verlaufen kannst. Du bist die Naturforscherin Cla."

Das war unser Abenteuerspiel. Wir stiegen zum Bach hinunter mit einer Forstkarte, die mit Tesafilm zusammengeklebt war. Die studierten wir tagelang. Claudia erkannte jede Windung des Baches, konnte genau sagen, wo wir uns befanden.

„Sie glaubt mir nicht, dass ich mich nicht verlaufe ... Du musst bei mir sein."

Ich wollte hinzusetzen, dass es viele Spiele gab, die sie ohne mich spielen konnte, aber ich blieb still, in einer Art benommenem Schweigen.

Dann erkannte ich die Stimme meiner Mutter, die von ferne etwas zu ihr sagte.

„Sei schön brav." Diese Worte waren wie abgerissen meinem Mund entschlüpft.

„Ist gut", flüsterte Claudia. „Ciao."

Ich ließ das Handy in der Handtasche verschwinden und ging hinüber zu der Gruppe, die sich um Nancy und Amar gebildet hatte. Sie waren zufrieden mit dem Team, die internationalen Projekte waren die intensivsten Momente im ganzen Jahr. Sie erklärten mir, wie die Arbeitszeiten und die internen Präsentationen geplant waren. Ich nickte, unterdessen suchte ich mit den Augen Alessio. Er saß noch immer mit Diego auf dem Loungesofa, sie amüsierten sich, die Gesten vertraulich, sie sprachen ein Mischmasch aus Italienisch und Spanisch. Als sich Nancy und Amar entfernten, ging ich zu ihm. Ich hatte den Eindruck, ihn zu stören, denn obwohl ich dicht vor ihm stand, ließ er ein paar Sekunden vergehen, bevor er seinen Dialog mit Diego unterbrach und sich an mich wandte.

„Geht's dir gut?", fragte er. „Mit wem hast du telefoniert?"

„Es geht mir gut. Sandra aus Mailand hat angerufen. Sie wollte wissen, ob alles in Ordnung ist."

Hinter Alessio sah ich auf die Stadt, die dem Meer entgegenstrebte. Und ich, welchem Ziel strebte ich entgegen? Es gab keinen Führer für Entscheidungen, ich hatte nie den richtigen Instinkt gehabt. Ich fragte mich, was ich da machte, was in Wirklichkeit meine Intentionen waren.

„Bist du sicher, dass alles in Ordnung ist? Du machst ein Gesicht ..."

Ich nickte, löste die Haare und lächelte gezwungen.

In der Zwischenzeit war Diego aufgestanden und zu Isabel und Wen gegangen. Ich setzte mich neben Alessio, die Beine gespreizt und die Arme am Körper anliegend. Erschöpft, noch bevor es losging.

„Warum hast du beim Meeting diesen Satz gesagt?"

„Ich weiß nicht, welchen Satz?"

„Die Überlegungen zum Zeichenhinterlassen ... die Geschichte mit den Horizonten."

„Mir kam die die Idee gut vor."

„In der Tat, das ist sie."

Ich pflückte ein Blatt von dem Ahorn und hielt es zwischen den Fingern. „Ich verstehe nicht."

„Das war naiv."

Ich antwortete nichts und das Blatt wirbelte zu Boden.

„Auf diese Weise gibst du den anderen Anregungen."

Ich runzelte die Stirn. „Brainstormings gehören mit zu unserer Arbeit."

Alessio rückte von mir weg, die Augen nach oben verdreht, es schien, also wollte er den Kopf unter den Ahorn strecken. „Immer noch dieses Wort", schnaubte er. Es gefiel ihm nicht, dass ich von unserem Beruf wie von einer schlichten Arbeit sprach. Er strich mir langsam über den Kopf, dann stand er auf, als kostete ihn das enorme Mühe, und ging wieder zu Diego. Ich fühlte mich allein, wie es mir schon lang nicht mehr geschah. Bleib da, hätte ich zu ihm sagen wollen … *Du musst bei mir sein,* diese Worte kamen mir in den Sinn. Aber er war schon weit weg. Sein Gang war nicht wie am Morgen, seine Schritte wirkten wie ein Marsch. Ich wusste, was er dachte. Keine Arbeit, kein Beruf. Für ihn war es ein Kampf, es war Krieg.

13.

Alessio saß neben mir in einem Restaurant mit nachtblauen Wänden, das zusehends voller wurde, als ob es der einzige Japaner in ganz Belltown wäre. „Es ist das erste Mal, dass wir gemeinsam Sushi essen", sagte er und zeigte auf die Speisen, die sich auf einem Band vor unseren Augen vorbei bewegten.

Marika und ihr Mann, meine chinesischen Nachbarn, verwendeten zum Kochen Kurkuma und Nelken: Dieser Geruch ließ mich die Nase rümpfen, ich empfand ihn als widerlich süß, aber wenn ich ihre Gerichte probierte, verschwand das Unangenehme, als ob es keine Verbindung zwischen Geruch und Geschmack gäbe. Jeden Donnerstag machten sie Teigtaschen, Marika bevorzugte die mit einer Füllung aus Gemüse und Brühe. Sie hob immer drei oder vier für mich auf und reichte sie mir in einem Bambuskörbchen durch das Fenster. Ich aß sie mit den Händen vor dem Fernseher, auch wenn mir beim ersten Bissen die Brühe über Finger und Handgelenk lief. Mit den Stäbchen war ich nie geschickt gewesen; beim Essen mit den Fingern fühlte ich mich freier. Zu Japanern dagegen ging ich nie. „Diese Mode mit dem rohen Fisch", rief mein Vater immer. Jedes Mal erzählte er, wie er sich beim Militär in Bari durch ein Übermaß an rohem Tintenfisch eine Hepatitis zugezogen hatte.

Alessio erzählte ich nichts von alledem, ich beschränkte mich aufs Nicken. Ja, es war das erste Mal. Seit ich ihn kennengelernt hatte, hatte es in meinem Leben so viele erste Male gegeben, das ich den Überblick verlor. Da war etwa Neues, meine Jugend schöpfte neue Kraft.

„Das Leben liegt in den Anfängen", sagte er lächelnd zu mir;

er prägte gern sentenzhafte Sätze. In unseren langen Gesprächen hielt er manchmal mittendrin inne. Da gab es sehr kurze Momente, in denen es schien, als ob er mir nicht sagen könnte, was er mir mitteilen wollte, dann lachte er und redete wieder von der Arbeit. „In zwei Jahren sind wir Kreativdirektoren", sagte er. Wir würden in Cannes gewinnen und gemeinsam in einem dieser *houseboats* auf dem Lake Union wohnen: bunte Liegen, einen Schritt vom Wasser entfernt, ein Kajak zum Überqueren des Sees ... Jede Lebensperspektive beinhaltete jetzt Seattle.

„Die Wahl fällt schwer ...", setzte er hinzu, wobei er die Gerichte ansah, die auf dem Laufband vorbeifuhren. Er schien sich für Lachsrogen entschieden zu haben, doch dann zog er die Hand wieder zurück. „Ich habe dich nicht gefragt, wie es in der Bibliothek war."

An diesem Samstagmorgen war ich aus dem Hause gegangen. Ich hatte gesagt, dass ich die *public library* besuchen wollte. „Gut", antwortete ich.

„Hast du gefunden, was du suchtest?"

„Ich habe den Reisepass zu Hause vergessen und sie haben mir keinen Benutzerausweis ausgestellt. Ich war im Lesesaal und habe ein paar Bücher eingesehen, konnte aber nichts ausleihen." Ich war immer gern zum Lesen in die Biblioteca Sormani oder in die Braidense gegangen, aber die Bibliothek von Seattle war etwas anderes, ganz Stahl und Glas. Die Wahrheit ist, dass ich ein paar Stunden allein sein wollte.

Alessio beugte sich hinunter, um meinen Seidenschal aufzuheben, der vom Hocker geglitten war. „Wenn es nicht aufhört zu regnen, fang ich an zu schreien. Sonntag wollte ich an einem der wilden Strände am Pazifik in der Sonne liegen. Von wegen Bibliothek." Er deutete auf den nassen Regenschirm am Boden. Schwüle Tage wechselten sich ab mit solchen mit Dauerregen.

Ich zuckte mit den Schultern: Am See regnete es oft.

„Probier das hier." Alessio beugte sich vor, um einen Teller zu nehmen, auf dem mehrere Stücke Krebsfleisch übereinander aufgespießt waren. Er nahm etwas anderes: Auf einem Blatt, das aussah wie eine Lanze, waren kleine Portionen rohen Fischs verteilt.

„Untersteh dich, Besteck zu verlangen“, sagte er, als ob er meine Gedanken lesen könnte. Ein Stäbchen fest, das andere mobil, ich sollte die Harmonie dieser Bewegung erfahren. Er versuchte mir zu zeigen, wie ich es machen musste, und ich fühlte mich erinnert an das Mal, als ich einen Juwelier mit einer winzig kleinen Zange einen Diamanten hatte nehmen sehen. „Du wählst eines unter vielen aus, und das erhöht den Genuss.“ Er musterte mich mit einer merkwürdigen Intensität, also ob er nicht nur über Sushi sprechen würde. „Mit wem hast du gestern telefoniert?“

„Wann denn? Nach dem Meeting?“

Alessio tunkte ein quadratisches Stückchen rohen Thunfisch in die Sojasauce. Er bemühte sich, mich nicht anzusehen.

„Ich habe es dir gesagt, es war Sandra.“ Meine Bereitschaft zu lügen überraschte mich nicht mehr.

„Ich habe verstanden, du willst mir nicht sagen, mit wem du gesprochen hast“, sagte er anspielungsreich. Er provozierte mich; ich fragte mich, wie er reagieren würde, wenn ich sagte, ja, da gebe es jemand in meinem Leben, einen Geliebten, der meine Anwesenheit forderte.

Seitdem wir in Seattle waren, blieben wir bis tief in die Nacht wach. Wir erzählten uns Anekdoten über die Leute, die wir getroffen hatten, was wir gern aßen, über die seltsamsten Gewohnheiten. Wir lagen im Dunkeln wie Geschwister, Freunde oder etwas mehr, und was mir gefiel, war die Art, wie die Silben in seinem Mund breiig wurden, bis der Schlaf kam, und da war es bereits Morgen.

Ich nahm ein Stäbchen und begann mit der Sojasauce zu spielen: Als ob es eine mit Tusche gefüllte Feder wäre, zeichnete ich ein stilisiertes Herz auf meinen Teller und zeigte es Alessio.

„Das ist wirklich meins! Es ist schwarz“, war sein Kommentar.

„Hör auf!“ Ich versetzte ihm einen kleinen Stoß. Es war eine lustig anzusehende Szene: Freunde, die so tun, als würden sie flirten, oder die so tun, als würden sie so tun, als würden sie flirten. Nach außen hin war ich fröhlich, aber innerlich fühlte ich mich ganz zerknirscht. Ich hatte immer das Gefühl, alle anzulügen, Aspekte meines Lebens sogar vor mir selbst verborgen zu halten.

Nach dem ersten Glas begannen wir erneut über die Arbeit zu reden. „Drucker NO LIMITS", sagte Bob immer wieder in der Besprechung zur Wochenmitte. Er und Amar hatten sich mit jedem der Kreativ-Duos getroffen sowie mit dem Planner, der über die beste Kommunikationsstrategie entschied, die Positionierung des Produkts empfahl und die Überlegungen der Kreativen lenkte. Was ich bei dem Meeting gesagt hatte, war geschätzt worden. Die Idee, den Horizont der konventionellen Drucker zu erweitern, ließ sich am besten so zusammenfassen: Drucker NO LIMITS. Von diesem Grundkonzept mussten unsere Überlegungen ausgehen, so auch die der anderen. Für Alessio bedeutete NO LIMITS, dass man die Drucker ÜBERALL einsetzen konnte. „Sicher, richtig", hatten Bob und der Planner gesagt ...

Ich tupfte mir mit der Serviette den Mund ab und sah ein Paar auf den Tresen zukommen. Alessio war sofort abgelenkt.

„Was ist?", fragte ich.

„Nichts ..."

„Was?"

„Nichts, mir gefällt der, der sich neben dich gesetzt hat. Er sieht gut aus."

Er zog eine komische Grimasse, aber sein Kommentar machte mich trotzdem traurig. Immer gab es da den Moment, in dem ich mich von seinem Horizont ausgeschlossen fühlte. Ich betrachtete diesen groß gewachsenen blonden Mann, der mit seiner Begleiterin eine slawische Sprache sprach.

„Du bist schöner", sagte ich zu unserem Essen zurückkehrend.

„Was hat das damit zu tun ..." Er wirkte desorientiert, wie wenn ich etwas sagte, was er nicht erwartete.

Nein, ich war nicht überzeugt von der Idee, den Druck und die Drucker ÜBERALL hinzubringen. „Du wirst sehen, dass dich das überzeugen wird", hatte Alessio bei dem Meeting erwidert. Amar beobachtete mich und klopfte mit einem Bleistift auf seine Unterlippe. Für mich war das keine logistische, sondern eine substanzielle Frage. „Diese Drucker können alles realisieren, also können sie auch die Welt verbessern." Das zu kommunizieren, war eine Möglichkeit, die Wirklichkeit neu zu schreiben. Es bestand ein merkwürdiger Kurzschluss zwischen den Überlegungen, die ich in der Agentur anstellte, und der Art und Weise, wie ich an meine Existenz dachte. Das Leben ist die Erzählung, die du davon gibst. Ich fing eben erst damit an und noch wusste ich nicht, wohin sie mich führen würde.

„Du bist jedenfalls auch nicht schlecht", sagte Alessio, als bemerke er erst jetzt das Kleid, das meine Schultern frei ließ.

Ich schlug die Augen nieder: Auf meinem Teller bildeten die letzten Stückchen Krebsfleisch eine Art Fragezeichen.

„Ich hatte verstanden, dass du feiern wolltest", sagte ich, wie um mich zu rechtfertigen.

Wir gingen nie aus essen. Alessio bestellte eine Pizza oder ein thailändisches oder vietnamesisches Takeaway. Wild Ginger, Tamarind Tree, Shiro's: Die Restaurants, die er anrief, hatten Namen wie aus einer fernöstlichen Sage.

„Ich dachte, das wäre ein guter Auftakt."

„Wozu?"

„Zu unserer Arbeit, Ada. Ich wollte unsere künftigen Unternehmungen feierlich eröffnen."

„Ist das ein bisschen, wie das Band zu durchschneiden?"

„Ja, etwas in der Art."

Der Kellner stellte zwei weitere Gläser Weißwein vor uns hin. Wir erhoben sie gleichzeitig und sahen uns dabei in die Augen.

„Ist dir noch etwas zu unserer Kampagne eingefallen?"

„Vielleicht", sagte ich und schweifte mit dem Blick über den Tresen hinaus. An diesem Morgen war ich in die *public library* gegangen, aber es fiel mir schwer, Alessio den Grund dafür zu erklären.

„Weißt du, dass das ein wunderschöner Ort ist?"

„Was?“

„Die Bibliothek. Da gibt es diese Lesesäle unter einem Netz aus Stahl und Glas.“

„Ein Treibhaus.“

„Nein, Dummkopf, das ist kein Treibhaus. Es ist der lichtvollste Ort, an dem ich je war.“

In der Agentur hingen alle immer am Internet, bis spätabends konsultierten sie die Seiten der angesagtesten Fotografen. Ich hatte noch Vertrauen zu Büchern; das war eine Gewohnheit, die ich während des Studiums angenommen hatte. Bibliotheken brachten meine Emotionen zum Schweigen. Nur so konnte ich mich konzentrieren, konnte ich die Welt und mich selbst vergessen. In die *public library* von Seattle war ich gegangen in der vagen Absicht, mir Atlanten anzuschauen, um Anregungen für die Kampagne daraus zu schöpfen, doch dann wurde ich von den Regalen mit amerikanischen Erzählern abgelenkt. Fitzgerald, DeLillo, Hemingway. Ich hatte sie nie auf Englisch gelesen.

„Während ich in der Bibliothek war, ist Amar gekommen, weißt du?“

„Amar?“ Alessio öffnete den Mund und versuchte mit den Fingern eine Sojabohne auszuhülsen.

„Er war mit seinem Sohn da“, sagte ich, um die Bedeutung der Sache herunterzuspielen.

„Und was habt ihr miteinander gesprochen?“

„Nichts, wir haben uns nur flüchtig begrüßt.“

„Hallo, schön dich hier zu sehen.“ Amar war überrascht gewesen. Sein Sohn war dreizehn und trug Basketballschuhe. In Wirklichkeit hatte er sich nur überreden lassen, weil es im ersten Stock eine Comic-Ausstellung gab. Amar wollte nach dem Mittagessen in die Agentur gehen und weiterarbeiten, auch wenn Samstag war. „Liest du amerikanische Romane?“, hatte er mich gefragt und dabei auf den *Großen Gatsby* gedeutet, den ich auf dem Tisch liegen hatte. „Ich mag den Helden, er hat mich schon immer fasziniert“, sagte ich. Ich hätte etwas hinzusetzen wollen – über seine Großmannssucht ohne Arroganz, über seine Fähigkeit, aus Liebe zu hoffen –, aber ich tat es nicht. Ich las dieses Buch immer wieder, jetzt allerdings sah ich noch etwas mehr darin. Gatsby war jemand, der über sich selbst hinausging. Er setzte sich keine Grenzen. Nie hatte er auch nur den geringsten Zweifel.

Amar hatte das Buch in die Hand genommen, darin geblättert und mit desorientierter Anerkennung genickt. „Ich lese gern", hatte ich gesagt. Da war sein Sohn zu uns gekommen. „Los Papa, komm schon, ich habe Hunger." Rasch hatten wir uns verabschiedet. Als ich die Bücher stapelte, um sie der Bibliothekarin zurückzugeben, hatte Amar sich am Ausgang kurz umgedreht und mich ein paar Sekunden lang angesehen.

„Wir haben über Bücher gesprochen", sagte ich zu Alessio, nahm den Seidenschal und legte ihn mir um den Hals, ich ertrug die Klimaanlage nicht. „Er ist sehr glücklich darüber, uns hier in Seattle zu haben." Ich fühlte, wie ich vor Verlegenheit rot wurde, was ich mir nicht erklären konnte, aber da unterbrach uns jemand.

„Machst du ein Foto von uns?"

Der Mann, der neben uns saß, hatte sich schon in Positur gebracht, einen Arm um seine Begleiterin gelegt. Alessio wich zurück, um die Entfernung richtig einzustellen, klickte ein, zwei, drei Mal. Dann zeigte er dem Mann die Porträts. Die Frau schien zufrieden. „Du hast die Fotos mit deinem Handy gemacht", sagte der Unbekannte lachend und wies sogleich auf sein Smartphone, das auf dem Tresen liegen geblieben war. In dem Moment fragte ich mich, ob Alessio das absichtlich gemacht hatte oder ob er wegen irgendetwas nervös war.

Das Paar verabschiedete sich von uns mit einem Lächeln und Schulterklopfen. Wir sahen ihnen zu, wie sie sich entfernten, zwischen den Tischen einen Slalom hinlegten, bevor sie das Restaurant verließen.

„Laufen wir ein bisschen, magst du?", sagte Alessio, nachdem er bezahlt hatte.

Wir standen auf und er ging mir voraus. Er führte mich zum Ausgang und hielt den geschlossenen Regenschirm in der Hand. Draußen reflektierte der nasse Asphalt das Licht der Straßenlaternen, als wäre er aus Glas. Ich hatte den Eindruck, wir könnten jeden Moment ausrutschen.

14.

Neben unserem Boot lagen vier weitere mit Frauennamen in der Bucht. Sie waren weiß und schaukelten sachte, sie schienen das Wasser zu massieren.

Ich sah Alessio an, der auf der Brücke lehnte und mit Bob plauderte. Er wandte mir den Rücken zu, und ich wollte nicht, dass er sich umdrehte. Ich wollte seinem Blick nicht begegnen, nicht an diesem Tag. Vielleicht sprachen sie über die interne Präsentation, die nach zwei Wochen ununterbrochener Anstrengung am Freitag stattgefunden hatte, oder vielleicht kommentierten sie diesen von der Agentur spendierten Ausflug: Vintage-Yacht, Kapitän mit dem Gesichtsausdruck eines Karpfens und goldener Armbanduhr. Aber das einzige Wort, das ich aufschnappen konnte, bevor ein Militärflugzeug mit großem Getöse über uns wegflog, war „Hilfe". Alessio hatte die Stimme erhoben und hatte sich die Ohren zugehalten, bis er beinah nach vorne kippte. Plötzlicher Lärm schreckte ihn, aber ich hatte ihn noch nie so schreien hören.

„Möchtest du ein Bier?", fragte mich Isabel und blickte dabei auf die violetten Berge in der flirrenden Luft. „Es ist schön hier, nicht wahr?"

„Alles schön bis auf den Kapitän", antwortete ich und sie brach in Gelächter aus.

Am Heck gab es ein kleines Buffet, die leeren Gläser in der Sonne.

„Gehen wir nachher schwimmen?" Sie hatte ihr Tanktop oberhalb des Nabels verknotet, während ich eines der ordentlich auf dem Tisch aufgereihten Gläser nahm. Ein Fischtartar mit rosa Pfeffer, einem Radieschen und einem Kringel grüner Sauce. Ich führte den kleinen Löffel zum Mund, um ihn dann ein paar Sekunden lang zwischen den Lippen festzuhalten. Chris fixierte mich, er lag auf einer weißen Luftmatratze, die Arme hinter dem Kopf verschränkt, große Augen. Ich sah das Löffelchen an und leckte es zum zweiten Mal ab, als ob da ein Rest von der süßen Sojasauce zurückgeblieben wäre, die ich mochte.

Zwei Tage zuvor hatte die interne Präsentation stattgefunden, aber unser Vorschlag hatte Amar nicht überzeugt. Bob zufolge mussten wir noch weiter daran arbeiten. Wir waren aus dem Versammlungsraum hinausgegangen und hatten nicht darüber geredet, vielleicht weil wir beide den Grund für diesen Misserfolg kannten. Den ganzen Samstag über hatte Alessio seinen Unmut verborgen, hatte sein Schuldgefühl in erzwungene Gleichgültigkeit verwandelt. Während der ersten zwei Wochen der gemeinsamen Arbeit hatte er mir immer wieder dieselben Dinge wiederholt. In dem Viertel, in dem wir wohnten, gab es viele Fischrestaurants, die Tischchen auf dem Bürgersteig aufgereiht, bunte Lampions. Immer wieder dachte ich, wir würden zum Abendessen hinausgehen, hingegen blieben wir bis spät in der Nacht in der Wohnung, die Klimaanlage eingeschaltet, eine Scheibe Brot mit Käsecreme bestrichen, eine Flasche Wein und eine Flasche Bier offen. WHEREVER, wiederholte er, das müsse unser Motto sein. Schließlich druckten die beworbenen Produkte auf jede Oberfläche, hyperbolisch gesprochen, auch auf den Himmel, *überall*. Überall sollte unser Schlüsselbegriff sein. „Das heißt nichts", versuchte ich einzuwenden, „es ist zu vage." Dann ging ich auf die Terrasse hinaus, die Feuchtigkeit legte sich mir um den Hals. Ich betrachtete die Space Needle, ihre Antenne auf den Himmel weisend. Da gab es eine andere Lösung, ja, sicher, sagte ich mir, das ist die richtige. NO IF, seit ein paar Stunden gingen mir diese zwei Worte durch den Kopf. Ich hatte versucht, ihm davon zu erzählen, während ich nach der Dusche auf dem Sofa saß und mir die Haare trocknete. Alessio widersprach nie offen, vielmehr lud er die Atmosphäre mit seiner Ironie auf, das war seine Art, nicht zu antworten, Distanz aufzubauen. Er lief auf und ab, den Blick auf den Boden gerichtet, als hätte er etwas verloren. „Das kann man auf Englisch nicht sagen, das hat keinen Klang“, dann fing er wieder an herumzugehen, er stand keinen Moment still. Von diesem fernen Sommer in Amerika hatte ich ihm nie erzählen können, auch wenn das lange mein Wunsch gewesen war. In Seattle wurde mir zum ersten Mal klar, dass mit Alessio zu reden schwierig war. Es war sogar kompliziert, ihm zu sagen, dass auf den Boden geworfene feuchte Handtücher stinken, dass zum Frühstück Coca-Cola zu trinken unappetitlich ist und dass ständig laufende Musik mir Kopfweh verursachte. „Bob muss eine Mitteilung machen“, hatte er unaufhörlich wiederholt, bevor er hinausging, mehr um sich selbst an etwas zu erinnern, als um diese Information mit mir zu teilen.

Isabel bot mir eine Flasche Bier an, schüchtern stießen wir miteinander an. „Du musst ihm sagen, wenn er weiterhin an Diego dranklebt, werde ich eifersüchtig“, sie zeigte auf die oberste Brücke. Alessio und Diego unterhielten sich, die Augen zum Himmel gewandt, sie gaben einander ein Fernglas weiter in dem Versuch, den Flug eines braunen Vogels zu verfolgen.

„Eifersüchtig? Und auf wen?“ Ich zuckte mit den Schultern und lenkte den Blick anderswohin.

Bob tauchte ständig auf und verschwand wieder. Sein weißes Haar betonte die sehr blauen Augen. Er hatte stets eine Flasche Budweiser in der einen, eine Scheibe Zitrone in der anderen Hand, er biss hinein, bevor er trank. Der Ausflug, das Buffet, seine laute Vitalität – all das waren seine Waffen, um unseren selbstlosen Einsatz zu fordern.

Ich nahm ein weiteres Gläschen und setzte mich neben Chris. Die Landschaft rings um uns veränderte sich, immer weniger Besiedelung, die amerikanischen Kiefern zeigten wie grüne Flammen zum Himmel.

„Wenn du zurückkommst, gehen wir gemeinsam Rad fahren,

nicht wahr?" Das war die einzige Bitte, die Claudia vor meiner Abreise an mich gerichtet hatte. Mein Vater hatte es ihr eben beigebracht. Sie waren auf eine große Wiese ohne Gefälle gegangen, da ist mehr Reibung. „Keine Angst, wenn du hinfällst, das Gras ist weich." Auch ich hatte so angefangen, viele Jahre zuvor. Im Sommer in die Pedale treten, die in Wind verwandelte Hitze, die dir immer stärker entgegenkommt. Vorwärts und rückwärts, freihändig, ich lachte vor Glück. Mit Claudia hatte ich dieses Gefühl noch kein einziges Mal geteilt. *Gehen wir gemeinsam Rad fahren?* „Wir fahren dorthin", hatte ich gewantwortet, eine Hand auf ihrer Schulter, und dabei auf den Teil des Sees gezeigt, den man nicht sehen konnte. Oder vielleicht auf einen Punkt in noch größerer Entfernung, einen Ort, den man sich erst vorstellen musste. Dorthin würden wir gemeinsam fahren.

Amar wiederholte unentwegt, unser Ziel sei eine natürliche Bucht, wo man baden konnte. Chris wollte schwimmen, hasste aber zu kaltes Wasser, das sagte er, während er eine Kiwi schälte und mir genau zwischen die Augen schaute. „Ich auch", log ich. Alessio würde nicht schwimmen und würde sich nicht entspannen, ich kannte ihn. Er tauchte gern, er sagte, er könne sechzig Sekunden lang unter Wasser bleiben. Ich hatte nie daran geglaubt, aber Bob wollte ihn auf die Probe stellen.

„Da ist die Bucht!" Diego zeigte nach vorn. Alle liefen zum Bug, Isabel brauchte eine Zeit, bevor sie sich entschloss, die anderen einzuholen. Als sie aufstand, verschob sich ihr Tanktop und legte einen Streifen sehr weißer Haut bloß. So weiße Haut hatte ich noch nie gesehen, ich hätte sie mit einem Handtuch bedecken, sie verstecken wollen.

Chris und ich blieben, wo wir waren, ohne uns auch nur anzusehen, mein Schenkel in Kontakt zu seinem. Dass er sich bewegte, bemerkte ich erst, als er eine kleine Locke über meinem Ohr zwischen die Finger nahm und anfing vorsichtig damit zu spielen, als ob er etwas Kostbares handhabte. Meine Lippen öffneten sich zu einem unmerklichen Schnalzen. In meinem Gesichtsfeld war nur Chris' Gesicht und ein Ausschnitt des Himmels. Sein warmer Atem roch nach Bier.

„Hey, hey, wie ist das Wasser, ist es kalt?" Die anderen riefen vom Bug aus undeutliche, sich übertönende Kommentare.

Chris half mir aufzustehen, wer weiß, was dieser Idiot von Bob allen erzählen würde. Wir gingen über das Deck nach vorn, ich war barfuß und ging im Schatten. Als wir die anderen erreichten, bot sich uns der Anblick einer kleinen, sonnenbeschienenen Bucht dar. In der Mitte war ein Holzsteg. Ein älteres Paar stieg in dem Moment über die Leiter hinauf, „Nein, es ich nicht kalt, es ist herrlich", sagten sie und fingen mit einer Hand die Luft ein, als wollten sie uns zum Schwimmen einladen.

Alessio stand in erhöhter Position. Er hatte schon die Badehose an, die Arme vor der Brust gekreuzt, wie um sich vor einem Stoß zu schützen, er sah mich an. Auf einmal dachte ich, dass es mir gefallen würde, ihn zu sehen, wie er mit jemandem Sex hatte. Ich schlug die Augen nieder, die Finger um Chris' verschwitzten Arm geschlossen, dann kehrte ich zu Alessios Gesicht zurück. Es würde mir gefallen, wenn dieser Jemand ich wäre.

Chris hatte sich Sonnencreme auf den Rücken schmieren lassen, dann hatte er für mich einen Cocktail ausgesucht, der schwarze Strohhalm tauchte in eine bunte Flüssigkeit. „Komm, lass uns hier bleiben und uns sonnen." Mit einem Finger streifte er die Naht meines Bikinis. „Ja", sagte ich, blieb aber stehen.

Seit ich in Seattle war, tat ich so, als würde ich trinken, um Alessios sarkastische Kommentare zu vermeiden. Ich führte das Glas Wein oder Bier zum Mund und schloss die Lippen um den Rand, wenn ich schluckte, war da nur Speichel. An jenem Tag dagegen nahm ich einen Schluck von diesem farbigen Cocktail, der nach Gin schmeckte, als ob das für mich eine ganz normale Geste wäre, ohne allzu viele Konsequenzen.

„Nichts zu machen, du bist noch weit entfernt von der Minute, nichts zu machen, nichts zu machen." Bob stoppte die Zeit von Alessios Tauchgängen. Schon zum zwanzigsten Mal bat er ihn nun, es noch einmal zu versuchen. Wenn er wieder auftauchte, schien sein Gesicht nach den ersten Atemzügen größer zu werden. Er sah Bob an wie jemand, der es braucht, geliebt zu werden.

Isabel kam zum Steg, ihr Zopf wippte wie eine leichte Kordel. Die anderen produzierten sich mit Kopfsprüngen und Purzelbäumen, sie dagegen ging aus dem Wasser und erreichte die Bäume. Sie hüpfte von Stein zu Stein, die Haut nass, die Arme ausgebreitet, um das Gleichgewicht zu halten. Der Flug eines Kormorans lenkte mich ab, ich schaute zum Himmel empor und fühlte, wie der Gin meine Knie weich werden ließ. Chris sagte ich nichts davon, als ich die Leiter am Boot erreichte, ließ ich mich ins Wasser gleiten. Es war kalt, der Bauch zog sich zusammen, die Beine zitterten, der Kopf aber glühte in der Hitze.

Als ich zu schwimmen begann, gab der Stoff meines Badeanzugs nach. Bob grüßte mich vom Boot aus, indem er eine Bierflasche zum Himmel hob, dann tauchte neben mir plötzlich ein Gurgeln auf. Alessio hatte seinen Rekord übertroffen, eine Minute und fünf Sekunden. Er schien nunmehr erschöpft. Ich schwamm neben ihm, ohne etwas zu sagen.

„Dann bleibst du also heute Nacht bei Chris?“, rief er schneidend. Das waren die ersten Worte, die er an diesem Tag an mich richtete.

Ich hielt inne, der Kopf schnellte nach hinten, um ihn anzusehen, Groll mischte sich mit Verlangen. „Nein, heute Nacht bin ich bei dir.“

Das Wasser spiegelte sich in einem Lichtspiel auf seiner nassen Haut. Mit erstaunter Miene sah er mich an. „Ich werde so tun, als hätte ich nichts gehört“, sagte er, den Mund nach oben geöffnet, wie um den Himmel zu trinken. Dann tauchte er wieder ab, es schien, als hätte er keinerlei Absicht, wieder hochzukommen.

„Los, komm, lass einen Kopfsprung sehen!“ Die anderen waren auf dem Steg, ich kam brustschwimmend näher. Die Leiter dort schien halb kaputt und wackelig, und Paul musste mir eine Hand entgegenstrecken, um mir über die letzte Stufe hinaufzuhelfen. Ich blieb stehen und betrachtete das Boot in der Ferne, nein danke, keine Kopfsprünge. Dann ging ich auf dem Steg entlang, die Rauheit des Holzes unter den Fußsohlen und der Wind, der die Bäume flüstern ließ. Mir war schwindlig wegen des Schwimmens oder vielleicht wegen des Schluckes Gin, aber ich verlor nicht das Gleichgewicht, während ich von einem Stein zum nächsten sprang.

„Ich wollte ein wenig allein sein, aber es freut mich, dass du zu mir kommst", sagte Isabel und legte die Hand vor die Stirn, um die Augen vor der Sonne zu schützen. Ihr Körper war schon trocken, ihre durchscheinende Haut schien zu pulsieren und bildete einen starken Kontrast zu dem grauen Gesteinsbrocken, auf den sie sich mit gekreuzten Beinen gesetzt hatte. Beim Sprechen bewegte sie die Finger, kleine Gesten, die mir nach zwei Wochen schon vertraut waren. „Hoffen wir, dass Bob seine Ansprache vor unserer Rückkehr hält."

Ich atmete tief durch und schüttelte den Kopf.

„Hey, hör auf, du spritzt mich nass", rief sie, von einer Myriade von Tropfen getroffen.

Bobs Worte interessierten mich nicht, in diesem Moment vermochte ich nur an diesen Abend zu denken.

„Diego will wissen, wie viele Kreative Bob nach Beendigung des Projekts behalten wird", sagte Isabel, indem sie ihren Zopf löste. „Aber mich interessiert das nicht." Die Haare reichten ihr bis zum Gesäß.

„Du wirst sehen, dass er niemanden behält", antwortete ich, obwohl ich keinen Anhaltspunkt dafür hatte.

„Ich habe jedenfalls vor aufzuhören."

„Wie meinst du das?"

„Ich gehe zurück nach Hause. Diego habe ich es noch nicht gesagt." In Galizien auf dem Weingut ihrer Eltern würde sie gebraucht; es war klar, dass sie mit dieser Entscheidung zufrieden war. Als die Weinstöcke ihres Vaters ein Jahr zuvor befallen gewesen seien, ein ganzes Jahr Arbeit dahin, sei sie in Buenos

Aires gewesen, festgehalten in einer Produktion, da habe sie nicht zurückkehren können. „Vielleicht ist es, weil ich zu viele Sprachen spreche, aber manchmal weiß ich nicht, wer ich bin. Das ist nicht recht so, das ist ein zu hoher Preis."

Der Wind brachte Piniennadeln heran, sie flogen horizontal wie kleine Pfeile in der Attacke. „Ich verstehe dich", sagte ich instinktiv.

In diesem Moment überkam mich wie ein Schwindel die Vorstellung von der Ferne, die mich vom See trennte, mich von der Welt trennte. „Komm her, du hast ja Gänsehaut, du musst dich abtrocknen", sie rieb mir die Haut mit ihren warmen Handflächen, während man vom Steg aus nach uns rief. Es war an der Zeit, zum Boot zu schwimmen, es war Zeit zurückzukehren.

15.

Ich hatte nicht bemerkt, dass es hell zu werden begann. Ich war in die Betrachtung der Sterne versunken, sie glichen Wunden im Himmel, dann hatte das Licht sie ausgelöscht. Ich war die ganze Zeit, seitdem ich von dem Bootsausflug nach Hause gekommen war, auf der Terrasse sitzen geblieben, Salz im Haar, den Badeanzug unter den Kleidern. Auf dem Tischchen vor mir standen vier leere Bierflaschen und ein Aschenbecher voller Kippen, Reste eines Festes, an dem nur ich teilgenommen hatte. Die Morgendämmerung ging über der Stadt auf, als ich den Schlüssel im Schloss hörte. Ich hatte die ganze Nacht auf ihn gewartet.

„Wieso bist du noch wach?", fragte er, während er die Treppe heraufstieg.

„Ich bin erst vor Kurzem zurückgekommen", murmelte ich. Ich hoffte, dass er mich nach Chris fragen würde. Dieser hatte mich im Taxi begleitet. Ich hatte ihm gesagt, er könne nicht mit nach oben kommen. „Ich mag warten, wir haben keine Eile", seine Hand streichelte mir die Leiste, während er mich küsste.

„Ich mache mir ein paar Nudeln. Magst du auch?"

Alessio ging auf die Kochnische zu, sein Hemd war zerknittert, die Jeans auf Höhe der Waden schmutzig.

„Du hast mir gesagt, wir würden uns hier treffen", sagte ich.

Alessio sah mich nicht an, er füllte einen Topf mit Wasser, dann schaltete er die Herdplatte an. Ein feuerroter Kreis erschien in der Dämmerung wie das Auge eines Raubtiers. Ich musste mich auf einen Hocker stützen, ich war betrunken und müde.

„Ich war mit Diego zusammen", sagte er.

Mir kamen die verstohlenen Zärtlichkeiten in den Sinn, die

die beiden in der Agentur tauschten, wobei ich so tat, als bemerkte ich sie nicht. Ich beugte mich zum Küchenschrank. Das Plastik der Nudelpackung gab ein schmerzliches Knistern von sich. Ich warf sie ihm zu, als wäre sie glühend heiß. Er fing sie im Flug, hielt sie ein paar Sekunden vor der Brust.

„Hör mal, das tut mir leid", seine Stimme war rau, „ich hätte dir Bescheid sagen sollen, dass ich nicht heimkommen würde."

„Kein Problem", sagte ich gleichgültig, aber sofort verspürte ich das Bedürfnis, mich zu entfernen. „Ich gehe mir die Hände waschen."

In unserem kommunizierenden Badezimmer setzte ich mich auf den Boden und versuchte, den normalen Atemrhythmus wiederzufinden. Das Blut pochte mir in den Schläfen, als würde es einen Ausweg suchen. Ich hatte mich nie für würdig gehalten, von jemandem geliebt zu werden, Alessio kennenzulernen war der Anfang eines neuen Lebens. Eine Weile lang warf ich mir Wasser ins Gesicht, ich fixierte den Rest Zahncreme, der am Wasserhahn hängen geblieben war. Unsere Beziehung konnte sich nicht verändern, das wusste ich und hatte es immer gewusst. Im Schlafzimmer warf ich einen Blick auf die Weltkarte, die ich mit Tesafilm über dem Nachttisch aufgehängt hatte. Landkarten wie Reiseführer erzählten von jemandem, der sich nicht verliert, der mit dem Blick die Landschaft zusammensetzt, jemand, der die Welt erfindet. Zu der Welt, die ich im Begriff war zu erfinden, gehörte auch Alessio.

„Willst du davon?", fragte er mich, als ich wieder ins Wohnzimmer kam, und reichte mir eine rote Tüte. Wir aßen im Morgengrauen zu Abend. Alessio gelang es, die Zeit umzukehren, während ich Käse über die dampfenden Penne schüttete und mir dabei vorstellte, es wäre Schnee. Ich musste meine Emotionen einfrieren.

„Diego wollte ein wenig reden, nach dem, was auf dem Boot vorgefallen ist", setzte er hinzu und goss mir Wein ein.

Bevor wir wieder in den Hafen einliefen, hatte Bob seine Rede gehalten. „Ich glaube, dieses Jahr, angesichts eurer Arbeit und eures Einsatzes … kurz gesagt, die Agentur braucht Leute wie euch." Keiner rührte sich, Isabel wickelte sich ihren Zopf ums Handgelenk. Er würde drei von vier Paaren einen Vertrag anbieten, das war seine Entscheidung. Ich sah, wie Alessios Gesicht sich entspannte, jubelte und dann wieder finster wurde. Die übliche Angst, ausgeschlossen, beiseitegeschoben zu werden. Das Öffnen des Champagners hatte geklungen wie ein Pistolenschuss. Einige hatten einen Trinkspruch ausgebracht. Chris und ich waren neben dem Buffet stehengeblieben. „An diesem Punkt könnt ihr gern eure Fragen stellen", hatte Bob strahlend gesagt, die Arme weit geöffnet. Keiner ergriff das Wort. Dann war Isabel einen Schritt vorgetreten. „Ich wollte mich nur von euch verabschieden, es tut mir leid, aber ich werde nicht mit von der Partie sein", hatte sie gesagt und niemanden im Besonderen dabei angeschaut. Bob hatte sie ungläubig angesehen. „In welchem Sinn? Wie, was sagst du da?" Diego war verwirrt. „Das ist nicht dein Ernst, nicht wahr?" Sie hatte nie zuvor mit ihm darüber gesprochen. „Es tut mir leid, ich kann nicht länger bleiben", hatte sie gesagt, wie wenn ein Gewicht von ihr abgefallen wäre. In vollkommenem Schweigen legten wir im Hafen an, unfähig, glücklich zu sein über das, was Bob uns gerade mitgeteilt hatte. „Du bist wirklich eine Scheißtype", Diego hatte auf der Mole seine Zurückhaltung aufgegeben, entschiedenen Schrittes, die Hände in den Hosentaschen, hatte er sich entfernt. Isabel hatte Anstalten gemacht, ihm zu folgen, aber er hatte sie zurückgestoßen. Ohne noch etwas hinzuzufügen, ohne Abschied gingen wir auseinander. Ich konnte nur daran denken, dass ich mich mit Alessio auf unsere Terrasse setzen und mit ihm reden wollte. Doch er war nicht nach Hause gekommen.

„Isabel ist verrückt", sagte er, während er die Teller abspülte.

Ich hatte meine Papierserviette in Dutzende von Konfettis zerpflückt, die ich wie Puzzleteile hin und herschob.

„Nein, ich glaube, sie ist nur ehrlich."

„Sie hätte vorher mit ihm reden können."

„Vielleicht hat sie es versucht. Es ist nicht immer leicht zu reden."

„Das sind Ausflüchte."

„Zum Reden braucht man jemanden, der zuhört", versetzte ich.

Alessio trank noch einen Schluck Wein, seine Lippen nahmen eine violette Färbung an. „Wenn du mich so verlassen würdest ..."

„Was dann?"

Ich saß auf dem Hocker, Alessio kam zu mir und nahm mich bei den Schultern, eine Art Umarmung von hinten. „Ich würde dich nicht gehen lassen."

Ich schloss die Augen. „Auch nicht, wenn ich mit Chris verabredet wäre?", provozierte ich ihn.

„Das ist ein Blödmann."

Ich unterdrückte ein Lachen.

„Es tut mir leid, dass ich dich die ganze Nacht habe warten lassen."

„Ich habe es dir gesagt, ich bin eben nach Hause gekommen."

Einen Moment lang stutzte er. „Okay, in Ordnung", schloss er wie besiegt. Ich spürte, dass er seine Umarmung löste, er suchte in der Tasche der Jeans nach Zigaretten, der Blick ausweichend.

„Als wir nach Seattle kamen, dachte ich, dass es anders sein würde", sagte ich und stand auf.

Er kratzte sich an der Nasenspitze und zog den Mund schief. „Wie anders, Ada?"

„Dass wir nicht nur arbeiten würden", ich berührte sein zerknittertes Hemd. Anstatt es zu öffnen, schloss ich die obersten Knöpfe, wie eine Ehefrau.

„Ab und zu beobachte ich dich auf der Terrasse, während du rauchst", sagte er. „Du schaust auf den Horizont und einen Moment lang wird dein Gesicht anders. In solchen Augenblicken frage ich mich, wer du bist, was du in Wirklichkeit willst."

Er nahm meine Hand, um mich festzuhalten. Seine Finger waren kräftig, dann erschöpfte sich diese Energie, der Druck wurde nachgiebiger, freundlicher, sanfter.

Ich hob den Blick und sah auf seine müden Augen. Ich näherte mich ihm, aber statt ihn zu küssen, biss ich ihn sachte in eine Lippe. Er tat so, als würde er zurückweichen, er hielt mich am Handgelenk fest und schob mich von sich weg, dann küsste er mich mit solcher Heftigkeit, dass es wie eine Herausforderung wirkte. Sein Mund hatte den dunklen Geschmack von Wein. Er presste meinen Rücken, als ob er mich erdrücken, mich kleiner machen wollte. Die Augen fest geschlossen, die Stirn gerunzelt, ein Kuss wie in einem alten Film.

„Ich will dich", sagte ich, indem ich mich losmachte.

Endlich sah er mich fest an und küsste mich weiter, schließlich landeten wir am Boden. Mir schien, als ob alles rings um mich aus dem Gleichgewicht käme, die Möbel, die Stühle, die Wolkenkratzer draußen vor den Fenstern von meinem Schwindel erfasst würden. Auf dem Boden liegend spürte ich seine Erektion durch die Hose. Ich wollte, dass er mich auszog, dass er meine Haut auf das Holz des Parketts presste. Er leckte den Rand meiner Zähne, dann den Umriss meiner Lippen, aber er sah mich nicht an.

Durch das Fenster kam Licht herein zusammen mit einem warmen Wind. „Sag mir, dass du mich willst", wiederholte ich immer wieder. Seine Augen glänzten und waren sehr groß.

Wir gingen hinunter ins Schlafzimmer, dort waren die Jalousien heruntergelassen, in dem dämmrigen Licht fühlten wir uns freier. Ich zog mich aus. Es gefiel mir, nackt zu sein, während er noch das Hemd anhatte, die Hose aufgeknöpft. Er sagte, dreh dich um, und ich tat es. Seine Finger weiteten mich sachte, mein Gesicht in die Bettlaken gepresst, die Zähne, die hineinbissen, um nicht zu schreien. Ich wollte mich nicht fragen, ob er schon einmal mit einer Frau zusammen gewesen war, und auch nicht, ob er vorher mit Diego geschlafen hatte.

Als er in mir drin war, legte er seinen Arm um meinen Nacken und stellte mich auf die Knie. Seine Lippen streiften mein Ohr. Dann nahm er mich bei den Hüften, zog mich an sich, und ich hörte auf zu atmen.

„Tu mir weh", flüsterte ich.

Ich spürte, wie ihn das erregte, sein Schweiß tropfte mir auf den Rücken, er verrieb ihn mit der Hand, als wäre es Creme.

Ich machte mich los, um ihn anzusehen. Dann setzte ich mich auf ihn, seine überraschte Miene, nur einen Schritt vom Schrecken entfernt. In dieser Position war er ganz in mir drin. Ich hob den Kopf, hinter den geschlossenen Lidern bildeten sich Farbflecken, ich wusste nicht, woher sie kamen. Ich konnte nicht sprechen, nur ja sagen.

„Ada", sagte er immer wieder, „Ada". Ich war in seinem Mund.

Dann zogen sich seine Muskeln zusammen, er wollte schon rausgehen, aber ich schloss die Beine. Ich hielt ihn fest, bis er kam. Ich verharrte ein paar Sekunden und sah sein von Lust verzerrtes Gesicht an, dann legte ich die Stirn auf seine Brust, Ich spürte, wie meine Beine zitterten, mir war nach Weinen zumute, da steckte ich meine Nase unter seinen Arm.

Alessio streichelte meine Hüfte mit neuer Langsamkeit. Ich liebe dich, dachte ich. Er massierte meinen Kopf, drückte mich an sich, Haut an Haut. Ich atmete leise, sein Brustkorb hob und senkte sich, bis er den Atem anhielt.

„Geht es dir gut?", fragte ich.

„Es ist mir nie besser gegangen."

„Möchtest du Wasser?", fragte ich, ich wusste nicht, wie ich meine grundlose Unruhe beschwichtigen konnte.

„Rühr dich nicht", sagte er, „bleib hier." Seine Umarmung war warm, aber er wippte mit dem Bein, als ob er auch wegen irgendetwas unruhig wäre. „Wir sind doch sicher, nicht wahr?", fragte er mit einem Mal.

Ich brauchte ein paar Sekunden, um zu verstehen, worauf er sich bezog. Zwischen den Beinen war ich noch feucht von ihm. „Ja, ich nehme die Pille, keine Sorge."

Er hustete und sagte. „Das wusste ich nicht."

Ich nahm das Bettlaken und wischte mir damit die Scham ab. „Ich will keine weiteren Kinder", antwortete ich spontan.

Alles um uns herum war wie eingefroren, das Licht fiel blau durch die Jalousien, die Klimaanlage schien kälter. Alessio bewegte sich von mir weg, drehte sich auf eine Seite, ich dachte, er wolle sich ausruhen, und deckte ihn mit dem Laken zu. Ich betrachtete die Muttermale auf seinem Rücken, war versucht, sie zu berühren. Als er das Laken abschüttelte, erschrak ich. Er drehte sich um und stützte den Ellbogen auf die Matratze, dann sah er mich aus veränderten Augen an, sie schienen kleiner.

„Weitere Kinder?"

Auf dem Rücken liegend starrte ich auf das intermittierende Licht des Rauchmelders, dieser Moment hatte kommen müssen, das wusste ich.

„Ja. Ich habe eine Tochter, sie heißt Claudia."

Sein Atem war jetzt schneller.

„Sie ist vor Kurzem neun geworden, ich hätte es dir früher sagen sollen."

Es gelang mir nicht, mich zu ihm zu drehen, ich wusste, dass er mich ansah. Ich wollte ihm schon sagen, dass alles, was ich machte, falsch war, dass alles in meinem Leben ohne Ordnung war, als er mir seinen Zeigefinger auf den Mund legte: Er wollte nicht, dass ich weitersprach. Dann zog er mich an sich, eine Umarmung, die nach Rosmarin duftete. So blieben wir liegen, ohne zu reden. Draußen der Lärm eines Hubschraubers, das Radio aus der Nachbarwohnung, das Ticken meines Weckers auf dem Nachttisch.

Als ich spürte, dass seine Muskeln sich entspannten, dachte ich, er sei eingeschlafen. Da stand ich vom Bett auf, ich war atemlos, das Herz raste in meiner Brust.

Erst nachdem ich das T-Shirt angezogen hatte, sah ich Alessios Gesicht in der Dämmerung: Er schlief nicht, er war in der Position liegen geblieben, den Kopf zu mir gedreht. Er beobachtete mich weiter, während ich die Hose anzog, wir wussten nicht, was wir weiter sagen sollten. Wir sahen einander voller Angst an und wandten beide den Blick ab.

16.

„Kann ich mir Kaffee nehmen?“, fragte ich Diego.

In der Küche der Kreativen roch es immer nach Vanille, Kaffeetassen stapelten sich in einem fröhlichen Durcheinander in der Spüle, auf der Arbeitsfläche stand Toastbrot für die Sandwiches. Diego nickte, ohne etwas zu sagen, und ließ mir Platz bei den Kaffeekannen. Die Mikrowelle war an, jemand machte sich ein Stück Kuchen warm.

„Ist das deins?“, fragte ich.

Diego bejahte, wobei er mich betrachtete, als sähe er mich zum ersten Mal. Ich wusste, dass er mich „die Schnecke“ nannte, wegen meines langsamen Gangs oder vielleicht, um mein langes Gesicht zu verspotten. Es gefiel mir, dass ausgerechnet er mich elektrisch aufgeladen sah, mit der Emotion der durchwachten Nacht noch im Blut und Alessios Atem auf der Haut.

„Ist er da?“, fragte er mich. Ich antwortete, dass er später in die Agentur kommen würde, aber ich fragte ihn nichts wegen Isabel – ich wusste, dass sie schon am Flughafen war, sie hatte mir eine Nachricht geschickt. Ich ging mit der Tasse in der Hand an ihm vorbei, ich hoffte, dass er bemerkte, dass an diesem Morgen meine Schritte länger wirkten als meine Beine.

Ich setzte mich an den Schreibtisch und sah aus dem Fenster; den Ozean zu sehen war tröstlich für mich, zu wissen, dass er immer in Bewegung ist wie jemand, der uns entgegenkommt. Ich rührte im Kaffee, mochte ihn aber nicht trinken, auch den Walnusskuchen mit weißer Glasur, den ich jeden Morgen bei Nielsen's, der dänischen Konditorei in der Nähe der Agentur, kaufte, mochte ich nicht essen. Ich beugte mich hinunter und hob ein

Blatt mit Notizen und einer Zeichnung von Alessio auf. Er hatte mein Porträt gezeichnet, einmal im Profil und einmal schräg von der Seite. Während ich mich auf der Zeichnung betrachtete, verspürte ich den Stich einer fernen Melancholie. „Ich bin sicher, wenn du ihm von Claudia erzählst, ist Alessio auf deiner Seite", hatte Francesca vor meiner Abreise gesagt. Ich nahm die Tasse fester in die Hand.

„Bob hat eine Präsentation für Mittwoch anberaumt." Chris war, ohne anzuklopfen, hereingekommen. Er schnaubte. „Ich habe keine Lust, noch einmal Tag und Nacht durchzuarbeiten."

„Was das anbelangt, ich auch nicht." Ich lächelte ihm gezwungen zu, dabei hielt ich aber die Tür im Blick. Ich wollte nicht, dass Alessio mich im Gespräch mit ihm sah.

„He, pass doch auf!"

Ich hatte, ohne es zu bemerken, das Handgelenk gebeugt und der Kaffee war auf den Boden gelaufen.

„Wir schaffen das nie", wiederholte er immer wieder und versuchte die Klimaanlage höher zu stellen.

Ich achtete nicht darauf, ich hörte ihm gar nicht mehr zu.

„Es ist zu wenig Zeit", wiederholte er.

Die Zeit, immer war sie das Problem: Irgendwann in meinem Leben hatten die Monate, die Tage, die Stunden sich zusammengezogen. Ich war siebzehn Jahre alt, aber da war keine Gelegenheit mehr, jung zu sein – mit dem Zelt zu verreisen, in die Diskothek oder die Spielhalle zu gehen, zu Hause auf dem Sofa zu fläzen und einen Fernsehfilm anzuschauen. Claudia weinte ständig. Nachts wachte meine Mutter auf und gab ihr das Fläschchen. Es war nicht einmal Zeit gewesen, zu entscheiden, ob ich ein Kind wollte oder nicht. Den Schwangerschaftstest hatte ich gemacht, als ich bereits im vierten Monat war, zu spät. Zu spät für meine Mutter. „Eine andere Möglichkeit gibt es nicht", sagte sie, nahm meine Hand und streichelte mir über den Kopf, aber der Blick war hart, die Lippen zusammengepresst. Ich wagte nicht, etwas zu sagen. Die andere Entscheidung würde ich das ganze Leben lang bereuen, ein Kind zu haben bereut man nie. Aber nicht das war es, was sie in diesem Moment dachte, sie, die jedes Opfer gebracht hatte, um mich nach Amerika zu schicken, die an mich geglaubt hatte. „Ihre Tochter wird Großes vollbringen", hatte die Italienischlehrerin gesagt, und sie hatte beifällig genickt, als ob sie das immer gewusst hätte. Ich war so konfus, dass ich fast nicht mehr atmen konnte. „Es wird ein Neuanfang", sagte mein Vater, um mich zu beruhigen. Dabei schien alles um mich herum zu Ende zu gehen. Ich war von der Schule abgegangen, nur drei Monate nach meiner Rückkehr aus den USA. Ich hatte mit Mailand abgeschlossen, wir waren an den See gezogen, dort würde ich entbinden, in Arona. Irgendwann hatte Claudia angefangen zu existieren, aber ich nicht, noch nicht. Abends stahl ich aus der Schublade meines Vaters ein Lendormin, das mich in einen Schlaf versetzte, so dicht wie Zinn, ich vergaß alles. „Wer ist der Vater deiner Tochter?", hatte Alessio gefragt. Ich hatte die Schultern hochgezogen, ohne ihm zu antworten. Er wollte wissen, warum ich nie davon gesprochen hatte, warum ich es ihm nicht gesagt hatte. Ich hatte mit dem Löffel weiter in meinem Müsli gerührt. Versuchen, jemand anderer zu sein, sagte Francesca häufig, das ist möglich, wenn man es schafft, sich nicht um die vorgegebene Ordnung der Dinge zu scheren. Stumm und mit gesenktem Kopf kaute ich auf diesem Gedanken herum, während Alessio mich ansah, nur in Boxer-Shorts, und ich musste weinen. „Ich weiß nicht, warum ich es dir nicht gesagt habe", hatte ich geantwortet, „es gibt so viele Dinge, über die man nicht redet." Unsere Nasen hatten sich berührt, aber einander so nah zu sein, schreckte uns jetzt.

„Mit wem wird Diego zusammenarbeiten?" Chris hatte sich auf Alessios Platz gesetzt.

„Mit Wen, glaube ich." Ich stand auf, vielleicht in der Hoffnung, dass auch er das tun würde.

„Geht es dir gut?

„Ja, warum?"

„Wir könnten heute Abend essen gehen, was meinst du?"

„Ich glaube nicht, Chris …“ Er sah mich an, als würde er mich nicht verstehen.

Von ferne hörte ich Alessios Stimme, er wechselte ein paar Worte mit Amar. Er bemühte sich laut zu lachen, um von allen gehört zu werden.

„Du bist schön, weißt du das?“ Chris fasste mich am Oberarm, sein Blick war ohne Zärtlichkeit. „Sag mir, dass wir uns nachher sehen.“

Ich nickte, und er legte mir seine Hände auf die Schultern, aber ich war in Verlegenheit. Seine Arme wogen sehr schwer, ich konnte mich nicht rühren.

In diesem Augenblick kam Alessio herein, einen Moment lang hatte ich das Gefühl, dass er getrunken hatte, obwohl es Morgen war. „Wir müssen arbeiten“, sagte er zu Chris gewandt, ohne ihn begrüßt zu haben.

Er antwortete ihm mit seinem üblichen Grinsen. „Du denkst auch nur an die Arbeit.“ Dann fasste er mich erneut an den Schultern, im Spaß stieß er mich gegen die Wand. Ich wich zurück und berührte die Blätter, die dort festgepinnt waren. Eines unserer Layouts löste sich und landete unter dem Schreibtisch.

Da hob Alessio den Blick von der Tastatur. Sein Gesicht war verändert, als ob eine andere Person in ihm zum Leben erwacht wäre. Ruckartig stand er auf und packte Chris an einem Arm. „Du lässt sie in Ruhe, ist das klar?“ Seine Stimme schien aus dem Ozean zu kommen.

Chris machte ihm Zeichen, er solle sich beruhigen, murmelte etwas in einem Slang, das ich nicht verstand, und verließ das Büro.

Alessio sagte nichts zu mir, drehte sich lediglich zum Fenster, die Schultern eingezogen und die Hände in den Taschen, es schien, als suche er etwas und könne es nicht finden.

„Wir müssen uns eine neue Idee überlegen“, brummte Alessio vor sich hin und vermied es, mich anzusehen. Bob war noch nicht im

Büro und im Stockwerk unter uns hatten Renovierungsarbeiten begonnen.

„Gehen wir raus", sagte er. Er wollte sich bewegen, das Gehirn durchlüften. Wir hielten uns in Richtung auf den Häuserblock ein wenig im Norden, ohne ein Wort zu wechseln, dann traten wir für einen Espresso bei La Marzocca ein. Ich mochte dieses Lokal nicht: Mit seinem weißen und schwarzen Marmor, mit den italienischen Espressomaschinen und der florentinischen Lilie überall wirkte es wie das Set eines Films über die italo-amerikanische Mafia. „Willst du wetten, dass sie im Bad goldene Wasserhähne haben?", versuchte ich zu scherzen.

„Wir dürfen diese Gelegenheit nicht verspielen." Sein Atem roch nach Lakritz, um den Mund ein fast verzweifelter Zug. Er meinte die Präsentation, er gab sich Mühe, sich auf die Arbeit zu konzentrieren, alles zu vergessen, was nicht unser Projekt betraf.

„Gehen wir hinauf und schließen uns in unserem Büro ein, etwas wird uns schon einfallen", ich ergriff seine Hand, doch er machte sich los. Er zerknüllte eine leere Zuckertüte und warf sie in einen Abfalleimer ein paar Schritte von uns entfernt.

Wir machten uns auf den Weg zu dem Plattenladen, wo er gewöhnlich hinging, wenn er nach Inspiration suchte, unter einer sehr heißen Sonne, die Straßen gleißten im Licht. Üblicherweise gingen wir nebeneinander, aber an diesem Tag nicht. Ich hatte das Gefühl, dass er seinen Schritt bewusst beschleunigte, dass er mich floh. Ich folgte ihm mit gesenktem Kopf, ohne mich umzusehen, versuchte die Demütigung zu verscheuchen, die an die Stelle der Leichtigkeit vom Morgen trat. Nichts konnte mich von meinen düsteren Gedanken abbringen, nicht einmal das Getriebe in Queen Ann, dem eleganten Viertel, in dem wir arbeiteten.

Die Begeisterung der ersten Tage war verflogen. Da war etwas an dieser Stadt, das mir Missbehagen bereitete, das war mir an einem Abend klargeworden, nachdem ich in einem Lokal ein paar angesagte Bands gehört hatte. In Seattle gab es keine alten

Leute, mit Ausnahme der beiden Obdachlosen, die in der Battery Street schliefen, wenige Minuten von unserer Wohnung entfernt. Es gab keine Alten und keine Kinder. Die Stadt schien nur von Zwanzigjährigen, Dreißigjährigen, Vierzigjährigen bewohnt zu sein, sie kamen aus allen Teilen der Vereinigten Staaten, um bei Boeing, Amazon oder Microsoft zu arbeiten, sie kamen aus der ganzen Welt. Eine Stadt mit Festivals, Lokalen und Geschäften nur für diese Altersgruppe. Weder Vergangenheit noch Zukunft, nur das, was in diesem Moment geschah, das legte sich um einen wie ein zu enges Kleid.

„Hast du etwas Interessantes gefunden?" Mit leichtem Schritt näherte ich mich ihm im Halbdunkel des Geschäfts.

„Das hier." Zerstreut zeigte er mir eine CD von der Gruppe, die wir eines Abends im Crocodile gehört hatten, den Sneaky Thieves. Ich strich am Rand der Hülle entlang, während er den Kopf schüttelte, wie um einen lästigen Gedanken zu verscheuchen.

Als ich seinen Handrücken berührte, zog er den Arm zurück. Ich sah ihn an und fühlte, wie ich kleiner wurde, der Zug um seine Lippen gefiel mir nicht. „Du bereust es, nicht wahr?", sagte ich mit gebrochener Stimme.

„Was?"

Ich verzog den Mund zu einer Grimasse. „Du kannst nicht so tun, als ob nichts wäre."

Er musterte mich und entfernte sich dabei einige Schritte. Ein jugendliches Pärchen schmuste unter einem Foto von Courtney Love.

„Das musste früher oder später passieren. Das wussten wir", sagte ich.

Er hatte die Arme verschränkt, er wollte mir nicht antworten. „Nein, das war etwas, was du wolltest, was du immer schon gewollt hast", brachte er mit Mühe heraus.

„Du warst dabei, du warst mit mir zusammen."

Er streckte die Arme vor, wie um einen Schlag abzuwehren oder einen Stoß zu versetzen.

„Ich bin hier, ich bin mitgekommen, weil du mich darum gebeten hast."

Jetzt kehrte er mir den Rücken zu. „Dich interessiert nicht, wer ich bin, welche Mühe es mich gekostet hat, zu akzeptieren, wer ich bin." Ein Mann mit einem Poster in der Hand hatte sich zu uns umgedreht und sah uns finster an. „Du interessierst dich nur für dich selbst."

Ich verschloss die Nasenlöcher, als ob ich aufhören wollte zu atmen. Ich dachte an all das, was wir uns zwingen zu tun, um jemanden, der uns wichtig ist, nicht zu verlieren.

„Es tut mir leid, wenn du wütend auf mich bist, das wollte ich nicht."

Die Verkäuferin mit schwarzem T-Shirt und blauem Pony beobachtete uns.

Alessio wandte sich zur Kasse, er hatte vier weitere CDs in der Hand. „Gehen wir zurück in die Agentur", sagte er.

„Nein, warte, lass uns reden."

Kaugummi kauend blieb er stehen, bis sein Handy seine Aufmerksamkeit auf sich zog. Es war Nicolas. Ich blickte auf die Liste der Titel der Sneaky Thieves, ohne einen einzigen lesen zu können.

„Nicolas wird wissen wollen, wie es geht", sagte er sarkastisch. „Es ist schon das vierte Mal in dieser Woche, dass er anruft." Er schien geschmeichelt von so viel Beharrlichkeit, aber er ging nicht ran.

Ich hob den Kopf und vergaß dabei einen Moment lang unseren Streit. „Erzähl niemandem von meiner Tochter", sagte ich instinktiv, und die CD fiel mir aus der Hand.

Alessio bückte sich mit seiner gewohnten Beweglichkeit, dann blieb er gebückt stehen, den Kopf hängend, die Hände auf den Knien, wie jemand, der Luft schöpft. „Warum sprichst du mit niemandem darüber?", fragte er, es schien ihm leid zu tun. „Das verstehe ich wirklich nicht ..." Er sah mich an, also ob er wüsste, was ich dachte. „Aber es freut mich, dass du es mir gesagt hast."

Noch nie bin ich jemandem so nah gewesen, hätte ich ihm antworten wollen.

In dem Moment erklang im Geschäft die Stimme von Eddie Vedder. Ich machte einen Schritt auf Alessio zu, um ihn zu umarmen, aber er hob die Arme zur Decke, wie jemand der vor einer Schusswaffe erschrickt. „Zwischen euch wird nie etwas sein können", hatte Nicolas mir betrunken an einem der vielen Abenden gesagt, an denen wir uns in Mailand gesehen hatten.

An der Kasse waren fünf Leute vor uns. „Es tut mir leid für deine Tochter", flüsterte er, ohne mich anzusehen, „es tut mir leid, dass du nicht das Leben gehabt hast, das du wolltest." Er zog sein Portemonnaie aus der Hosentasche. „Aber jetzt sind wir hier", setzte er hinzu.

In einer Ecke des Geschäfts hatte ein Junge Mundharmonika zu spielen begonnen. Alessio hörte ihm ein paar Sekunden lang zu. „Ich habe keine Idee für die nächste Präsentation, weißt du?" Er schüttelte den Kopf und tat so, als wäre er besorgt.

„Ich habe vielleicht eine" entgegnete ich unsicher.

Er drehte sich zu mir um. „Lass hören."

„Hast du sie schon vergessen?"

„Sprichst du von der Idee, von der du mir neulich Abend erzählt hast? Wie war das noch?"

„No if ..."

Er legte einen Finger an die Schläfe, jetzt erinnerte er sich. Er wiederholte es bei sich, die Silben kauend. Er nickte, ohne etwas zu sagen. „Ich bin nicht überzeugt, man muss sehen, ob das funktioniert."

Alles, was er sagte, verletzte mich, zerkratzte mich innerlich.

„Ein paar Tage lang müssen wir uns nur auf die Präsentation konzentrieren, okay?" Er hatte die Hände in den Hosentaschen, einen schuldbewussten Ausdruck im Gesicht, darin lag die deutliche Bitte: Tu bitte so, als wäre nichts geschehen.

17.

Um von unserem Wohnhaus aus zum Pike Place zu gelangen, brauchte man nur die Battery Street in Richtung Meer hinunterzugehen. Der Fischmarkt, sein großes Schild, die Uhr – wer weiß, warum mich das an die Mole von Arona erinnerte. Ich ging nicht gern hinein, ich setzte mich lieber ein paar Meter vom Eingang entfernt. Pike Place war ein Ort, wo die Leute unentwegt lachten, auch wenn ab und zu ein Tourist entsetzt vor dem Schauspiel der fliegenden Fische die Flucht ergriff. Zur Erheiterung der Kunden warfen sich nämlich die Fischverkäufer Thunfische, Lachse, Heilbutte von einem Ende der Stände bis zum anderen zu. Laute Rufe, Eis überall. Manchmal landete ein Fisch mit Klatschen unter den Zuschauern. Ich kam oft hierher, um meine Mutter anzurufen. Ich mochte die Vorstellung, dass meine Worte sich mit dem Stimmengewirr vermischten, dass niemand sie hören würde.

„Hier sind alle glücklich über meine Idee", begann ich an diesem Morgen und fühlte mich wie ein Teenager.

„Wirklich?" Sie sprach vom Garten aus, zwischendurch gab sie dem Jungen, der ihr gewöhnlich half, Anweisungen, „Das freut mich ..."

Ich versuchte ihr zu erklären, dass die gesamte Kampagne mit einem Event beginnen würde, das die Aufmerksamkeit der Medien auf sich ziehen würde. NO IF bedeutete, dass es keine „Wenns" geben würde. Dass alles möglich war.

„In welchem Sinn?", fragte sie ungläubig.

„Wir werden alles verdecken, was man lieber vergessen möchte. Wir werden riesige bedruckte Blätter verwenden, die

die natürliche Umgebung simulieren, um all das unsichtbar zu machen, was Leiden verursacht." Wer weiß, warum ich mich so sehr begeisterte. „Wir können das, wir können alles."

Doch die Reaktion meiner Mutter war nicht die, die ich erwartet hatte. „Die beiden Bäume müssen gefällt werden, mit den Rosen warten wir noch, die Reisigbündel legen wir unter den Bogengang, wenigstens, bis wir aus den Bergen zurück sind", hörte ich sie sagen. Ihre Stimme war angestrengt, die Stimme, wenn sie nervös war. „Weißt du, Ada, ich glaube nicht, dass ich verstanden habe."

In dem Moment sah ich einen Mann an mir vorbeigehen. Er trug einen fünfzig Zentimeter langen Fisch, in Zeitungspapier eingewickelt. „Das macht nichts", sagte ich, rieb die Fingerknöchel an der Hose und ließ mich auf der Bank zurückfallen. Ich erwartete, dass sie mich fragte, wie es mir ginge. Dass sie mit den üblichen Fragen anfing, aber das tat sie nicht, sie war zerstreut, zu sehr beschäftigt. Sie schien sich an meine Abwesenheit gewöhnt zuhaben.

„Wie geht es Claudia?", fragte ich und biss mir auf die Lippe.

„Glücklich", antwortete sie, ohne weiter etwas hinzusetzen. Im Hintergrund hörte ich den Lärm eines Rasenmähers.

„Gut."

„Sie kann es kaum erwarten, aufzubrechen."

„Aufbrechen?"

Mein Vater würde sie nach Courmayeur begleiten, sie würden eine Woche unterwegs sein auf dem Rundweg um den Mont Blanc, auf dem TMB: dem *Tour du Mont Blanc*. Ich kannte ihn auswendig, auf einer Landkarte hatte ich den Rundweg, der in Les Houches in Frankreich begann und endete, rot eingezeichnet; durch die Schweiz und Italien führte er rund um den höchsten Gipfel Europas. Nach meiner Rückkehr aus Amerika, damals, hätten meine Mutter und ich gemeinsam aufbrechen sollen. Das war die Belohnung, die sie für mich vorbereitet hatte.

„Warum geht ihr vom Aosta-Tal aus? So macht ihr nur die Hälfte der Tour", sagte ich ärgerlich.

„Der ganze Rundweg wäre zu anstrengend für Claudia. Die erste Nacht schlafen wir in der Bertone-Hütte." Während sie sprach, versuchte ich, den Gipfel des Mount Rainier zu sehen, als wollte ich mit einem ganz mir gehörigen Berg auf ihre Worte antworten, aber an diesem Tag war er nicht zu sehen.

Nach Amerika und meinem Schuljahr in Newport gab es an Wichtigeres zu denken als den TMB. Unsere beiden Rucksäcke, fertig gepackt mit Feldflaschen und Schlafsäcken, standen monatelang in der Diele herum und wurden vergessen. Den Rundweg um den Mont Blanc hatte ich nicht mehr gemacht, ich hatte nicht einmal mehr daran gedacht.

Ich wollte meiner Mutter sagen, dass ich nicht einverstanden war. Ja, es war vielleicht keine schwierige Tour, nur sehr lang, aber es gefiel mir nicht, dass sie sie gemeinsam machten. Claudia war noch zu klein, sagte ich zu mir selbst. „Mama, vielleicht solltet ihr nicht ..." Ich musste mich unterbrechen, ich spürte, dass mir Tränen in die Augen traten.

Die Stimmen vom Markt her wurden lauter, das Schauspiel mit den fliegenden Fischen schien mehr Erfolg zu haben als sonst. Es erhob sich ein *Ooooo* aus der Menge, die Leute drehten sich um und verfolgten den silbrigen Flug eines Fisches. Ein Lachs war einen Meter von mir entfernt gelandet, vom Asphalt her sah er mich mit seinem reglosen Auge an, das rosa Maul offen.

„Claudia hat mir gesagt, ich soll dich fragen, wann du wiederkommst", sagte meine Mutter.

Es schien mir, als ob der Lachs sein Maul bewegte, um mir eine Antwort zu suggerieren. „Ich weiß es noch nicht", murmelte ich.

„Sicher, das dachte ich mir", sie wurde wieder hart wie einst. „Wir müssen es aber wissen."

„Warum?", fragte ich. Aber ich bekam keine Antwort, die Verbindung war unterbrochen.

Nach dem Telefonat mit meiner Mutter ging ich stundenlang auf der Mole auf und ab und dann in Richtung Pioneer Square, bevor ich beschloss, nach Hause zu gehen.

Alessio wartete auf mich. Obschon Samstag war, würden wir arbeiten: Kein Ausflug auf den Vulkan oder Whale Watching, kein Shopping, kein Alkohol, keine Party. „Es ist nicht unsere, es ist *deine* Idee", hatte er am Tag der internen Präsentation gesagt und mir den Nacken gestreichelt. Ich wusste, ich musste so tun, als würde ich keine Anziehung mehr verspüren, doch während ich den warmen Druck seiner Fingerkuppen am oberen Ende der Wirbelsäule fühlte, fragte ich mich, ob nicht vielleicht er sie empfand, wenigstens manchmal. Eine andere Anziehung als die für Männer, eine Spannung, in die sich Unsicherheit mischte.

Während ich ging, hielt ich weiterhin das Handy in der Hand, ich hoffte, dass mich jemand anrief. Das Telefongespräch mit Francesca dauerte nur kurz, weil in zehn Minuten ihre Tennisstunde begann. „Wann kommst du denn zurück, ich erwarte dich, wir müssen etwas gemeinsam unternehmen." Sie ließ mich nicht zu Wort kommen, so glücklich war sie, mich zu hören. Ihre Stimme veränderte sich nur, als ich sie nach Claudia fragte. „Sie ist immer so schweigsam. Sie hat mich gebeten, mit ihr nach Mailand zu fahren, sie will sehen, wo du arbeitest und wohnst." In der Zwischenzeit war ich in eine alte Buchhandlung eingetreten, wo überall Stapel von Büchern herumlagen. Ich musste mich an eines der Regale lehnen, bevor ich mit irgendeiner Floskel antworten konnte. Dann sagte Francesca, sie würde mich später anrufen, sie verabschiedete sich schnell von mir und ich war wieder einmal allein.

Was Bob und Amar gefiel, war die Durchschlagskraft unserer Idee. Im Grunde konnten wir mittels einer optischen Illusion die Ansicht ändern, die die Menschen von ihrem Ausschnitt der Welt hatten. Wir würden mit einem Event anfangen, bei dem wir Gebäude verhüllen würden, Mauern, Grenzen, Bausünden, verkommene Vorstädte. Bob stellte sich schon die Titel in den Zeitungen vor, aber dann? Die Werbekampagne musste mit Inhalten gefüllt werden, musste in einem Spot Ausdruck finden, in einer Pressekampagne, einer Webseite. Bei jedem Schritt würden wir der

Frage tiefer auf den Grund gehen, was es bedeutet, die Weltsicht eines Menschen zu ändern, auch im Privatleben. Für Amar war dies das Geheimnis einer großen Kommunikationskampagne: Über die Sensation der ursprünglichen Idee hinauszugehen und sie im Alltagsleben zu verankern. Wir konnten das schaffen, da war er sich gewiss.

„Bist du glücklich?“, hatte Alessio mich nach der Präsentation gefragt.

Ich hatte mit den Schultern gezuckt. Ich konnte es nicht glauben, dass etwas von mir so viel Anklang fand. Die Weltsicht der Menschen verändern, ein neues Leben beginnen, ständig wiederholte ich mir diese Worte.

Ich machte mich auf in Richtung unserer Wohnung, es war schon Mittagessenszeit. Als ich auf der Höhe des indischen Lebensmittelgeschäfts war, in dem Alessio gewöhnlich einkaufte, hörte ich seine Stimme, die mich rief. Er saß auf einem Mäuerchen unter einem großen Baum. Ihn so überraschend zu sehen machte mich glücklich. Seitdem wir uns kannten, brachte er mich dazu, die richtigen Dinge zu sagen, mich mit deutlicheren Konturen in der Welt zu fühlen. Sein Copywriter zu sein verlieh mir eine Position, ich war jemand mit einem bestimmten Status, und doch wusste ich, dass mir das nicht genügte, dass in meinem Leben Teile fehlten, aber ich wollte nicht daran denken. Ich lächelte, lief andeutungsweise auf ihn zu, während er auf einen Hund zeigte, der an einem Pfahl festgebunden war. Ich tat so, als würde ich die Bierflasche nicht sehen, die er in der Hand hielt.

„Sie haben ihn dagelassen, diese Mistkerle.“

„Wer?“, fragte ich.

„Eine Blondine und ihr Typ, ich habe keine Idee, wer das ist.“

Ich setzte mich neben ihn, aber nicht zu nah. Ich hatte die gefalteten Hände zwischen die Knie gesteckt und betrachtete den Hund, der jaulte.

„Warum warst du den ganzen Morgen weg?“, fragte er und

klopfte dabei mit den Fingernägeln auf das Glas der Flasche, sein Atem roch nach Alkohol.

„Ich wollte ein bisschen gehen."

„Ich habe dich angerufen."

Es gefiel mir, wenn er possessiv war, aber ich wollte nicht, dass er es bemerkte, ich wollte nicht, dass er wusste, wie viel Macht er über mich hatte. Ich band meine Haare zusammen, sah ihn an und rieb mir dabei die Nase. Jetzt zeigte er mir das angedeutete, solidarische Lächeln, das unsere Freundschaft seit jeher begleitete.

„Warum trinkst du Bier?", fragte ich ihn, aber er machte einen Buckel, versuchte, meinen Blick einzufangen. Er schien nicht mehr wütend über das, was zwischen uns vorgefallen war.

„Du hast mir gefehlt."

„Wegen vier Stunden?"

„Nun ja." Ich rückte näher zu ihm hin.

Am Abend zuvor hatte es im Haus eines Account-Managers der Agentur ein Fest gegeben. Ich war die ganze Zeit draußen im Garten geblieben. Alessio war von hinten an mich herangetreten und hatte mich auf eine Schulter geküsst, eine spontane Geste, die ihn sofort einschüchterte. Ich hatte ihn im Halbdunkel angesehen und vergessen, ihn zu fragen, wie lange wir noch in Seattle würden bleiben müssen. Ich hatte vergessen, ihm die Pläne darzulegen, die ich für die nächste Zeit hatte und von denen ich nicht einmal meiner Mutter während unseres Telefongesprächs erzählt hatte: nach Italien fahren und nach einer Woche, maximal zehn Tagen zurückkommen. Ich hatte Angst, mit ihm darüber zu sprechen, ich hatte Angst, ihn zu verlieren.

„Alles in Ordnung? Du scheinst nachdenklich." Alessio fragte mich immer, wie es mir ging.

„Ich habe mit meiner Mutter gesprochen", sagte ich und fühlte mich erleichtert.

„Ah, die Mütter!"

Ich betrachtete ihn aufmerksamer, seine Augen waren müde. „Und wie geht es dir?"

Er kippte nach vorn, die Ellbogen auf die Knie gestützt. „Beschissen ...", antwortete er.

Der Hund zerrte an der Leine, er versuchte, einen Sperling zu erreichen, der ein paar Meter entfernt Krümel aufpickte.

„Das tut mir leid ... Warum?" Ich wandte mich ihm zu, ich hielt ihn am Handgelenk. Verärgert sah er mich an.

„Nein, nichts, lass es. Erzähl mir von dir, von deiner Mutter."

Ich setzte mich aufrecht hin, den Rücken steif. In diesem Moment kam ein Rettungswagen vorbei, die Sirene war so laut, dass der Hund tonlos zu bellen schien.

„Worüber habt ihr geredet?"

Eine Strähne Haar fiel mir in die Augen, aber ich schob sie nicht beiseite. „Hm, die üblichen Dinge."

„Ihr habt ein gutes Verhältnis, nicht wahr?"

„Es geht." In letzter Zeit versuchte er, etwas über mein Leben zu erfahren.

„Hast du mit deiner Tochter gesprochen?"

Er wickelte den Kaugummi, auf dem er kaute, in einen Kassenbon und warf ihn über eine Hecke. „Hör mal, Alessio ..."

„Ich versuche nur, dir nah zu sein, dich besser kennenzulernen." Jetzt schwang ein gewisser Vorwurf in der Stimme mit.

„Das passt mir nicht."

„Ich versuche, dir zu helfen."

„Ich brauche keine Hilfe."

„Wirklich?"

„Wie lang müssen wir noch hier bleiben? Wann können wir nach Hause?", fragte ich schließlich.

Er schwieg ein Weilchen, er sah mich mit samtenen Augen an, er schien zu warten. Er war nicht wütend, nur etwas traurig. „Was willst du, Ada? Weißt du, dass ich das nicht verstehe? Was genau willst du?"

Ich will dich, hätte ich beinahe geantwortet, aber der Satz

kam mir verkürzend vor. In Wirklichkeit wusste ich nicht, was ich wollte, weil ich unfähig war, Entscheidungen zu treffen. Das galt für die Kleider, das Essen im Restaurant, sogar für den Beruf. Ich war gut in dem, was ich machte, weil es Alessio gefiel. Wieder einmal hatte jemand anderer für mich entschieden.

„Mit dir habe ich mich neu gefühlt", sagte ich mit gesenktem Kopf. Ich spürte seinen Blick im Nacken, wie eine streichelnde Hand.

„Und warum denkst du daran, zurückzukehren?"

„Ich kann nicht ausblenden, woher ich komme", antwortete ich und sah auf die Mitte seiner Brust.

Der Hund bellte lauter. Er war riesig, ein Maremmaner Hirtenhund. Alessio machte ein paar Schritte auf einen halb verrosteten Korb zu, die leere Bierflasche in der Hand. Ich näherte mich ihm.

„Heute hat Nicolas angerufen", sagte er, ohne sich zu mir umzudrehen. „Schon seit einigen Tagen hat er versucht, mit mir zu reden. Er hatte eine Nachricht für mich: Er hat eine Stelle in unserer Agentur bekommen, er hatte das Vorstellungsgespräch bei Pepi ..."

In diesem Augenblick kamen die Besitzer des Hunds aus einem Geschäft. Der hörte aber nicht auf zu bellen, als er sie sah.

„Sie haben ihn als Stellvertretenden Kreativdirektor angestellt." Alessio hatte diese Position stets angestrebt, er war sich sicher, dass Pepi ihn früher oder später befördern würde. Aber da hatte er sich getäuscht.

Ich hielt die Luft an, ich wusste nicht, was ich sagen sollte. Er sagte immer, er sei das, was er tue, die Ideen, die er verwirklichte, der Beruf, den er gewählt hatte.

„Das tut mir leid, Alessio", flüsterte ich und unterdrückte meinen Wunsch, ihn zu umarmen. Endlich drehte er sich zu mir um und nahm mich bei der Hand. Für ihn wurde Amerika fundamental, jetzt mehr denn ja. Um nichts in der Welt würde er zurückkehren.

„Bleib bei mir, Ada. Verlass mich nicht", sagte er.

Als Francesca mich nach ihrer Tennisstunde anrief, war ich eben nach Hause gekommen. Alessio wollte laufen, noch ein bisschen allein sein.

„Entschuldige, vorhin war ich in Eile. Also, wie geht es dir?"

Ich antwortete mit zwei sinnlosen Sätzen übers Wetter und den Ozean, den ich vom Fenster aus sah. Als ich ihr aber dann erklärte, dass ich nicht viele Gelegenheiten hatte, neue Leute kennenzulernen und immer mit Alessio zusammen war, konnte ich mit allem Übrigen nicht zurückhalten. Ich musste meiner Freundin jeden Blick, jeden Seufzer, jede Umarmung bekennen. Ich wollte mich nicht mehr allein fühlen.

„Ich hätte nicht gedacht, dass mein Leben mir gefallen könnte ..."

„Schön, das zu hören." Francesca freute sich für mich, aber sie war auch erstaunt; sie hätte nicht erwartet, dass zwischen mir und Alessio etwas sein könnte.

„Er gefällt mir so sehr, dass ein Teil von mir nicht mehr zurückkommen möchte."

Sie kicherte ironisch.

„Ich sage das im Ernst", es tat mir weh, solche Bestimmtheit an den Tag zu legen.

Ich hörte sie am anderen Ende seufzen. Dann wartete sie, dass das Rauschen in der Leitung aufhörte." Ich habe es dir schon gesagt: Was keine genauen Grenzen hat, ist größer als wir. Es ist schwer zu handhaben."

„Aber mir geht es gut."

„Bist du dir da wirklich sicher? Was seid ihr beide denn genau?"

„Wir sind wir und basta."

„Warum nennst du die Dinge nicht beim Namen?"

Alessio und ich waren nicht nur Kollegen, Liebende, Freunde, nicht nur unzertrennlich. Wir waren all das gleichzeitig oder vielleicht auch nichts. In einer schmerzlichen Grimasse kniff ich die Augen zusammen. „Für uns gibt es keinen Namen", flüsterte ich. Die Wirklichkeit zu benennen, um mehr Sicherheit im Leben zu erlangen, ohne Angst zu leben: Dazu war ich nie imstande gewesen. Für mich gibt es keinen Namen, hätte ich hinzufügen mögen.

„Claudia braucht dich", sagte sie sanft. „Das heißt nicht, dass du auf deine Arbeit verzichten musst."

Es war, als gäbe Francesca mir ein Rätsel auf, ein unlösbares Rätsel.

„Ich hab dich lieb", setzte sie hinzu, bevor ich noch etwas antworten konnte.

„Ich dich auch."

Es war das erste Mal, dass ich ihr das sagte.

18.

„Es gibt Probleme mit den Visa", sagte Amar und spielte dabei mit einem Zeichenstift. Wir saßen in seinem Büro, auf der anderen Seite des Schreibtischs. Drei Wochen waren vergangen, seit Alessio mich überzeugt hatte zu bleiben. Für ihn würden sie das Visum L1 beantragen, eine Versetzung vom italienischen in das amerikanische Unternehmen. Für mich hingegen war das nicht möglich. Ich arbeitete noch nicht lange genug in unserer Agentur. Vielleicht konnte man mein befristetes Visum verlängern oder mich nach Italien schicken und dann nach Seattle zurückrufen, sobald ich das von den amerikanischen Behörden vorgeschriebene Dienstalter erreicht hatte. Andererseits war es eine Frage von wenigen Monaten. Unter dem Schreibtisch nahm Alessio meine Hand, eine beschwörende und intime Geste. So blieben wir sitzen, konzentriert auf den Kontakt unserer verflochtenen Finger.

„Das ist eine gute Nachricht!", ermunterte uns Amar, während es draußen ununterbrochen schüttete. Wir wussten nicht, was wir sagen sollten.

„Du warst sehr gut, du brauchst dir keine Sorgen zu machen." Er beugte sich vor und sah Alessio direkt in die Augen. Dann, als bemerkte er meine Anwesenheit erst jetzt, fügte er hinzu: „Du natürlich auch."

Ein bedrückendes Gefühl beschlich mich und ich schloss die Augen. Ich hätte aufstehen und das Fenster öffnen wollen, aber das ging nicht.

Während meine Mutter und Claudia mit ihrer Tour um den Mont Blanc beschäftigt waren, hatten wir nichts anderes getan als zu arbeiten. Claudia hatte zum Gruß von Frankreich aus angerufen, aber gerade, als sie mir von den Murmeltieren erzählen wollte, die sie gesehen hatte, war sie nach einem Ausruf von mir verstummt. Sie konnte nicht weitersprechen, sie sagte, sie erkenne meine Stimme nicht wieder. Ich versuchte zu beschwichtigen, das sei die Leitung, die Zeitverzögerung bei interkontinentalen Gesprächen, aber es half nichts.

Fast drei Monate lang hatte Alessio mich gezwungen, jeden Abend bis tief in die Nacht an unsere Kampagne zu denken. „Wenn wir es wirklich schaffen, sie auf alle möglichen Weisen durchzudeklinieren, wird sie dadurch noch überzeugender“, wiederholte er immer wieder. Die Ausgangsidee war meine gewesen, und ich musste ihm beweisen, dass meine Intuition richtig gewesen war, ich konnte da keinen Rückzieher machen. Alessio kaufte Zeitschriften jeder Art, er ging in Geschäfte und Supermärkte, alles konnte die passende Inspiration liefern. In der Agentur aß er vor dem PC sitzend, er redete mit niemandem. Von Präsentation zu Präsentation hatte unsere Idee an Fahrt aufgenommen, sie war unverzichtbar geworden. Das Projekt von John und Paul hingegen war ausgeschieden worden, und viele Zweifel gab es auch an dem von Chris und Nicole. Zu Wen und Diego hatte man sich noch nicht geäußert. Ich wusste jedoch, dass die Abteilungssekretärin gerade die Rückreisen organisierte, ich hatte den Verdacht, dass binnen weniger Tage alle nach Hause zurückkehren würden. Alle außer uns.

Als Amar einen Anruf von Bob bekam, verließen wir sein Büro. „Willst du einen Kaffee?“, fragte mich Alessio, indem er mir eine Hand auf die Schulter legte. Er wirkte zufrieden, konnte es aber nicht zugeben. Ich nickte, und wir gingen zur Küche der Abteilung. Auf der Hälfte des Flurs jedoch sagte ich, er solle vorausgehen, ich müsse auf die Toilette. Ich wartete, bis die blonde junge Frau, die sich gerade die Hände trocknete, hinausging, dann stützte ich mich mit vollem Gewicht auf das Waschbecken. Der belebende Kontakt mit dem Porzellan konnte mein Unbehagen nicht beschwichtigen. Ihn all diese Wochen so auf die Arbeit konzentriert zu sehen hatte mich enttäuscht und zugleich gerührt. Nein, Alessio war nicht normal, aber auch ich war es nicht. Beide hatten wir eine Art von privater Wut, eine Wunde, die uns verzehrte. Immer trugen wir unsere Einsamkeit mit uns herum.

„Ich fühle mich nie allein, wenn ich bei dir bin", hatte er eines Abends auf dem Sofa gesagt. Wir schauten an die Decke, suchten schweigend noch eine Intuition, nur das rhythmische Pulsieren der Green Day im Hintergrund.

„Ich auch nicht", hatte ich ihm geantwortet, ohne den Blick von der Decke zu wenden. Meine Unterlippe bebte leicht, dann drehte ich mich zu ihm. Ich hätte ihn berühren wollen.

„Es ist das erste Mal, dass ich mich so fühle", hatte er hinzugesetzt.

„Wie so?"

Er war aufgestanden, einen fast glücklichen Ausdruck im Gesicht. Ich möchte, dass du mich küsst, hatte ich hinzusetzen wollen, aber er war schon wieder dazu übergegangen, von der Arbeit zu reden, als ob er nichts gesagt hätte, als ob er sich nie hätte gehen lassen.

Als ich in die Küche unserer Abteilung kam, sah ich Nicole und John. Es waren auch amerikanische Kreative da, an deren Namen ich mich nicht erinnerte, die Alessio aber zu kennen schien. Alle beglückwünschten ihn lautstark. Der schwierigste Kunde der Agentur, wie hatte er das nur gemacht? Jetzt brauchte man lediglich noch die endgültige Anerkennung in allen Punkten, und dann würden wir in die Produktion gehen, man musste nur noch ein paar Monate durchhalten. Bravo, bravo, bravo. Schulterklopfen, Komplimente, die übliche ironische Begeisterung.

Ich fragte mich, ob so viel Aufsehen auch mich betraf, und ging näher hin, bereit, bei der ersten Erwähnung unserer Idee zu erröten. Während ich darauf wartete, goss ich mir einen Kaffee ein, nahm mir aus dem Schrank einen Schokoladenmuffin und ließ einen kleinen Löffel fallen, aber niemand sagte etwas. Sie sahen mich, aber es war, als wäre ich nicht da, als würde das, was da geschah, mich nicht sonderlich viel angehen. Ich begriff erst, als Alessio meine Gegenwart bemerkte. Ruckartig drehte er sich um, wie von einem plötzlichen Laut überrascht, und als er mich dann sah, erstarrte er. Im Gesicht den bösen Ausdruck dessen, der sich schuldig fühlt.

„Er hat sie rausgeekelt", hatte mir Sandra gesagt, womit sie Marianna meinte, Alessios Ex-Copywriterin, die nach dem Mutterschaftsurlaub nicht wiedergekommen war. Ich hatte so getan, als hörte ich nicht. Ich hatte mich nie für seine Ambivalenzen interessiert, ebenso, wie ich meine eigenen Ambivalenzen zu vergessen suchte. Beide verbargen wir Teile von uns selbst, um geliebt zu werden, versuchten, das Dunkle in uns zu vergessen. Aber Alessios dunkle Seite betraf jetzt auch mich.

„Du hältst dich an keine Regeln, nicht wahr?", fragte ich ihn auf Italienisch, mir war bewusst, dass alle uns hörten, ohne zu verstehen. Wieder einmal war es mir nicht gelungen, mich zurückzuhalten.

„Hör auf, Ada."

Kalt musterte er mich, dann ging er gefolgt von seinem bewundernden Publikum hinaus. Nur Nicole drehte sich zu mir um, die Augen wie zwei Ritzen, in denen Mitleid lag.

Ich blieb am Küchentisch sitzen. Den Muffin rührte ich nicht an, brach ihn nur in zwei Teile, die Krümel bildeten eine seltsame Zeichnung aus braunen Flecken. Eine verlorene Ameise suchte einsam ihren Weg nach Hause. Ich war desorientiert, verwirrt. Der Schmerz hatte oft diese Wirkung auf mich. Ich hatte das Gefühl, zwischen unübersteigbaren Wänden dahinzugehen.

Es hätte nur wenig genügt. Es hätte genügt, dass er lächelnd zurückgekommen wäre, dass mir irgendwer ein wenn auch nur zerstreutes Kompliment für die geleistete Arbeit gemacht hätte, und alles wäre wieder gewesen wie vorher. Aber zu mir kam niemand, kein einziger Kreativer verspürte die Notwendigkeit, das Wort an mich zu richten.

Mit großen Schritten erreichte ich unser Büro. Alessio war gegangen, er hatte nicht einmal abgewartet, mir sein Verhalten zu erklären. Ich verspürte das Gefühl, das mich als Jugendliche überkam, die Lust, alles über den Haufen zu werfen und umzustürzen, alles um mich herum zusammenbrechen zu sehen. Ich fühlte mich nicht nur von Alessio verraten, sondern von meiner eigenen Entscheidung, nach Amerika zu kommen. Meine Mutter hatte recht. Ich war fragil, ich war ein Mädchen geblieben, eine kleine Erschütterung und ich änderte meine Meinung, revidierte meine Entscheidungen. Ich selbst war es, die sich dauernd verriet.

Ich schaltete den PC aus, auch wenn es erst Mittag war. Mit raschen, mechanischen Bewegungen leerte ich die Schubladen, steckte den Kaktus, den ich gekauft hatte, in die Handtasche, nahm eine Zeichnung von mir von der Wand und machte mich auf den Heimweg, fest entschlossen, nicht mehr in die Agentur zurückzukehren. Und doch behielt ich bei jedem Schritt das Handy im Auge, in der Hoffnung, dass er mich anrief.

Alessio hatte etwas Schreckliches an sich. Es war, wie am Morgen ans Fenster zu treten, den Vorhang beiseitezuschieben und festzustellen, dass da draußen nichts ist, nur ein gleichförmiges, milchiges Licht, eine grenzenlose weiße Leere. Manchmal ließ er sich gehen und folgte dem Drehbuch seiner guten Absichten, doch dann erstarrte er wieder, verschlossen, so radikal in sich selbst verschanzt, dass er unkenntlich wurde. Trotzdem liebte ich ihn. Ich liebte seine Freundlichkeit, sein Strahlen, wenn er mich sah, die Tatsache, dass er mich aus irgendeinem Grund für anders hielt als die anderen, etwas Besonderes.

Ich ging durch die Queen Anne Avenue. Der Asphalt war bedeckt von Pfützen, in denen sich Stücke blauen Himmels spiegelten. Die Radfahrer waren auf die Straße zurückgekehrt, sie bewegten sich schnell. „Sidewalk!“, hatte ein Typ auf einem Rennrad gerufen. Ich würde meine Koffer packen und würde gehen, ich wusste selbst nicht genau, warum. Alessio hatte zu allen gesagt, dass die Idee zu der Kampagne von ihm stammte, er hatte den gesamten Verdienst eingestrichen, um gut dazustehen, um seinen Narzissmus zu befriedigen. Das hatte ich sofort verstanden, weil ich es im Grunde erwartete. Aber war es wirklich deswegen, dass ich heimfuhr?

Auf der Höhe des Memorial Stadium war ein öffentlicher Basketballplatz. Alessio und Diego hielten sich oft dort auf, spielten und unterhielten sich. Ein Teil von mir wusste, dass ich sie dort antreffen würde. Mittlerweile kamen und gingen sie im Büro, wie es ihnen beliebte, das waren die kleinen Privilegien, die Bob den Kreativen gewährte, die er bevorzugte.

Ich machte an diesem städtischen Basketballplatz halt, eine Hand am Maschendrahtzaun. Alessio spielte in Hemd und Lederschuhen, er war nicht gut, aber er hatte eine gewisse Geschmeidigkeit in den Bewegungen, wie jemand, der sich an eine Choreografie erinnert, die er vergessen zu haben glaubte. Ich sah, wie sie sich nach einem Korb von Diego umarmten und zu lang in dieser Intimität verharrten, sodass es wirkte wie Gewohnheit. Alessio drehte sich um und sah mich. Er blieb einen Moment lang stehen, dann kam er mir entgegen. Er ließ den Ball am Boden liegen. Wir standen einander gegenüber, aber mit dem Maschendraht zwischen uns.

„Ich gehe", sagte ich. „Ich fahre zum Flugplatz und nehme den erstbesten Flug."

„Okay", antwortete er trocken.

Ich wandte mich zum Bürgersteig um. „Hast du mir nichts zu sagen?"

„Was sollte ich dir sagen?

„Deine Wohnung hat einen Käufer gefunden."

Überrascht riss er die Augen auf. „Gut."

Bevor ich das Büro verließ, hatte ich einen Blick auf seinen PC geworfen. Da war eine Mail von einer Immobilienagentur eingegangen, die besagte, dass sie einen Käufer für seine Wohnung in Mailand gefunden hatten. Nein, er hatte nie die Absicht gehabt, zurückzukehren, aber das hatte er nicht gesagt. Er hatte es heruntergespielt, er hatte mich von Anfang an belogen.

„Wie viele Dinge wolltest du vor mir verborgen halten?"

Entschieden fuhr er herum, in der Hand den Ball, den Diego ihm mit einem effektvollen Wurf zugespielt hatte. Ich dachte, er würde ihn auf mich werfen. „Hör nur, wer da spricht."

Ich schüttelte den Kopf. Er kam näher, krallte sich an den Maschendraht. „Nein, Ada, du bist es, die nicht versteht."

„Ich verstehe, dass diese Fixierung auf die Arbeit bei dir immer mit Geld verbunden ist. Wie viel verdienst du, wie viel wirst du verdienen ..."

„Ja und? Ich habe nur mich selbst ..." Er sah mich tadelnd an. „Aber das kannst du vielleicht nicht verstehen. Da ist ja immer jemand, der sich um dich kümmert."

Ich wollte ihn stoßen, ihm eine Hand auf die Brust legen und mit aller Kraft drücken.

„Zu sagen, dass die Idee meine ist, war der einzige Weg, Bob davon zu überzeugen, dass er mich bleiben lässt."

„Das stimmt nicht. Du hast es nicht nur deswegen gesagt. Du glaubst, ich sei nicht imstande, die Dinge bis in die letzte Konsequenz zu verfolgen."

„Aber was sagst du denn da? Ich wollte dich doch bei mir haben. Hast du das vergessen?"

„Du denkst, wenn mir etwas gelingt, sei das Zufall, aber dann sei ich nicht in der Lage, das durchzuziehen." Bei diesen Worten musste ich an meine Mutter denken.

„Red keinen Unsinn, Ada. Du weißt ganz genau, was ich von dir denke."

„Und warum hast du dann nicht gesagt, dass die Idee von mir war?"

„Ich kann nicht riskieren, nach Hause zurückzukehren. Ich gehe nicht nach Italien zurück." Er konnte mir nicht ins Gesicht schauen.

„Warum?"

„Weil ich ein anderes Leben will." Er wollte glücklich sein, was er nie gewesen war.

„Und an mich hast du nicht gedacht?"

„Ich glaubte, du würdest genauso empfinden. Bis du mir von deiner Tochter erzählt hast."

Er zitterte vor Wut. Er konnte mir nicht verzeihen, dass ich es ihm nicht früher gesagt hatte. Das verstand ich erst in diesem Moment.

Ich versuchte, auf das Spielfeld zu gehen. Das Eingangstor war einen Meter von mir entfernt, aber er hielt mich auf. Durch den Maschendraht drückten seine Finger gegen meine.

„Warum wolltest du das, was zwischen uns war, ändern?", fragte er kleinlaut. Diego betrachtete ihn von fern. Liebe mich nicht, das hat noch nie jemand getan. Wir wiederholten oft diesen Satz aus einem alten Film und mussten jedes Mal sehr darüber lachen.

„Nichts hat sich geändert. Geh ruhig zu ihm", sagte ich und deutete auf Diego.

„Sag mir nicht, was ich tun soll."

Jetzt war auch ich auf dem Basketballfeld. „Kannst du mir erklären, was ich dir getan habe?"

Diego ging an ihm vorbei, gab ihm einen Schlag auf die Schulter. „Ich gehe", sagte er auf Spanisch, mich würdigte er keines Grußes. Ich hörte das Tor zuschlagen.

Alessio rührte sich nicht, während eine Wolke über uns wegzog. Einen Moment lang war mir kalt. Er hatte eine Zigarette hervorgeholt, ließ sie im Mundwinkel hängen und konnte nichts sagen. Seine Augen waren verändert, als er mich ansah. „Dir gelingt immer alles, nicht wahr?"

Ich schüttelte den Kopf, er wollte mich verspotten, wie üblich. Dann sah er mich lang an, mit einem Blick voller Groll. „Ich denke immer an dich, Ada", fuhr er fort. „Ich möchte mit Diego zusammen sein, aber ich denke an dich. Ich möchte arbeiten, aber da fällt mir eine Geste von dir ein, ein Ausdruck, deine Umarmung. Ich lächle ins Leere." Er runzelte die Augenbrauen. „Meine Mutter nannte es die unmöglichen Unternehmungen."

„Was?", seine Worte verwirrten mich.

„Was du machst."

„Hör auf." Er hielt mich am Handgelenk fest.

„Ich meine es ernst. In wenigen Monaten bist du das Wunderkind der Werbung geworden."

„So ein Quatsch."

„Das ist so." Die Handtasche war mir von der Schulter gerutscht. „Und dann hast du dich in mich verliebt. Aber vor allem ist es dir gelungen zu machen, dass ich mich in dich verliebe. Und das, ohne dass es uns möglich wäre, wirklich zusammen zu sein." Er sagte immer, er träume von einem starken Mann, mit dem er für immer zusammenleben könnte, er sagte aber auch, dass er den nie finden würde.

Einen Moment lang dachte ich, er wolle mich ohrfeigen, hingegen zog er mich an sich und umarmte mich dann mit seiner ganzen Kraft, als wollte er mich in seinen Brustkorb hineinziehen. Ich wollte so lang wie möglich so verharren. Ich dachte an seine Worte, Worte, die jemand anderes aus mir machten, jemand, den ich kaum wiedererkannte, jemand, dem das Unmögliche gelang.

Ich hob den Kopf und spürte seinen Atem, der sich mit meinem vermischte, dann fanden sich unsere Lippen.

Ich bemerkte das Läuten des Handys erst, als Alessio mir sagte, ich solle rangehen. Ich löste mich von seiner Brust und schüttelte den Kopf.

19.

So schnell wie möglich fuhren wir zum Flugplatz. Neben den automatischen Türen nahm ich einen Gepäckwagen und versuchte, den Koffer darauf zu laden, aber die Rollen glitten nach hinten weg und die Last brachte mich aus dem Gleichgewicht. Ich fand mich am Boden wieder, konnte aber nicht aufstehen. Alessio streckte mir eine Hand entgegen und ich bemerkte, dass die meine zitterte und dass es mir nicht gelingen würde, sie stillzuhalten. Selbst die einfachste Handlung wäre für mich unmöglich gewesen.

Kaum waren wir in die Wohnung gekommen, hatten wir wieder begonnen, uns zu küssen, keiner von beiden hatte sich gefragt, ob es nötig wäre, im Büro Bescheid zu geben. Wir blieben in der Diele im Halbdunkel, meine Handtasche zusammen mit seinem Rucksack am Boden. Ich spürte Alessios heiße Hände auf dem Rücken, sie wollten mir das Shirt ausziehen. Da riss ich die Hände hoch und in einer Sekunde fand ich mich im Bad wieder, die nackte Haut an der kalten Wand. Er packte mein Haar und zog mir den Kopf nach hinten, er küsste mir Kinn und Kehle. Ich bekam fast keine Luft, aber das machte mir nichts. Mit der freien Hand drehte er das Wasser am Waschbecken auf und benetzte mir Brust, Kehle und Mund, um mich zu erfrischen. In jeder seiner Bewegungen lag ein unkontrolliertes Beben.

Das Handy war in der Handtasche in der Diele geblieben. Es läutete unentwegt, das hatte es auch auf dem Weg nach Hause getan, aber ich sagte nichts, ich wollte das, was zwischen uns war, nicht unterbrechen.

Alessio lächelte. Ich drehte mich um meine Achse, wie um mich belustigt seinen Zärtlichkeiten zu entziehen, bis ich mich vor dem Spiegel wiederfand. Er stand hinter mir. Wie betrachteten uns so gemeinsam, wir waren wunderschön. Wunderschön und anders, als wir uns gewöhnlich sahen.

„Du solltest antworten", sagte er. Er war nicht verärgert, nur belästigt von diesem ständigen Läuten.

„Ich stelle es aus." Ich lief in die Diele, hockte mich nieder und kramte in der Handtasche. Meine Mutter hatte mich ununterbrochen angerufen. Kaum hatte ich es gefunden, läutete des Gerät zum sechzehnten Mal. Es war, als wäre das Handy glühend heiß: Ich traute mich nicht, dranzugehen, konnte aber auch nicht aufhören, das Display anzustarren.

„Hallo", sagte ich schließlich.

„Ada ... Ada ..." Sie war in heller Aufregung, wie ich sie nie gehört hatte. „Ada, ich muss mit dir reden." Claudia sei mit Francesca auf einen Ausflug nach Mailand gefahren, sie sollten über Nacht dort bleiben, aber seit Stunden sei Claudia unauffindbar. „Sie ist verschwunden."

Ich stützte mich mit solchem Gewicht gegen die Garderobe, dass sie umfiel. Noch in der Hocke begann ich meiner Mutter tausend Fragen zu stellen, ihr tausend Vorwürfe zu machen, aber es war, als würde jemand anderer an meiner Stelle sprechen. Ein Teil von mir versank in einem schwarzen, engen Loch. „Du tust so, als gäbe es deine Tochter nicht", hatte sie mir einmal vorgeworfen, „du sprichst nicht von ihr, du siehst sie nicht einmal an." Ich spürte, wie mir die Knie zitterten, ich konnte nur mit Mühe sprechen, und als die Verbindung unterbrochen wurde, schrie ich „Hallo, hallo, hallo." Dann warf ich das Handy gegen die Wand.

„Was ist passiert?" Alessio kam zu mir gelaufen.

Auf dem Boden hockend schlug ich mit der Faust auf das Möbelstück ein. Diese unkontrollierte Wut kam von weither.

„Beruhige dich, Ada, beruhige dich." Er hielt mich fest und hinderte mich daran, mich zu bewegen, er hatte Angst, ich könnte mir weh tun.

„Sie können sie nicht finden, wer weiß, wohin sie gegangen

ist", dabei drückte ich das Gesicht gegen seine Schulter. „Entschuldige, ich wollte nicht, dass du mich so siehst, es vergeht gleich, entschuldige."

„Es ist normal, dass du erschüttert bist", sagte er leise. „Ich verstehe deine Wut, Ada." Er bezog sich nicht nur auf die Tatsache, dass Claudia unauffindbar war. „Du warst so jung." Ich hatte mir nie erlaubt, meinen Schmerz zu zeigen und hinauszuschreien, ich glaubte, das dürfe ich nicht.

Ich musste die Koffer packen und so schnell wie möglich nach Hause fahren. Francesca hatte mir gesagt, dass Claudia nach Mailand wollte, sie wollte mein Büro und meine Haustür sehen. Ich wusste, dass sie nicht an meine Abwesenheit glaubte.

Alessio hatte mir in der Diele geholfen aufzustehen, wie er das jetzt auf dem Flughafen tat. „Der Flug geht in zwei Stunden", er überprüfte das Ticket, das er eben gekauft hatte. „Setz dich, wir haben Zeit. Trink etwas Wasser", sagte er und gab mir eine kleine Flasche. Er war besorgt, schien die Situation aber im Griff zu haben. „Willst du ein wenig reden?" Er setzte sich neben mich und legte einen Arm um meine Schulter.

Ich schüttelte den Kopf.

„Einmal bin ich auch verloren gegangen, weißt du?"

Meine Augen schauten ins Leere, wie ausgetrocknet.

„Ich bin nicht wirklich verloren gegangen. Ich wollte meinen Eltern einen Streich spielen. Ich habe mich in dem Geräteschuppen versteckt, der sich im Garten unseres Häuserblocks befand. Ich habe Sammelbilder und ein Micky-Mouse-Heft mitgenommen, ein paar Dosen Orangenlimonade und sechs Packungen Kartoffelchips, meine Mutter wollte nicht, dass ich Chips esse. Bis zum Abendessen haben sie nicht bemerkt, dass ich nicht da war. Ein wenig tat mir diese Verspätung leid, ein wenig fühlte ich mich frei. Als sie dann nach mir zu suchen begannen, gingen die Lichter im Garten an und das Gesicht meiner Mutter tauchte auf, es war entstellt von Verzweiflung. Als ich sie sah, brach ich in Tränen aus."

Alessio hatte ein feines Profil.

„Ada, es wird alles gut, du wirst sehen."

Das hatte mir noch nie jemand mit diesem Nachdruck gesagt.

„Du bist nach Amerika gekommen, um deinen Weg zu finden, du hast nichts Schlechtes getan."

Ich biss mir auf die Unterlippe, bis ich den Eisengeschmack des Blutes spürte, und barg meinen Kopf an seiner Schulter. „Ich bin es, die sie zum Verschwinden bringt."

„Komm her." Er drückte mich fester.

„Wenn etwas passiert ist, ist das nur meine Schuld."

„Du hast nichts getan."

Mit dem Daumen streichelte er meine Wange. Lange Zeit hindurch hatte ich gedacht, ich sei ein kaputter Mensch, der keine Aufmerksamkeit verdient, jetzt hingegen kam diese Zärtlichkeit mir völlig natürlich vor.

„Dass ich schwanger bin, habe ich meiner Mutter nach einer unserer Wanderungen gestanden. Ich weinte, ich konnte nicht aufhören, ich wollte, dass sie mich ins Krankenhaus bringt. ‚Ein ungewolltes Kind existiert trotzdem', sagte sie zu mir, ohne weiter etwas hinzuzufügen." Ich tat einen tieferen Atemzug, die Worte kamen schneller, sie kamen alle auf einmal. „Ich hatte nicht einmal bemerkt, dass die Menstruation seit ein paar Monaten ausgeblieben war. Ich war noch nie in meinem Leben beim Frauenarzt gewesen."

Ich hatte die Turnschuhe ausgezogen, saß mit untergeschlagenen Beinen auf dem Sessel des Wartebereichs und wickelte einen Haargummi so fest um einen Finger, dass er ganz weiß wurde. In diesem Moment kam ein junger Mann vorbei, der eine Lederjacke trug und eine poppige E-Gitarre umgehängt hatte. Er kam näher, um uns eine Karte zu geben, die das MoPOP darstellte, das Museum für Popkultur von Seattle.

„Am Ende sind wir nicht hingegangen ..." Alessio drehte die Karte in den Händen. Ich betrachtete diese seltsame, ganz zerknautschte Architektur. Ich zuckte mit den Schultern „Du hast viel Mut gehabt. Du bist mit mir hierhergekommen."

Ich konnte sein Herz in meinem Ohr schlagen hören. Ich atmete schnell nicht nur wegen Claudia, sondern auch, weil ich in ihn verliebt war. Und es war, als ginge diese Liebe uns voraus, als hätte ich sie in mir getragen, lang bevor ich ihn kennenlernte.

„Neben meinem Bett stand eine Wiege, noch leer. Sie war groß und ganz weiß. Wenn ich mich auszog, warf ich den Pullover in diese Richtung, dann die Hose, die Bluse, die Jacke, den Schal, bis ich dort nur noch eine Masse von zusammengeknüllten Kleidungsstücken sah, und all dieses Weiß war ausgelöscht. Einmal habe ich auch ein Paar Stiefel darauf geworfen. Dann ist sie zusammengebrochen."

Alessio runzelte die Stirn. Seine Finger umschlossen mein Handgelenk.

„In dem Maße, wie mein Körper sich veränderte, kaufte ich formlosere Kleider. Unter dem T-Shirt umwickelte ich mich mit elastischen Bandagen, die ich wegen einer Verstauchung verwendet hatte, ich schnürte den Bauch so sehr ein, wie ich konnte." Ich machte mich aus seiner Umarmung los und streckte mich, um den Gepäckwagen zu mir zu ziehen. Ich stellte ihn vor meine Füße, wie eine Barriere. Ich baute Barrikaden um mich herum auf. „Das Schuljahr in Amerika sollte meine Zukunft sein, stattdessen fühlte ich mich mit einem Mal zu nichts mehr imstande." Ein sarkastisches Lachen entschlüpfte mir. „Anstelle von Francesca hätte ich in Mailand sein sollen." Ich war mir nicht sicher, ob ich das wirklich gesagt hatte. Ich musste sehr leise gesprochen haben, denn Alessio reagierte nicht.

„Warte hier einen Moment auf mich. Ich gehe etwas zu essen holen, wir müssen bei Kräften bleiben", sagte er mit einem Lächeln. Er stand so schwungvoll auf, dass ich dachte, er wolle jetzt allein sein. Ich hatte zu viel erzählt, ich fühlte das Gewicht meiner Bekenntnisse in der Luft.

Ich folgte ihm mit Blicken, während er sich in der Menge entfernte, bis er hinter einer Mauer verschwand und ich gezwungen war, den Blick zu senken, um nicht noch einmal zu weinen anzufangen.

Das Studium war meine Idee gewesen, ich fühlte, dass ich die verlorene Zeit einholen konnte. Alles lief problemlos, ich hatte mir die Informationen über die Geisteswissenschaftliche Fakultät der Universität Mailand ausgedruckt. Wenn ich mich von etwas überzeugt zeigte, was zu meiner Ausbildung beitragen konnte, waren meine Eltern stets bereit, mich zu unterstützen, wie das auch mit Amerika gewesen war. Ich hoffte, mich nicht zu täuschen, auch wenn das jetzt anders war – jetzt war Claudia da. Die Antwort kam schneller als vorhergesehen. Ja, sicher, warum nicht, im Grunde sei ich in Italienisch und Latein immer sehr gut gewesen. Claudia war dort bei uns, meine Mutter trug sie auf dem Arm, während sie mir erlaubte zu gehen. Ich hatte in allem immer auf ihre Erlaubnis gewartet, es war, als lebte ich durch ihre Zustimmung. Und jetzt? Jetzt erwartete ich nichts mehr.

Das Handy klingelte wieder. Es war Francesca. „Tut mir leid", sagte sie, als ich antwortete, die Stimme gebrochen vom Weinen, rau, wie abgenutzt.

Ich holte tief Luft, bevor ich etwas sagte. „Gibt es Neuigkeiten?"

„Nein."

„Wie, nein?"

„Noch nicht ... Hör zu, Ada, wir sind am Nachmittag nach Mailand gefahren. Ich habe sie mitgenommen ins Naturwissenschaftliche Museum ..." Sie wollten auch den Abend bleiben. Die Sternwarte würde geöffnet sein.

„Warum hast du mich nicht vorher gefragt, was ich davon halte?", sagte ich mit mühsam zurückgehaltener Wut.

„Das stimmt nicht. Ich habe dir beim letzten Mal am Telefon davon erzählt. Ich habe gesagt, dass Claudia einen Ausflug nach Mailand machen wollte, um deine Wohnung und dein Büro zu sehen."

Das stimmte, sie hatte mir davon erzählt, aber ich hatte Claudias Wünsche wie üblich nicht sonderlich wichtig genommen.

„Du hättest mich gemeinsam mit ihr von Mailand aus anrufen können. Das wäre gewesen, als ob ich dort bei euch wäre“, fügte ich hinzu, erstickte Tränen in der Kehle.

Bevor sie antwortete, kam es zu einer Pause, die mir endlos erschien. „Du weißt ganz genau, dass das keine gute Idee gewesen wäre“, entgegnete sie.

Eine Stewardess stand ein paar Schritte von mir entfernt und beobachtete mich. „Du hättest es wenigstens versuchen können ...“ Meine Stimme war schrill, ich erkannte sie selbst nicht wieder.

„Ada, mach dir keine Sorgen, wirklich. Ich meine es ernst.“ Francesca versicherte mir, dass sie mich bei jeder Neuigkeit benachrichtigen würde. Sie war sicher, dass alles gut ausgehen würde, aber ich hörte ihr schon nicht mehr zu.

Ich steckte das Handy in die Tasche. Übelkeit verwischte die Bilder vor meinen Augen. Dann lehnte ich mit geschlossenen Augen den Kopf nach hinten. Claudia erschien in meinen Gedanken: Sie ging durch die Stadt, sah sich selbstbewusst um und hatte offenbar ein genaues Ziel. Wenn wir im Wald waren, konnte sie sich immer orientieren, sie sagte, sie könnte die Karte des ganzen Hügels zeichnen. Das hatte sie von mir: Jedes Mal, wenn sie sich an einem Ort befand, hatte sie das Gefühl, sich auch von oben zu sehen. Darin waren wir uns gleich.

„Da bin ich.“ Alessio berührte mich an der Schulter. Er hatte *brownies* gekauft. Ich ließ zu, dass mir die Tränen die Wangen herunterliefen, ohne sie zurückzuhalten, dankbar, dass er nichts dazu sagte. Er beschränkte sich darauf, stehen zu bleiben, den Kopf leicht geneigt, mit einem angedeuteten Lächeln.

„Ich fliege mit dir“, sagte er kurz und bündig wie eine Feststellung.

Während wir im Taxi zum Flughafen fuhren, hatte Alessio von seinem Handy aus mein Flugticket gebucht, doch als es dann ans Bezahlen ging, hatte er spontan auch für sich eins gekauft. Ich wusste nicht, was ich sagen sollte, das hatte ich nicht erwartet.

„Ich muss dich begleiten. Ich will nicht, dass du so viele

Stunden allein bleibst." Er war sicher, dass Claudia gefunden würde, aber er wusste, dass ich bis zu diesem Zeitpunkt ihn brauchen würde. Er würde dann so bald wie möglich nach Seattle zurückkehren.

Ich betrachtete ihn mit Dankbarkeit, die meine Augen weitete. Er setzte sich neben mich und streichelte mir den Kopf. Wir verspürten kein Bedürfnis mehr, etwas zu sagen, die Erschöpfung von vorher ging über in eine Art von Frieden. Wer weiß, wann du bestimmte Dinge wirklich realisierst. Wer weiß, ob es einen präzisen Moment gibt, in dem die Gedanken feste Form annehmen. In diesem Moment hätte ich gewollt, dass er meine Familie ist.

„Ada, wir müssen gehen", sagte er irgendwann. Ich wusste nicht, wie viel Zeit vergangen war, aber wir standen auf und liefen noch einmal nebeneinanderher, ein Paar.

20.

Ich hatte das Gefühl, diesen Moment schon einmal erlebt zu haben. Am Strand vor dem Hotel waren fast ausschließlich Familien. Unter dem Vordach der Bar spielten die Jungs Karten und die Frauen plauderten bei einem Kaffee. Vorn am Meer ließ jemand einen Drachen steigen. „Claudia, lauf nicht so schnell! Warte, bevor du ins Wasser gehst!" Sie hatte meine Hand losgelassen, und ich bremste ihren Überschwang, weil mich ihre Fröhlichkeit schreckte. Unterdessen musterte ich die Anwesenden: Zu meiner Erleichterung waren da nur Unbekannte.

„Claudia, komm her!" Sie rannte, lief dem Drachen nach. „Claudia!" Ich rief sie immer bei ihrem Namen. Keine Verkleinerungsform, kein Kosename. Ich rief sie bei ihrem Namen, aber ihr Name gefiel mir nicht: Meine Mutter hatte ihn ausgesucht. Sie hingegen rief mich gar nicht, weil sie nicht wusste, was sie sagen sollte: Es gab noch kein Wort, das mich wirklich definieren würde.

Zwischen den Liegen verlief eine Grasnarbe fast bis ans Meer: Vielleicht verbargen sich da drin die Grillen. Ich schaute mich um und sah, dass die sandbadende Frau schon am Strand war. Ich lächelte ihr von ferne zu. während ihre Kinder das Loch gruben, in das sie ihre Beine stecken würde. Claudia kam zu mir unter den Sonnenschirm und setzte sich auf die Liege. Sie wartete auf ein Zeichen von mir, dass sie ins Wasser gehen durfte, unterdessen wirbelte sie mit den Füßen den Sand auf. Über dem Badeanzug trug sie mein weißes T-Shirt. Es reichte ihr bis unter den Po, aber an diesem Tag würde sie so ins Wasser gehen. Keine Sonnencreme, die Apotheke gegenüber vom Hotel war geschlossen.

„Gehen wir", rief ich, stand auf und betrachtete die Strandlinie. Seit einem Monat war ich wieder in Italien. Claudia und ich waren für fünf Tage ans Meer gekommen: ein Kurzurlaub, der erste, den wir allein miteinander verbrachten.

„Gehst du schon ins Wasser?", fragte sie ungläubig, einen Hauch von Glück in der Stimme.

„Los, vorwärts!", sagte ich, während ich auf die ersten Wellen zuging. Das Meer war kälter als vorhergesehen, weil es in der Nacht geregnet hatte.

„Hallo!"

Neben uns war ein Mädchen, wir hatten sie in den vorigen Tagen schon gesehen. „Hallo", antwortete Claudia schüchtern, und wir machten uns zu dritt auf den Weg zur ersten Boje.

Als ich ins Wasser eintauchte, fühlte ich das eisige Nass bis in meine Gedanken eindringen. Ich blieb auf dem Boden liegen, der Sand streifte meinen Bauch, dann tauchte ich wieder auf. Ich suchte mit Blicken nach ihr, fand sie aber nicht. Ich schaute nach allen Seiten, nichts und wieder nichts. „Sie ist verschwunden", hatte meine Mutter am Telefon gesagt. Ich hielt den Atem an. Sie ist verschwunden.

Dann sah ich eine Gruppe Jungs mit einem Ball. Dahinter, nicht weit entfernt, waren Claudia und das Mädchen. Dann fassten sie sich an den Händen, liefen auf die ersten heranrollenden Wellen zu und tauchten ein, was in Wirklichkeit ein Hüpfer mit geschlossenen Beinen war. „Nochmal!", riefen sie laut. Als sie mit mehr Schwung losliefen, sah ich sie unter der Welle verschwinden, die sich vor ihnen aufgetürmt hatte. Dann sah ich sie nicht mehr. Da schwamm ich aus Leibeskräften los.

„Claudia!", rief ich bei jedem Zug. „Claudia!", schrie ich.

Mit einem Mal tauchten sie auf, ganz von weißer Gischt umspült. Mit den Füßen stießen sie sich nach oben ab wie zwei Raketen.

„Komm her!", schrie ich. „Komm hierher! Zieh dieses Shirt aus, es ist dir nur lästig." Sie gehorchte sofort. Ich half ihr, es auszuziehen, vollgesaugt mit Wasser war es sehr schwer. Sie nickte, sie sah mich an, als wäre ich verrückt. Sie sah mich an, wie Alessio mich angesehen hatte, als ich nach dem Telefongespräch mit meiner Mutter zu Boden gefallen war.

Ich sagte nichts mehr zu ihr, ich überließ sie ihren Spielen und ging, noch immer aufgeregt, in Richtung Strand. Ich wollte mich setzen, mich abtrocknen, wieder normal atmen. In diesem Augenblick hatte ich das Gefühl, dass alle mich ansahen. Die eingegrabene Frau schaute nun nur mehr mit dem Oberkörper aus dem Sand.

Vor mir am Ufer lag ein Kanu, daneben im Sand die Paddel, die Rettungswesten hingen am Rumpf.

„So leicht bekleidet erkennt man dich ja wirklich nicht!" Nicolas sah mich mit seinem breiten Lächeln an, das Wasser reichte ihm bis an die Waden. „Wie geht es dir?", fragte er mich und kam näher.

Ich blieb stehen, die Füße im Sand, zwei Holzpflöcke. Er küsste mich auf die Wangen. Seine Lippen und sein Gesicht kamen mir verbrannt vor. „Gut", murmelte ich.

„Noch ein paar Tage Urlaub?"

„Ja, ein bisschen Meer ..."

„Bist du bereit, in die Agentur zurückzukehren?"

„Gewiss", sagte ich vorsichtig. „Glückwunsch, übrigens ..."

„Ich bin sicher, gemeinsam machen wir große Projekte."

Ich zuckte mit den Schultern, ich wusste nicht, was ich hinzufügen sollte, ich wollte weitergehen.

„Ich habe Alessio vor seiner Abreise nach Amerika gesehen."

Ich sah ihn an. Meine Lippen gaben unwillkürlich ein leichtes Schnalzen von sich.

„Er hat mir gesagt, sobald die Kampagne abgeschlossen ist, kommt er zurück nach Italien ... aber das glaube ich nicht."

Ich war unter meinem Sonnenschirm angekommen, wrang das T-Shirt aus und legte die Handtücher zusammen, als ob ich gehen wollte.

„Du wirst ihm fehlen."

Mir war nicht klar, ob der Satz ironisch gemeint war. Ich lächelte, aber es war ein kraftloses Lächeln.

Alessio hatte mich im letzten Monat mehr als einmal angerufen. Er wollte meine Meinung über die Produktionsfirma, die die Kampagne realisieren sollte. Vor wenigen Tagen hatte es das Pre-Produktion Meeting gegeben, das Treffen mit dem Regisseur und den Producern, um über alle Details und den Arbeitsplan zu entscheiden, bevor man sie in endgültiger Form dem Kunden vorstellte. Er hatte mir nicht erzählt, dass er Nicolas getroffen hatte.

Die Frau im Sand rief mich aus ein paar Metern Entfernung, sie wollte, dass ich ein Foto von ihr machte. Mit einem Gefühl der Erleichterung ging ich zu ihr und fotografierte sie mit dem Handy ihres Sohnes.

Nicolas blieb hinter mir und gab amüsierte Kommentare ab. „Bist du zum ersten Mal hier am Meer?“, fragte er, als ich zurückkam, um meine Sachen einzusammeln.

„Ja, zum ersten Mal.“

„Mir hat es ein Freund empfohlen.“ Er zeigte auf den jungen Mann, der das Kanu bis zum Turm des Bademeisters zog. „Er sagt, die Adria ist perfekt zum Trainieren. Hier ist das Meer immer ruhig ...“

„Ich wusste nicht, dass du Kanu fährst.“

„Schon seit dem Studium. Letztes Jahr war ich in Kroatien, ich bin die ganze Küste entlang gepaddelt!“

„Zu Kroatien ist das ein schöner Unterschied“, sagte ich, obwohl ich außer in Amerika weder in Kroatien noch sonstwo gewesen war. Die Worte kamen nur mühsam aus meinem Mund, ich räusperte mich.

„Kein Vergleich! Das Wasser hier ist grünlich ...“

„Bräunlich“, betonte ich,

„Du hast dich verändert“, sagte er und fixierte mich. Dieser Satz kam so unerwartet, dass ich das Bedürfnis verspürte, mich hinter meiner Sonnenbrille zu verstecken, die ich von der Liege genommen hatte. „Du bist schöner geworden“, sagte er anspielungsreich. „Aber eins verstehe ich nicht, wenn das Projekt gut lief, warum bist du dann nicht dort geblieben?"

„Ich musste zurück", sagte ich, nahm den Pareo und wickelte ihn mir um den Körper.

„Ich habe Alessio nach Malpensa gebracht", fuhr er fort. „Nachdem er dich nach Mailand begleitet hatte, blieb ihm ein freier Vormittag und wir sind gemeinsam an den Idroscalo gegangen. Er wollte Wasserski ausprobieren. Es war das erste Mal. Kannst du ihn dir vorstellen?"

Ich schüttelte den Kopf. Er hatte mir nichts davon erzählt. Lange Zeit hatte ich den Eindruck gehabt, Alessio könne mich von einem Moment zum anderen betrügen, doch dann war das nicht eingetreten, es trat nie ein. Ich war mir sicher, dass er Nicolas nichts von uns erzählt hatte, nichts von meinem Leben. „Ciao", hatte er an meiner Wohnungstür gesagt, „wir trennen uns nicht, weißt du? Ich behalte dich hier." Er schlug sich an die Brust. „Du bist in meinen Lungen, hörst du?" Und er holte tief Luft.

„Habt ihr euch amüsiert?"

„Zusammen amüsieren wir uns immer", sagte Nicolas abschließend.

Ich konnte mich nicht mehr auf das konzentrieren, was er sagte, deutlich hörte ich nur Claudia, die mich von ferne rief. „Schau! Schau den Kopfstand! Schaust du mir zu? Du musst mir eine Note geben!"

Nicolas hörte plötzlich auf zu sprechen. Mit gerunzelter Stirn schaute er auf Claudia, die die Arme schwenkte. Dann drehte er sich wieder zu mir. „Ist das deine?"

Ich antwortete nicht.

„Das hätte ich nicht gedacht ..." Erstaunt musterte er mich. „Wie heißt sie?

„Claudia."

„Schöner Name."

Auf dem Meer setzte ein Typ zum Kitesurfen an. Ich verfolgte seine Bahn, als ob mich das wirklich interessierte.

„Und wie alt ist sie?“ Nicolas sah sie immer noch aus der Ferne an.

„Neun“, flüsterte ich.

„Ich habe sie beim Frühstück gesehen. Sie hat sich mindestens fünf Stück Kuchen auf den Teller geladen!“

„Kinder naschen gern.“

Claudia kam aus dem Wasser und lief mit leuchtenden Augen und geschmeidigen Bewegungen auf mich zu. „Mama!“, rief sie, ohne nachzudenken. Sie wollte ein Handtuch, sie war triefnass. Ich nahm eines von der Liege und hielt es mit ausgebreiteten Armen vor mich hin.

„Aber hattest du nicht gesagt, sie sei deine Schwester?“

„Nein, das habe ich nicht gesagt.“

Er wich einen Schritt zurück.

„Sie ist nicht meine Schwester. Sie heißt Claudia und ist meine Tochter.“

21.

Schnell gehen ist mir immer schwergefallen, ich habe schiefe Füße, wie eine Tänzerin. Ich versuche, mein Tempo so weit wie möglich zu beschleunigen, Alessio bleibt hinter mir, er sagt nichts.

„Wie ist sie?“, fragte er mich am Flughafen. „Wie ist Claudia? Wie sieht sie aus?“

Ich dachte ein paar Sekunden nach. Sie ist schön, strahlend, sagte ich; ich hatte sie nie beschrieben, nie auf diese Weise. Es war nicht das, was er wissen wollte. „Hier“, ich reichte ihm das Handy, es waren nur zwei Fotos von ihr drauf. Eins während sie schlief, ich hatte es insgeheim gemacht, geheim vor allen, vor meiner Mutter, vor mir selbst. Auf dem anderen war sie als kleine Gärtnerin gekleidet und zeigte auf einen Blumentopf. Mein Vater schenkte mir immer Pflanzen zum Mitnehmen nach Mailand, aber ich war nicht imstande, mich darum zu kümmern, ich vergaß, sie zu gießen. Die Blätter welkten und die Zweige hingen traurig herab. Ich warf sie weg, bevor sie ganz vertrockneten. So musst du es machen, schien Claudia mit einer Gießkanne in der Hand zu sagen. Sie liebte Pflanzen, sie wusste, wie man sie zum Blühen bringt.

Wir durchkämmen den Simplonpark. Den See, die Alleen, die Triennale, die kleine Arena, wo die Afrikaner Bongo spielen. Die Bianco-Bar, das Castello. Den Acqua-Marcia-Brunnen, den Kinderspielplatz, die Bibliothek hoch oben auf einer Art Felsvorsprung. Es ist fast niemand im Park, es ist noch Sommer, die Luft glühend heiß.

Francesca ist auf dem Weg zu uns. Sie hat in Mailand übernachtet, das Handy eingeschaltet für den Fall, dass die Polizei sich meldet. In Wirklichkeit hat sie nicht geschlafen, sie hat die ganze Nacht geweint.

Es sind zu viele Stunden vergangen, denke ich beim Blick auf das Handy, ohne einen Schritt tun zu können. Ich werde immer bei dir bleiben, wir bleiben zusammen, versprochen, komm zurück, lass dich finden, ich bitte dich. Bei dem Gedanken, sie nicht zu finden, fühle ich mich fallen, die Welt gerät in Schieflage, alles rutscht ab, Leere ringsum, ein Art Weiß im Inneren, die Worte dröhnen so laut, dass sie ihren Sinn verlieren.

„Hier ist sie nicht", sagt Alessio. Wie kann er da sicher sein? Er antwortet nicht, zieht eine Grimasse. „Komm", sagt er. „Gehen wir in die Bar, setz dich, trink Wasser." Und ich tue so. Die Bar hat Tischchen im Freien und große Sonnenschirme, die einen nougatfarbenen Schatten werfen. Ich setze mich, trinke Wasser, auch wenn es eiskalt ist. Ich tue so, als käme ich wieder zu Atem, in mir aber suche ich weiterhin. Ich suche Claudia, suche eine Möglichkeit, suche mich selbst.

Porta Venezia. Palestra. San Babila. Duomo, Cordusio, Cairoli, Cadorna, Conciliazione, Pagano, Buonarroti. Sie hatte die U-Bahnhaltestellen auswendig gelernt. Sie sagte sie immer wieder auf, vor allem, wenn ich im Begriff war, den Zug zurück nach Mailand zu nehmen.

„Gehen wir in Richtung deiner Wohnung", sagt Alessio. In Chinatown haben wir schon gesucht, aber vielleicht ist es sinnvoll, dorthin zurückzukehren, die Geschäftsleute zu befragen. Mühsam stehe ich auf, die Beine schmerzen. Ich gehe und bemerke, dass ich weine. Alessio sagt nichts.

Gemeinsam haben wir jenes Mal in den Bergen geweint, das erste Mal gemeinsam. Sie war fünf Jahre alt. Wir pflückten Himbeeren, dann war da dieses Rascheln in den Bäumen. Wir spähten ins Dickicht und erblickten diesen riesigen Hirsch, das Geweih wie eine Eiche. Wir nahmen uns bei der Hand, während er uns ansah. Mit einem Sprung floh er. Wir weinten gemeinsam im Gleichklang, vor Schrecken, mehr noch vor Rührung wegen so viel Schönheit.

Meine Mutter ruft an, aber ich gehe nicht ran. Francesca dagegen schreibt, sie wolle zur Feltrinelli-Buchhandlung gehen, bevor sie zu uns stößt, Claudia liebt Bücher, gestern wollte sie eines kaufen, vielleicht ist sie dorthin zurückgekehrt.

In der Via Paolo Sarpi geht ein Zug von ganz in Weiß gekleideten Menschen. Langsame, rhythmische Schritte, Klang von Trommeln. „Es ist jemand gestorben“, sage ich zu Alessio. Chinesische Begräbnisse sind so: Der Tod kann weiß sein wie Schnee. Aber ich empfinde nichts, das Bild der Leute in Weiß ist stumm. Ich kann nur Claudia sehen, an meiner Brust im Krankenhaus, eingehüllt in das grüne Tuch des Operationssaals. Claudia, die leidet, weil sie im Garten hingefallen ist, und ich kann sie nicht trösten; die lacht, weil ich statt eines Bonbons ihren ausgefallenen Milchzahn in den Mund gesteckt habe. Claudia, die mich nicht umarmen kann.

Alessio legt mir den Arm um die Taille und zieht mich an sich. Er möchte mich trösten, er sagt etwas, was ich nicht verstehe.

Ich hätte es wissen müssen, denke ich, und schlage die Augen nieder. Ich hätte wissen müssen, dass ein Kind immer existiert, auch wenn du so tust, als wäre nichts. Ich hätte es früher bemerken müssen. Es ist nicht in dir, sondern um dich herum. Ein Kind schließt dich ein.

"Gehen wir hinauf.“ Alessio weist auf die Tür zu meiner Wohnung, ich will nicht, aber er besteht darauf. Ich kann nicht mehr laufen, an meinen Knöcheln haben sich große Blasen gebildet. Ich soll mich entspannen, sagt er, er werde sich darum kümmern, das Viertel abzusuchen. Er will Claudias Foto den Ladeninhabern zeigen, den Kellnern in den Bars, den Obst- und Gemüsehändlern. „Mach dir keine Sorgen, ich kümmere mich darum“, setzt er hinzu. Und ich glaube ihm. Ich glaube, dass er sie finden wird. Wie er mich gefunden hat.

Als ich in der Wohnung bin, schaue ich den Koffer an, den ich aus Amerika mitgebracht habe. Enorm, beinah ein Schrankkoffer, ich könnte darin Platz finden; aufgebrochen bin ich mit einem Rucksack und zurückgekommen bin ich mit einem Stück Leben. Ich habe nicht den Mut, ihn zu öffnen und zu verrücken. Ich habe nicht den Mut, Wasser zu trinken und mich auf dem Sofa auszustrecken. Mit einem Mal scheint es mir, als wäre ich in einem Hotelzimmer, an einem unbequemen und unwirtlichen Ort. Was mache ich hier?, denke ich. Ich kann mich nicht länger verstecken. Wenn du Claudia wolltest, hättest du dir das früher überlegen sollen; ja, du hättest es dir früher überlegen sollen, jetzt ist es zu spät.

Ich gehe ins Bad und wasche mir das Gesicht. Wieder Luft bekommen. Und als ich so über das Waschbecken gebeugt stehe und die Gedanken zur Stirn strömen, kommt mir ihre unsichere Schrift in den Sinn. Bis in die dritte Klasse Grundschule schrieb sie ihren Namen immer falsch, sie vergaß das „u" und merkte es nicht. Wer weiß, warum mir das erst jetzt wieder einfällt. Ich hatte vermutet, dass sie im Park sein könnte, weil sie sagte, von oben auf der Karte betrachtet sähe er aus wie ein grünes U-Boot; dann hielt sie sich die Nase zu und tauchte zum Spaß unter. Ich brauchte nicht so zu tun, als ob, ich lebte ohne Atem. Vielleicht hingegen ist sie zum Dom gegangen, sie mag dunkle, kühle Kirchen. Oder in diese Latteria in einer Querstraße der Via Torino, ein Ort, den mein Vater kannte. Oder sie hat mich in dem Yoga-Studio bei der Agentur gesucht, auch wenn ich nicht sicher bin, ob ich ihr davon erzählt habe.

Zwanghaft gehe ich weitere Möglichkeiten durch, als ich die Stimmen der Nachbarn höre. Es ist fast acht Uhr, sie kehren nach Hause zurück. Heute Nachmittag, als ich ankam, waren sie nicht da. Die Wohnungstür verschlossen, die Fensterläden verbarrikadiert. Ich dachte, sie wären in Urlaub.

Ich laufe zur Tür, mache sie noch rechtzeitig auf, um Luca zu sehen, Marikas Sohn, wie er mit einem roten Ball in der Hand vorbeiflitzt. Er bemerkt mich nicht, er singt irgendwas, Claudias Sweatshirt um die Hüfte gebunden, das ich ihm geliehen und nie zurückverlangt habe. Einen Moment lang muss ich mich am Türrahmen festhalten, um nicht umzufallen. Von Marika keine Spur, aber ich schaffe es nicht, irgendetwas zu sagen. Ich höre nur Stimmen, helle, fröhliche Stimmen, die die Treppe heraufgerannt kommen. Das ist Anna, Lucas Schwester. Jemand ist bei ihr. Die Sonne blendet mich, ich muss die Augen mit der Hand abschirmen. Dann trete ich hinaus und halte mich am Geländer fest, beinah stolpere ich. „Mama!" höre ich rufen. „Mama!"

Während des Aufenthalts am Meer habe ich nichts gesagt, nie den Mut gehabt, ihr Vorwürfe zu machen. Ich hätte sie fragen wollen, warum sie bis zu mir nach Hause gekommen war, ohne Francesca etwas zu sagen, einen Moment der Zerstreutheit nutzend. Vielleicht dachte sie, ich wäre nicht wirklich weggefahren?

Ich schaffte es gerade mal, Marika zu danken, dass sie ihr geglaubt hatte, als sie sie auf dem *ballatoio* stehen und die Tür anstarren sah. Dass sie sie zur Arbeit und dann nach Hause mitgenommen hatte, gewartet hatte, was zu tun sei. Sie hatte meine Handynummer nicht, sie wusste nicht, wie sie mich ausfindig machen konnte.

Vom Meer sind wir mit dem Auto nach Mailand zurückgekommen. Während der Fahrt habe ich jeden Gedanken an die Agentur verscheucht, jede Sehnsucht, die mich an Alessio denken ließ. Ich wollte nicht an das denken, was Nicolas gesagt hatte, in diesem Augenblick wünschte ich nur, dass mein Geist wie ein leerer, weißer Raum würde, bereit zu allem. Ich drehte das Autoradio auf volle Lautstärke und hörte Claudia ausgelassen lachen und sich heftig auf der Rückbank bewegen, als würde sie im Sitzen tanzen. Sie fragte mich nicht, ob meine Mutter sie abholen würde, ob sie an den See, zu ihrem gewohnten Leben zurückkehren würde.

Auf dem letzten Stück zwischen Bologna und Mailand sangen wir die Songs mit, die das Radio brachte. Sie tat so, als würde sie die Worte jedes Lieds kennen. Sie schaute auf die Bewegungen meines Mundes und sang die letzten Silben jeder Strophe mit der Überzeugung einer echten Pop-Sängerin mit.

„Ich habe verstanden, dass du nur zum Schein so tust, musst du wissen", sagte ich ironisch, während wir uns rechts einordneten.

„Das stimmt nicht", verteidigte sie sich.

„Ja, ja." Ich nahm die Hand vom Schaltknüppel und berührte mit einem Finger ihre Rippen, für einen kurzen Augenblick, der neun Jahre zu dauern schien. Claudia brach in Gelächter aus, wie ich sie noch nie hatte lachen hören.

Im Rückspiegel sah man unsere gebräunten Gesichter und die Haare voller Salz, weil wir vor der Abreise noch ein paar Stunden am Strand gewesen waren. „Komm, hör auf, sonst kriegst du einen Schluckauf", sagte ich ohne sonderliche Überzeugung,

Es war dichter Verkehr, ich musste bremsen, um mich vor der Mautstation einzureihen.

„Ich will nicht aufhören", brachte sie mit Mühe heraus. „Lachen ist wunderschön." Es lag Überraschung in diesem Satz. Ein Staunen, das mich zu rühren drohte.

22.

„Fahren wir“, sagte ich zu Claudia, vermied die Abzweigung, die zum Haus meiner Eltern führte, und fuhr weiter auf der Uferstraße. Ich kannte diese Orte, wie man eine Landkarte an der Wand kennt, der See war immer etwas gewesen, das man aus der Distanz betrachtete. „Sie erwarten uns zum Abendessen, und es ist noch nicht einmal sechs“, fügte ich hinzu. „Wir haben noch Zeit.“ Diese Worte bebten mir in der Kehle nach wie eine zu schützende Entdeckung.

Gegen elf waren wir nach einem letzten Bad im Meer von der Adriaküste losgefahren. Kurz hinter Bologna und dann auf der Höhe von Mailand hatten wir Halt gemacht, bevor wir zum See abbogen. An der Tankstelle hatte ich für sie ein Panino mit Mozzarella und Tomaten bestellt, aber nach ein paar Bissen hatte sie es in die Papiertüte gesteckt. „Heute habe ich nicht viel Hunger“, sagte sie mehrmals. Ich dachte mir, vielleicht sei das die Reiseübelkeit, auch ich hatte als Kind darunter gelitten.

„Wenn du willst, halten wir irgendwo und essen eine Kleinigkeit“, sagte ich, während ich an der Ampel vor Stresa langsamer wurde. Claudia hörte mich nicht. Den Kopf zum Seitenfenster gewandt, hauchte sie die Scheibe an. Ich beobachtete, wie sie mit der Fingerspitze ein Herz malte, das sich in wenigen Sekunden auflöste.

Der Himmel in Richtung des Val d’Ossola sah aus wie ein Vorhang aus schwarzer Gaze, doch dieses Detail erschien mir nicht wichtig.

„Hast du geweint?“, fragte sie mich, sobald ich den Wagen wenige Meter von der Mole anhielt.

„Nein, warum?“, sagte ich, während ich die Parkuhr einstellte.

„Deine Augen sind rot.“

„Das ist die Klimaanlage. Sie trocknet mir die Kontaktlinsen aus.“

Ich stieg aus. Ich versuchte, tief durchzuatmen. Ich wusste, dass wir in höchstens zwei Stunden zu meiner Mutter gehen würden. Ich wusste auch, dass mir dieses Haus unter Bäumen anders erscheinen würde, endlich fremd.

Claudia wartete auf dem Gehweg bei den Blumenrabatten auf mich, sie balancierte auf einem Betonmäuerchen, während eine Gruppe niederländische Touristen eilig ihrem Schiff zustrebte.

„Also, willst du ein Eis oder nicht?“, fragte ich sie und zeigte auf einen weißen Wagen, von dem traurige Musik herkam.

„Nein, danke“, antwortete sie, ohne mich anzuschauen.

Als ich sie in Mailand auf dem *ballatoio* herankommen sah, hatte ich mein Erstaunen unverhohlen gezeigt: Mein Mund stand offen, mein Gesicht war wie versteinert. Claudia hatte die Augen aufgerissen und sich vorsichtig genähert, sie wusste nicht, worauf sie sich einstellen sollte; aber dann kam auch Marika die Treppe herauf. Als sie mich erblickte, lief sie auf mich zu, wie um mich zu stützen. „Es ist alles in Ordnung, gehen wir zu mir, du hast eine sehr wohlerzogene Tochter.“ Sie redete immer weiter, aber ich konnte ihr nicht folgen, die Silben schoben sich übereinander, ich konnte sie nur als Geräusch wahrnehmen. Ich blieb in der Küche sitzen, der Körper schwerelos hingegossen wie ein benutztes, weiches Shirt. Lustlos beantwortete ich Marikas Fragen, Claudia spielte mit Luca und Anna, am Boden sitzend, die nackten Beine im Kontakt zu den kühlen Fliesen. Es war, als sähe ich sie zum ersten Mal.

Luca saß auf Claudias Sweatshirt, sie aber schien es nicht zu bemerken, ja, ich war überzeugt, dass sie es ihm inzwischen geschenkt hatte, eine Art Tausch zwischen Nachbarn. Claudia schaute nach mir, sie vergewisserte sich unaufhörlich, dass ich noch da war. Kurz zuvor hatten wir einander gedrückt, aber das war keine Umarmung gewesen, eher ein unausweichlicher Zusammenprall. Ein Körper, der den anderen mit unnatürlicher Wucht anzog. Ich hatte nicht den Mut, ihr in die Augen zu schauen, und auch nicht, ihr Vorwürfe zu machen. Ich hielt sie gegen die Brust gedrückt, wie um sie in mich aufzunehmen, genau an dem Ort, woher sie gekommen war.

„Machen wir das, worauf du Lust hast", sagte ich verwirrt und zeigte auf die Mole, von wo die Fähren zu den Borromäischen Inseln ablegten. Es hätte mir gefallen, mich von ihrer Begeisterung mitreißen zu lassen: ein Spaziergang, ein bisschen Shopping, ein Besuch in der Konditorei, alles Dinge, die mich der Pflicht enthoben, sie anzuleiten und für sie zu entscheiden; weder wusste ich, was sie brauchte, noch war ich imstande, ihr Schweigen zu deuten. Fünf Tage gemeinsam am Meer zu verbringen war eine Entdeckung gewesen. Die Begeisterung des Neuen – doch dann war diese Zeit zwischen uns schwer zu gestalten gewesen. Im Sand spielen mochte ich nicht. „Die Burg baust du, ich komme sie dann fotografieren, das wird eine Überraschung." Nicht einmal in den Vergnügungspark oder zu den Trampolinen hatte ich sie mitnehmen wollen. „Mir ist kalt", hatte sie nach dem letzten Bad im Meer gesagt. In den Bademantel gehüllt, klapperte sie mit den Zähnen. Ich begann die Hände auf dem feuchten Frottee zu reiben, zuerst an der Brust, dann am Rücken, bis ich den Kontakt des Bademantels an meiner Brust fühlte, ihre salzigen Haare an den Lippen; dabei sah ich mich befremdet um.

Claudia setzte sich auf eine Bank und machte mir Zeichen, ich solle zu ihr kommen. Sie spielte mit dem Taillenband ihrer Badehose und verfolgte den Flug eines Vogelschwarms, der in dem Moment wenige Meter über dem Wasser dahinflog.

„Sympathisch, dieser Freund von dir", sagte sie wie zerstreut, die Haare fielen ihr ins Gesicht.

Eine Woche war vergangen, aber ich verstand sofort, auf wen sie sich bezog. „Alessio?"

„Hm-hm."

* * *

Außer Atem war er zurückgekommen, er hatte sie nirgends gefunden; gerunzelte Stirn, erschrockener Gesichtsausdruck. Ich wartete auf dem *ballatoio* auf ihn. Sobald er an meiner Seite war, deutete ich auf Marikas Wohnung: Die Kinder spielten, sie waren nicht zu überhören. „Ich habe versucht, dich anzurufen, aber du hast nicht geantwortet", sagte ich, „es ist alles in Ordnung, schau." Ein paar Sekunden lang blieb er reglos stehen, während ein kalter Wind aufkam, der Regen zu bringen schien. Es war das erste Mal, dass er Claudia sah. Schweigend blieb er stehen und beobachtete sie aus der Entfernung, lernte sie mit den Augen kennen. Ich umarmte ihn. Ich schmiegte das Gesicht an sein Baumwollhemd, um das Verlangen, ihn zu küssen, zurückzuhalten, um ihm zu sagen, dass es sein Verdienst war, wenn ich zurückgekommen war, während ich den Blick meiner Tochter auf dem Umriss unserer vereinten Körper spürte.

„Was wirst du tun?", fragte er mich, während er sich von mir löste. Ich sah ihn unverwandt an, der Wind spielte mit meinen Haaren. „Ich weiß nicht", antwortete ich. „Ich muss gehen", mit einer gewissen Scheu zeigte er auf die Treppe, als ob die Stufen direkt nach Seattle führten. Ich verstand seine Vorsicht, die Angst, das, was wir uns herausgenommen hatten, nie wieder haben zu können. In diesem Zögern spürte ich, dass Alessio einer der wichtigsten Menschen in meinem Leben war. „Ich kann nicht dorthin zurückkehren", sagte ich und nahm ihn beim Arm. Und er nickte, ohne mich anzusehen.

Claudia wollte das Schiff nehmen und auf die Isola dei Pescatori fahren, aber es war nicht genug Zeit, und doch konnte ich mich nicht entschließen, zum Wagen zu gehen und den Weg nach Hause einzuschlagen. Ich wusste noch nicht, was ich meiner Mutter sagen würde, das Wasser des Sees lag glatt und dunkelgrün da, mit blauen Streifen, in denen sich der Himmel spiegelte.

„Es wäre schön, Flügel zu haben wie die Vögel." Ich schaute nach oben.

„Das ist wahr, Vögel müssen sich nicht an die Straßen halten. Sie können fliegen, wo sie wollen."

„Ja, genau. Wo sie wollen."

Der Regen fiel auf den *ballatoio* meiner Mailänder Wohnung, als täte es ihm leid, Pflanzen und Menschen zu nässen; er verdampfte, bevor er irgendeine Oberfläche berührte, und wurde dünn wie feuchter Gesichtspuder. Claudia war zu uns gekommen und hatte Alessio mit neugierigen und ängstlichen Augen beobachtet. Er hatte sich vorgestellt, sie auch. Ich fühlte das Gewicht ihrer beider Körper, die gleichzeitig den meinen berührten: In diesem Moment bildeten wir drei einen kleinen Wärmekreis. Ich hätte mich nie von dort wegbewegen wollen. Bleiben wir dicht beieinander, rührt euch auch nicht einen Zentimeter vom Fleck. Ihr seid meine Familie, ihr beide zusammen seid meine Familie.

„Bleibst du beim Abendessen?", hatte ich ihn gefragt; ich hätte so gern eine Lösung gefunden. „Ich würde ja gern", hatte Alessio geantwortet, aber ich kann nicht." „Wohin gehst du jetzt?" Er wusste es nicht, wahrscheinlicher war, dass er es mir nicht sagen wollte. „Kümmre dich nicht um mich, bleib bei ihr", hatte er gesagt. „Ich habe für morgen einen Flug bekommen." Er konnte sich nicht entschließen, sich von mir zu verabschieden. „Es tut mir leid, Ada ..." Dann hatte er meine Hand genommen und seine Finger mit meinen verschränkt, wie die Äste zweier Pflanzen, die sich ineinander verschlingen. Eine Trennung schien unmöglich. Ich wusste, dass er nicht wiederkommen würde. Wenn es nach mir ging, hätte ich ihn niemals ziehen lassen. Ich sah Claudia an, die friedlich spielte, und ich fühlte eine Wärme auf der Höhe des Magens. Doch diese Wärme wurde dann intensiv, brennend. Niemand würde Alessio und mir die Gemeinschaft von einst wiedergeben. Wir konnten nur weitergehen, einen Weg einschlagen, und irgendwann vergessen, was wir hätten sein können.

„Versprich mir, dass du weitermachst, Ada. Gib nicht auf, du bist gut.“

„Kommst du nach dem Projekt zurück?“, hatte ich gefragt.

„Erst muss ich sehen, ob ich die Kampagne allein bewältigen kann.“

Ich hatte eine Grimasse gezogen. Er war es gewesen, der mir all das beigebracht hatte, was ich wusste.

„Ich muss herausfinden, ob ich ohne dich leben kann“, hatte er hinzugesetzt und meine Finger mit den seinen gedrückt.

Mit einem Feuchttuch versuchte ich, Claudias Hände und Arme sauber zu machen, sie war beim Radschlagen in ein Blumenbeet gefallen. Sie jammerte, weil ich sie zu heftig rieb, aber ich stellte mir schon vor, was meine Mutter sagen würde, und ich hatte keine Lust auf Streit: Einmal in meinem Leben hatte ich ihr etwas sehr Wichtiges zu sagen, etwas, was unsere Beziehung für immer verändern würde.

„Ada?“, hörte ich mich von einer Stimme rufen, die mir bekannt vorkam, und ich schaute auf. Vor mir stand Daniela, Claudias Lehrerin. Ein breitkrempiger Hut breitete Schatten über ihr Gesicht und hatte sie einen Moment lang unkenntlich gemacht. Sie lächelte uns zu, war erstaunt, uns zusammen zu sehen. Claudia begrüßte sie und entzog mir ihren Arm.

„Habt ihr einen schönen Sommer verbracht?“, fragte sie.

Claudia nickte. Die Lehrerin erzählte uns von ihrem Urlaub in der Toskana. Als sie uns fragte, was wir gemacht hätten, antwortete ich, wir hätten zwei Monate am Meer verbracht.

„Ihr beide allein?“, sie verzog den Mund.

„Ja“, beeilte sich Claudia zu antworten und suchte meinen zustimmenden Blick.

„Bravo!“, rief Daniela mit einem Hauch von Ironie. „Ihr seid aber nicht sehr braun“, fügte sie hinzu.

Gleichgültig zog Claudia die Schultern hoch, während ich von der Bank aufstand. „Es ist spät, wir müssen gehen.“

„Dann sehen wir uns in zehn Tagen in der Schule“, schloss

Daniela und sah Claudia mit ihrem festen und freundlichen Lächeln an.

Wir antworteten nicht darauf, diese Feststellung traf uns wie ein Schwall eisigen Wassers. Ihr Leben, das Leben meiner Tochter, spielte sich am See ab, es war, als würde ich mir dessen erst in diesem Moment wirklich bewusst. Hier hatte sie Freunde, die ich nicht kannte, hier ging sie ins Schwimmbad und zum Turnunterricht. Hier ging sie sonntags mit meiner Mutter an der Uferpromenade am See spazieren und beugte sich nachmittags über ihre Mathematikhausaufgaben.

„Auf Wiedersehen also“, verabschiedeten wir uns von der Lehrerin. Als wir zum Wagen kamen, öffnete ich den Kofferraum. In dem Raum für den Ersatzreifen lagen zusammengefaltet zwei Taschen, in denen ich meine Kleider, Bücher und Gegenstände, die ich brauchte, nach Mailand gebracht hatte. Ich legte sie auf unseren Koffer für den Strand.

„Was machst du mit diesen Taschen?“, fragte Claudia neugierig.

„Nichts, die kann man immer brauchen. Steig ein.“

Ich ließ mir Zeit beim Anlassen des Motors, obwohl wir eine halbe Stunde zu spät dran waren und meine Mutter mehrmals angerufen hatte, ohne dass ich antwortete. Auf der Straße war niemand. An der Abzweigung nahm ich die Kurve zu eng und der Wagen geriet ins Schleudern, ich hörte Claudia hinter mir jammern. Während ich darauf zufuhr, fixierte ich das Gartentor des Hauses, wie um es besser in den Fokus zu nehmen. Im Hintergrund war jemand, der uns entgegenkam, ein verwischter Fleck, der sich im Grün verlor.

23.

„Warum machst du die Fenster nicht auf?"

Claudia hatte den Sicherheitsgurt schon geöffnet.

Meine Mutter lief mit unkoordinierten Schritten hinter dem Auto her. Sie schien sich in einem Aquarium zu bewegen, sie grüßte uns mit der offenen Hand auf der Höhe der Schultern und bewegte die Lippen, aber ich hörte ihre Stimme nicht. Das Autoradio war an, und ich konnte mich nicht entschließen, es leiser zu drehen. Ich ließ den Blick über die Windschutzscheibe schweifen, während ich bremste und den Wagen neben der Hecke unseres Gartens zum Stehen brachte. Die Eiche, hinter der ich mich in meiner ganzen Kindheit versteckt hatte, war krank, die Rinde löste sich in Schichten ab, die sich einrollten. Die zwischen zwei Lärchen ausgespannte Hängematte hatte ihre Farbe verloren und schleifte am Boden.

Meine Mutter schlug mit den offenen Handflächen auf die Scheibe, ich konnte das anhaltende Klicken ihres Rings hören.

„Steigen wir aus?", fragte Claudia.

„Ja, sicher." Ich löste die Sicherungsverriegelung und hörte, wie die Wagentür sich mit einer Art müdem Kuss öffnete. Jetzt konnte ich nicht mehr zurück. Der Boden unter meinen Turnschuhen war weicher, als ich ihn in Erinnerung hatte. Die Wärme des Gartens umhüllte mich sofort mit einer feuchten Umarmung.

„Da seid ihr ja endlich." Meine Mutter war glücklich, sie hielt Claudia an den Schultern und streichelte ihr die Wange. Ich lächelte ihr zu und öffnete den Kofferraum. Ein Monat war seit meiner Rückkehr aus Amerika vergangen.

„Wir haben sie bei den Nachbarn gefunden", hatte ich tonlos

zu ihr gesagt. Zusammen mit meinem Vater war sie nach Mailand geeilt. Sofort hatte ich bemerkt, dass das Gesicht meiner Mutter trockener und tiefer gezeichnet war, ohne jede Weichheit im Ausdruck. „Das wird dir eine Lehre sein, hoffe ich", hatte sie gesagt und Claudia angesehen, die einen Zeichentrickfilm anschaute. Ich hatte ihr nicht geantwortet, sondern war ins Bad gegangen, um mir Gesicht, Hände und Arme zu waschen. Die Wirkung ihrer Worte loszuwerden.

Weiter hinten, auf der Mitte des Wegs, stand Francesca. Die Arme vom Körper abgespreizt, sah sie mich wie alarmiert an. Sie wusste schon Bescheid, sie konnte sich vorstellen, was diese Rückkehr vom Meer bedeutete. Francesca war an dem Tag, an dem Claudia wiedergefunden wurde, zu mir gekommen. „Du hast gut daran getan, dich sofort von Seattle aus auf den Weg zu machen, sobald du es erfahren hast", hatte sie zu mir gesagt. Meine Eltern waren fast sofort wieder heimgefahren, mein Vater hatte uns umarmt, er hatte uns an seine Brust gedrückt, Claudia und mich, glücklich, dass wir wiedervereint waren. Francesca hingegen war über Nacht bei mir geblieben. „Sie ist gemütlich, diese Wohnung", hatte sie gesagt. Sie hatte ihr immer gefallen, von ihrem ersten Besuch an. „Sie ist klein", hatte ich entgegnet. „Nein, sie ist perfekt." Wir redeten im Dunkeln miteinander, wie wir das als Mädchen getan hatten. Sie hatte mich in der Dunkelheit beobachtet, hatte versucht, eine Hemmung zu überwinden. „Alessio fehlt dir, stimmt's?"

„Er wird mir immer fehlen", hatte ich geantwortet.

„Kommt!", sagte meine Mutter. Sie war uns ins Haus vorausgegangen und jetzt rief sie uns auf die Terrasse hinaus.

Wir gingen ins Erdgeschoss, unsere Koffer hinter uns her schleifend. Claudia lief sofort die Treppe hinauf, ich hingegen hielt mich am Eingang auf. Ich sah mich im Spiegel an, warf einen zerstreuten Blick auf die Post, dann bemerkte ich unsere Bergschuhe, die aufgereiht an der Wand standen: Drei Paar saubere Schuhe, bereit, benutzt zu werden.

Der Tisch war im Freien gedeckt, der Sonnenschirm war aufgespannt, um zu verhindern, dass die Feuchtigkeit sich auf uns herabsenkte. Mein Vater stand am Tisch und war gerade dabei, eine Flasche Wein zu öffnen. Seine leicht gebückte Haltung, die Beine ein wenig ausgestellt, war die eines Mannes, der fest in der Realität verwurzelt ist, mit einem Schuss Melancholie. Ich trat leise zu ihm hin, ich wollte ihn nicht erschrecken. Als er meine leichten Schritte hörte, drehte er mir das Profil zu, und ich legte ihm den Arm um die Schulter.

„Hattet ihr Spaß am Meer?", fragte er mit weicher Stimme.

In der Zwischenzeit hatten sich alle zu Tisch gesetzt. Meine Mutter machte mir Zeichen, ich solle ihr den Kuss geben, den ich ihr bei der Ankunft verweigert hatte.

„Wir sind bis zur Boje geschwommen", sagte Claudia, wobei sie an einem Stück Focaccia knabberte.

„Wirklich?" Meine Mutter schaute vom Brotkorb auf. Sie war überrascht: Claudia hatte Schwimmen nie sonderlich gemocht. Ins Schwimmbad ging sie nur widerwillig und sie kam mit roten Augen und schlappen Muskeln heim.

„Und dann gibt es da ein super Frühstück." Sie fing an, die Süßigkeiten, die sie gekostet hatte, aufzuzählen.

„Wo hast du das Hotel gefunden?", fragte meine Mutter, auch wenn es mir merkwürdig erschien, dass sie sich nicht daran erinnerte.

„In Lignano."

Sie wirkten etwas überrascht.

„Für Kinder ist es ideal." Francesca beugte sich vor, um allen ein wenig Wasser einzugießen.

„Mama hat einen Freund getroffen", versetzte Claudia.

„Einen Freund?"

„Einen Kollegen", berichtigte ich. „Niemand von Bedeutung."

„Die Adria war jedenfalls eine sehr gute Wahl", sagte mein Vater und nahm sich vom Nudelsalat.

„Und dann gab es jeden Tag Baby Dance", Claudia schwenkte die Arme in der Luft.

„Habt ihr getanzt?“

„Aber ja, ab und zu, nach dem Abendessen. Die Animateure haben uns da mit hineingezogen.“

„Jetzt machen das alle“, meinte Francesca. „Auch im Club hier unten am See. Damit auch die Kleinsten ihren Spaß haben.“

Meine Mutter stellte den Hackbraten auf den Tisch, obwohl wir noch beim ersten Gang waren. Sie stand nicht gern während des Essens auf, also stellte sie die verschiedenen Gerichte zusammen auf den Tisch, sodass jeder sich bedienen konnte, ohne sie um etwas bitten zu müssen. Eine der Ofenkartoffeln war von der Platte gerutscht und bis zur Wasserflasche gerollt. Claudia nahm sie mit den Fingern und steckte sie sich in den Mund. Wir wechselten einen verschwörerischen Blick und sie verkniff sich ein Lachen.

„Bevor die Schule anfängt, gehen wir gemeinsam ins Valle Anzasca. Habt ihr Lust?“

Bei der Frage meiner Mutter kamen mir die Bergschuhe in den Sinn, die am Eingang bereitstanden.

„Wir gehen hinauf bis zum Lago delle Locce. Das ist keine schwierige Tour. Wenn ihr wollt, machen wir bei der Zamboni-Zappa-Hütte Rast.“

Ich kannte die Hütte, wir waren dort gewesen, als ich zehn war, sie lag eingebettet in eine Alm auf zweitausend Metern Höhe, am Fuß der Ostwand des Monte Rosa.

Claudia nickte glücklich. Sie ging gern in die Berge, wie auch ich es gern getan hatte. „Diesmal möchte ich die Adler sehen“, setzte sie noch hinzu.

„Aber gibt es denn da welche?“, fragte ich verwundert.

„Sicher gibt es da welche. Es ist schließlich der Monte Rosa, nicht irgendein Hügel hinter dem Haus.“

„Sollen wir Fotos machen?“

„Nun, ich weiß nicht, wie schwierig es ist, sie zu fotografieren, aber wir können es versuchen.“

Meine Mutter reichte den Hackbraten herum, aber keiner

konnte sich zum Essen entschließen. Wir bewegten uns alle mit einer merkwürdigen Vorsicht, ein leichtes Verhalten des Atems, die Blicke nie entspannt.

„Wenn es uns gelingt, dann drucken wir diese Fotos aus und du nimmst sie mit in die Schule, was hältst du davon?"

Claudia nickte.

Mein Vater nahm einen großen Schluck Rotwein. „Wann fängt das Schuljahr an?"

„Am 12.", antwortete ich.

„Nein, am 13.", entgegnete meine Mutter, die Haare zerrauft, das Gesicht rot, weil sie sich hinuntergebeugt hatte, um die Stoffserviette aufzuheben, die ihr vom Schoß geglitten war.

„In Mailand fängt sie am 12. an", betonte ich und sah auf den Teller. Ich hatte fast nichts gegessen, außer einem Bissen Fleisch.

Francesca wischte sich gerade die Lippen mit der Serviette ab. Sie hielt ein paar Sekunden inne. Mit dem Stoff vor dem Mund schien sie einen ihrer saftigen Flüche zurückhalten zu wollen.

Claudia stand auf.

„Hoppla. Man steht nicht so einfach vom Tisch auf ...", protestierte mein Vater.

Sie kam zu mir, wollte sich auf meinen Schoß setzen. Ich ließ sie gewähren, der Herzschlag beschleunigte sich, es war das erste Mal.

„Es ist eine schöne Schule", sagte sie.

Ich versuchte ihr das Haar aus dem Gesicht zu streichen, um ihren Ausdruck zu sehen, wenn auch nur im Profil.

„Als wir Eis essen gegangen sind, hat Marika sie mir gezeigt. Dort gehen Anna und Luca zur Schule, ihre Kinder."

„Wer ist Marika?", fragte meine Mutter gereizt.

„Meine Nachbarin", sagte ich.

„Sie ist groß und an den Fenstern hängen Zeichnungen." Claudia spielte mit den Krümeln, die auf dem Tischtuch liegen geblieben waren. Sie erwähnte nicht, dass wir vor ein paar Stunden in Stresa die Lehrerin Daniela getroffen hatten.

In der Zwischenzeit war meine Mutter aufgestanden. Ohne ein Wort sammelte sie die Teller ein. Ein Messer fiel zu Boden und begann sich um sich selbst zu drehen, wie der Zeiger einer Uhr. Keiner hatte mehr Lust zu essen. Francesca entschuldigte sich und verließ die Terrasse, um einen Anruf entgegenzunehmen. Claudia stand ebenfalls mit einem Ruck auf und entfernte sich trotz meiner Proteste. Sie versuchte einen Nachtfalter zu fangen, seinem schwankenden Flug folgend. Es blieben nur mein Vater und ich übrig, er hatte die Beine unter dem Tisch ausgestreckt, eine etwas resignierte Haltung. Schweigend sah er mich an.

„Es freut mich, dass ihr euren Spaß hattet", sagte er, ein Lächeln andeutend.

Rührung stieg in mir auf. Ich trank einen Schluck Wasser und zerknüllte heftig die Serviette, aber er sah mich weiterhin unverwandt an.

„Du musst nicht unbedingt in die Berge gehen, wenn du nicht willst." Er stellte sein Glas langsam ab, eine Geste, die nie enden zu wollen schien. Dann stand er auf und ging zu Claudia, und ich blieb ein Weilchen allein am Tisch.

Ich sah nach der Seite mit dem Wald und dem Bach, der die Papiermühle etwas weiter unten antreibt. Einen Moment lang glaubte ich, Claudias und meine Schritte zu hören, die hintereinander herlaufen, sich zwischen den Ästen verlieren, der Strömung folgen. Aber es waren nicht unsere Schritte, es waren die von jemand, der aus dem Wohnzimmer kam.

„Du trinkst besser keinen Kaffee."

Meine Mutter stand neben mir. Ich konnte sie nicht ansehen, ich konzentrierte mich auf die Flecken, die unregelmäßig auf ihrem Handrücken verteilt waren. Ich erwartete, dass sie sich setzen würde, um einen Kräutertee zu trinken, dagegen blieb sie stehen, die leere Weinflasche umklammernd, die sie sich nicht entschließen konnte, vom Tisch zu nehmen.

„Was ist?", fragte ich mit rauer Stimme.

„Das kannst du nicht tun", sagte sie.

Vor der Abreise ans Meer hatte ich Informationen über die Grundschule in der Nähe meiner Wohnung in Mailand eingeholt, diejenige, in die Marikas Kinder gingen. Claudias Eingliederung würde nicht schwierig sein, hatte mir die Schulleiterin versichert.

„Was kann ich nicht tun?“ Die Frage kam verärgert, es folgte aber keine Antwort. Da nahm ich eine Nussschale, die auf dem Tisch liegen geblieben war, und schleuderte sie mit aller Kraft in Richtung Wald. Meine Mutter machte einen Schritt zurück und kniff die Augen zusammen, als wollte sie mich in den Fokus nehmen.

„Jetzt bin ich dran“, sagte ich. „Jetzt muss ich mich um sie kümmern.“

„Das fällt dir spät ein“. Sie schnaubte bitter. Im Lauf der Jahre war Claudia ihre Energiequelle geworden, der Sinn dieses einsamen Lebens am See, eine zweite Jugend. Sie drehte sich um, als wollte sie ins Haus gehen, doch dann blieb sie stehen und kehrte mir den Rücken zu.

Es tat mir leid für sie, es tat mir leid für uns, aber zum ersten Mal in meinem Leben hatte ich das Gefühl, es allein schaffen zu können. Es war nicht mehr die Zeit der Forderungen und der Zweifel. Ich legte ihr eine Hand auf den Rücken. „Mama ...“

Sie zuckte zusammen.

„Mama, schau mich an.“

Sie blieb reglos, von ihr kam kein Hauch, als hätte sie sich in einen Baum verwandelt.

„Ich bin dir dankbar für all die Jahre“, sagte ich und nahm ihre Hand. „Wirklich.“

Da beugte sie sich langsam vor, bis sie sich auf einen Stuhl setzte. Sie sammelte die Servietten ein, sie ballte sie zu einem Knäuel zusammen. Sie weinte still.

„Du hast alle Probleme gelöst, hast dich um jedes Detail gekümmert“, sagte ich mit einer Stimme, die aus der Mitte des Brustkorbs kam. „Aber für uns ist die Zeit gekommen, den See zu verlassen.“

Sie brachte es nicht über sich, mich anzusehen.

„Im Kofferraum habe ich Taschen. Um das einzupacken, was wir nach Mailand mitnehmen müssen."

Für sie war es ein grenzenloser Schmerz, das wusste ich, doch die Tränen waren aus ihrem Gesicht verschwunden.

„Dann stehen wir morgen um sechs Uhr auf", sagte sie. „Wir gehen ins Valle Anzasca, alle gemeinsam. Ihr fahrt einen Tag später nach Mailand." Sie war unerbittlich, wie immer. Ich nickte, ich mochte ihre Kraft.

Etwas abseits auf der Terrasse machte Claudia einen Handstand. Francesca hielt sie an den Beinen und sie lief mit dem Kopf nach unten, ohne dass jemand sie darauf aufmerksam gemacht hätte, dass man sich nach dem Abendessen nicht in akrobatischen Übungen ergehen sollte. Sie verhielt sich so, als ob sie nie etwas anderes getan hätte, als sich so zu bewegen, die Welt auf den Kopf stellend.

24.

Die Wände sind weiß und glänzend, sie werfen meinen undeutlichen Umriss zurück, den grünen Fleck der Jacke, die roten Stiefel. Ich gehe diese Treppe hinauf, als wäre das Gewohnheit.

An diesem Morgen hängt der Himmel vor dem Fenster tief und ist wie in Gaze gepackt; ich lehne die Stirn an die Glasscheibe, bis sie sich beschlägt und die Stadt vor mir verbirgt.

„Gehen wir“, sagte ich heute früh zu Claudia. Sie stand schon fertig an der Tür, den Schulranzen auf dem Rücken. Wir überquerten die Via Canonica, drängten uns zwischen den Menschen durch. Wir waren eine Mutter und eine Tochter, wie alle anderen. Beim Klingeln der Schulglocke verabschiedete ich mich von ihr und machte mich auf den Weg, während der Regen im Verkehr in glitzernden Münzen zu Boden fiel. Ich brauchte ein paar Minuten, um mich zu orientieren, den Branca-Turm zu sehen, der den Park überragt, dann mich auf den kürzesten Weg zu konzentrieren, den ich nehmen würde.

Ich steige die Treppe zu einer neuen Agentur hinauf, es ist mein erster Tag in diesem Büro. Beim Vorstellungsgespräch hatte die Kreativdirektorin mein Portfolio angesehen und mit gemessener Befriedigung genickt. „Gut“, hatte sie gesagt in ihrem enganliegenden schwarzen Pullover, die Augen orientalisch geschminkt, „du hast mit einem guten Kreativdirektor gearbeitet“, der Stil der Layouts und die Details der Grafik hatten ihr gefallen. Wer weiß, ob sie Alessio kannte. Ich hatte nicht den Mut, sie zu fragen, aber ich wollte ihn auch nicht erwähnen. Auf meine Mails antwortete er nicht mehr, und sein Handy war nicht erreichbar, als ob er die Nummer gewechselt hätte.

Als ich im Stockwerk der Kreativen ankomme, stelle ich mich sogleich einer jungen Frau vor, die gerade dabei ist, Blätter vom Boden aufzuheben. Sie schaut auf und mustert mich, sie ist eine von der Produktion. Die Werbekampagne für die Drucker, an der wir in Amerika gearbeitet haben, wird häufig von Marketing-Zeitschriften zitiert. Als ich ging, hatte Alessio durchgesetzt, dass mein Name in den Credits erwähnt wird, als offizielle Copywriterin unter der Projektleitung von Amar und Bob.

„Ich freue mich, dass du eine Tochter hast", hatte die Kreativdirektorin gesagt. Ich hatte sie mit hochgezogenen Augenbrauen angesehen, ich verstand den Sinn dieser Äußerung nicht. „Du warst sehr jung, als du sie bekommen hast." Ich nickte. „Jedenfalls hast du das richtig gemacht, Kinder sollte man in jungen Jahren kriegen, wenn man noch genug Energie hat, um das Verantwortungsgefühl zu stemmen." Sie hatte noch hinzugefügt, dass ihre Sekretärin mich wegen der Details des neuen Vertrags anrufen würde.

Es war Marika, die die Kinder jeden Nachmittag abholte: Claudia war vom ersten Tag an in einer Klasse mit Anna. Ich stieß zum Abendessen zu ihnen; manchmal gingen wir alle zusammen in ein Lokal mit Holztischen eine Pizza essen, die Margherita kam duftend frisch aus dem Ofen und hing über den Tellerrand hinaus. Ich hätte Alessio gern davon erzählt, der sicher eine sarkastische Bemerkung dazu gemacht und mich zum Erröten gebracht hätte. Ich wollte ihm sagen, dass jeder sein Leben im Kopf trägt und dass die Jugend nichts Unveränderliches und Glattes ist, geschaffen dafür, intakt zu bleiben, wie wir uns das als Kinder vorstellen. Die Jugend verändert sich, bis man bemerkt, dass man ein neuer Mensch geworden ist.

Ich setze mich an den Schreibtisch, und es ist, als ob die Umrisse sich erweiterten und mehr Platz einnähmen. Ich wende den Blick erst ab, als eine Frau um die Dreißig, mein neuer Art Director, schnell hereinschaut. Sie lehnt im Türrahmen. Sie stellt sich vor, sie heißt Cristina, sie ist in Eile und hält eine Tasse Kaffee in der

Hand. „Ich komme gleich, schließe nur schnell ein Meeting ab und dann bin ich bei dir", sagt sie mit einem treuherzigen Lächeln.

Ich schalte den PC ein und lehne mich zurück; der Sessel dreht sich um die eigene Achse. Es ist, als wäre ich von imaginären Fesseln befreit und könnte mich plötzlich beliebig um mich selbst drehen. Dann, als der Wirbel sich legt, verharre ich ein paar Sekunden still mit geschlossenen Augen, schließlich beuge ich mich vor. Auf dem Bildschirm meines PC erscheint ein Ordner, den ich schon lange nicht mehr geöffnet habe; darin sind die Audio-Dateien der Präsentation, mit der ich beim Radio Festival einen Preis gewonnen habe. Nicht nur die endgültige Version, sondern auch die Probeaufzeichnungen. An dem Tag war der Sprecher zu spät dran; Alessio und der Aufnahmeleiter flachsten miteinander, sie verspotteten meinen Text. Alessio hielt sich das Blatt vors Gesicht wie beim Vorsprechen, dann begann er ihn in tausend verschiedenen Weisen aufzusagen. Jeder Werbetext ist unauthentisch, er enthält Übertreibungen, und er tat nichts weiter, als diese hervorzuheben, sei es, dass seine Stimme ernst und getragen wurde, sei es, dass sie einen merkwürdigen Dialekteinschlag annahm. Er hatte die Kopfhörer auf, sein Kopf wirkte wie in Klammern gesetzt. Dann versuchte er, eine Version nur für uns aufzunehmen, zu unserem persönlichen Spaß, in Erwartung des offiziellen Sprechers, den ich ausgesucht hatte.

Viele Monate sind seither vergangen. Nach einem Husten und Gelächter dringt Alessios Stimme in mein neues Büro. Seine Kommentare, seine Ausrufe: „Ada, hör dir das an!", „Ada, mach kein solches Gesicht, lach doch, verdammt noch mal!"

Mit einer raschen Fingerbewegung drücke ich die Pause-Taste, während eine heiße und prickelnde Welle meine Wangen und Nasenlöcher erfasst.

„Weißt du, was?", fragt Cristina, plötzlich eintretend. „Bevor man zusammenarbeitet, sollte man sich besser ein wenig kennenlernen." Sie reicht mir die Jacke, sie will mich draußen auf einen Kaffee einladen.

* * *

Ein Monat ist vergangen, und zum Mittagessen gehen wir fast jeden Tag in ein kleines vegetarisches Restaurant. Cristina gibt mir Tipps, sie kennt jede Zusammenstellung, alle Eigenschaften von Kurkuma, Koriander und Curry. Sie ist sehr direkt in ihrer Ausdrucksweise: Ihre schmalen Finger bewegen sich in der Luft, malen Details, kolorieren unfassliche Szenarien. In einer Sekunde finde ich mich in Indien wieder, in Vietnam, in Indonesien, alles Orte, die sie perfekt zu kennen scheint nach Jahren der Reisen mit dem Rucksack auf dem Rücken.

Das Lokal ist klein und sauber, es liegt in einer Straße mit Kopfsteinpflaster im ältesten Kern von Mailand, wenige Schritte von Sant'Ambrogio entfernt. Nur wenige Kilometer von dort, wo ich vorher gearbeitet habe, zeigt die Stadt ein komplett anderes Gesicht, mit alten Adelspalästen, römischen Überresten und der überschäumenden Vitalität der Studenten an der Katholischen Universität und der Schüler am humanistischen Gymnasium an der Ecke. Hier ist Mailand tief in seiner Vergangenheit verwurzelt – wie ich es nie sein werde.

Ich heuchle Neugier, kleine Ausbrüche von Begeisterung, ich kann ihr nicht sagen, dass mich reale Reisen nicht interessieren, weil ich die Illusion, anderswo wiedergeboren zu werden, nicht brauche. Ich brauche keine Illusionen mehr.

Die Gerichte sind auf dekorierten Tellern hinter einer großen Glastheke aufgereiht. Wir haben Reis, Linsen und eine Art Spinatpüree ausgesucht. Cristina ist über das Blatt gebeugt, auf dem man die ausgewählten Speisen ankreuzen muss. Ich betrachte ihre samtene Haut und ihre schwarzen Haare. Kaum zu glauben, dass sie sich nicht der Sonne aussetzen kann, ohne dass sich ihr Körper mit Sonnenbrand überzieht. Das behalte ich aber für mich. „Morgen musst du die vegetarischen Frikadellen probieren", sagt sie und steht mit dem ausgefüllten kleinen Blatt auf.

Aus dem Fenster eines vorbeifahrenden Autos schnappen

meine Ohren die Töne eines Songs auf, und mir scheint, ich gleite auf eine pechschwarze Fläche zu.

„Alles gut, Ada?", fragt mich Cristina, die gerade mit einer Flasche Wasser und zwei Gläsern wiederkommt.

Ich bin zweimal in Amerika gewesen, hätte ich ihr sagen wollen, das waren meine einzigen Reisen. Als ich nach dem ersten Mal zurückkam, wurde ich monatelang gemobbt, auch nachdem ich von der Schule abgegangen war. Zu Hause kamen anonyme Anrufe bis spät nachts. Mit versteinertem Gesicht legte meine Mutter auf, das Blut war aus ihren Wangen gewichen, sie sah mich nur flüchtig an, gerade so lange, dass ich im Erdboden versinken mochte. Beim ersten Mal hatte meine Familie mich ermutigt, nach Amerika zu gehen. Beim zweiten Mal hingegen war es mir so vorgekommen, als könnte ich dadurch wieder frei atmen. Nein, ich würde nie wieder hinfahren.

Cristina hat kaum die Zeit, sich mir gegenüber hinzusetzen, als meine Aufmerksamkeit vom entferntesten Tisch in der Ecke angezogen wird. Ich beuge mich vor, um über die Gruppe von Menschen hinaus zu sehen, die in diesem Moment angekommen sind, und zwischen den Körpern, die sich vor meinen Augen hin- und herbewegen, glaube ich Sandra zu erkennen. Ein paar Sekunden lang kommt es mir so vor, als ob sie in meine Richtung schaute, aber jetzt ist sie auf ihren Teller konzentriert. Sie nickt der Person zu, die vor ihr sitzt, ein größerer Mann, den ich nicht kenne.

„Gut diese Linsen, aber der Spinat noch mehr, da ist eine Art Käse mit drin." Cristina und ich sprechen miteinander. Es wird ein langer Tag werden, wir werden die Agentur weit nach der Abendessenszeit verlassen, und ich werde Claudia schlafend auf Marikas Sofa finden; ich werde sie auf den Arm nehmen und in mein Bett bringen, aber sie wird auch dann nicht wach werden, wenn ich ihr den Pyjama anziehe und sie dann fest umarme, bis ich einschlafe.

Während ich meinen Reis esse, beuge ich die Schultern vor,

sodass der große Lockenkopf meiner neuen Freundin mich vor Sandra verbirgt. Ich will nicht, dass sie mich etwas fragt, auf Nicolas oder Seattle anspielt. Ich will nicht über Alessio sprechen und zugeben, dass ich seit Monaten nichts von ihm gehört habe.

„Heute übernehme ich das", sagt Cristina mit einer beredten Geste. Wir haben unsere Mahlzeit beendet und sie stellt sich in der Schlange an der Kasse an, hinter einem beleibten Herrn mit einem Hund unterm Arm und einer Gruppe Studentinnen mit Taschen über der Schulter und in die Stirn gezogenen Wollmützen.

Hinten im Lokal ist Sandra aufgestanden; mit langsamen Bewegungen nimmt sie den Rucksack auf die Schulter, fährt sich durch die Haare und wirft einen raschen Blick in einen Spiegel. Der Mann, der bei ihr ist, wendet sich entschieden zum Ausgang. Ich senke den Blick und tue so, als läse ich eine Illustrierte, die mit anderen auf einem Stapel auf dem Regal zu meiner Rechten liegt.

„Hallo!" Ihre Stimme kommt zusammen mit einem Rascheln von oben. Langsam hebe ich die Augen, ich sehe sie an, kann mich aber nicht rühren. Sie sagt, sie habe mich erst jetzt bemerkt, und setzt sich mir gegenüber. „Wie geht es dir? Wie viel Zeit ist vergangen!" Sie spricht schnell, ohne Luft zu holen. Einen Moment lang habe ich den Eindruck, es ist kein Zufall ist, dass ich sie hier treffe.

„Du bist ganz unverändert." Sie zeigt einen Ausdruck von Überraschung, der mich stört.

„Du auch."

Sie zeigt auf den Mann, der rauchend auf dem Gehsteig wartet. „Er arbeitet bei der Porta Genova, er ist Architekt." Ich bemerke ihr süßliches Parfüm. „Und du? Immer noch Single?"

„Allein bin ich nie", antworte ich. Der Gedanke an Alessio begleitet mich stets, was auch immer ich tue und mit wem auch immer ich mich unterhalte.

„Ich fand es schade, dass du nicht mehr bei uns vorbeigeschaut hast." Sie beugt sich vor, eine Augenbraue leicht vorwurfsvoll gehoben.

„Jetzt arbeite ich hier."

„Nicolas ist sehr gut, seit er da ist, ist die Atmosphäre viel anregender. Meiner Meinung nach hättest du bleiben sollen."

„Man hat mir ein Angebot gemacht, das ich nicht ausschlagen konnte."

Sie öffnet den Mantel und sieht mich schief an. „Es tut mir leid, dass du aus Amerika zurückkommen musstest", setzt sie hinzu.

In diesem Augenblick kommt Cristina an die Kasse.

Ich zucke mit den Schultern und presse die Lippen zusammen. „So ist das nun mal."

„Ich sage nur, dass es schade ist."

Ich lächle, unterdessen verknote ich die Papierserviette, ein Teil reißt ab, ich beginne sie mit zwei Fingern zusammenzuknüllen und betrachte Cristina; bevor sie an den Tisch zurückkommt, bestellt sie einige Süßspeisen, die sie sich fürs Büro einpacken lässt.

„In bestimmten Momenten des Tages möchte ich Alessio an meiner Seite haben, seine Witze, seine gute Laune", sagt Sandra mit seltsam verzogenem Mund. Ich versuche, mich auf die Schüler zu konzentrieren, die nach Schulschluss aus dem Gymnasium strömen und mit ihrem Stimmengewirr die Straße erfüllen.

„Die gute Laune wird überbewertet", antworte ich. Dann stehe ich auf und schlüpfe in den Mantel, während Sandra sitzen bleibt. Cristina steht neben mir, sie streicht mir über den Unterarm und bietet mir ein Pfefferminzbonbon an, sie nickt Sandra zu, aber ich empfinde nicht die Notwendigkeit, die beiden miteinander bekannt zu machen. „Heute haben wir noch viel zu tun", sage ich mit einem halben Lächeln.

„Er hat gesagt, ich soll dich grüßen", sagt Sandra, bevor ich gehen kann.

„Wer?"

„Alessio." Sie lügt, da bin ich mir sicher.

„Danke", sage ich. „Grüß ihn auch von mir."

Einen Moment lang stelle ich mir vor, wie sie sich auf Skype eine Stunde lang unterhalten, auf Distanz anstoßen, irgendwelchen Klatsch bereden, und ich muss mir auf die Lippe beißen.

„Ich habe ihn neulich abends auf einem Fest gesehen ... Warum warst du nicht da?", fragt sie, während ich vor dem Hinausgehen den Schal umlege.

„Neulich abends?"

Sandra hustet, unterdessen rollt sie sich eine Zigarette.

„Da konnte ich nicht." Die Worte kommen entschieden aus meinem Mund, während sich die Fliesen unter meinen Füßen in Schlamm zu verwandeln scheinen.

Für mich war Alessio immer noch in Seattle, ab einem gewissen Punkt hatte er mich nicht mehr angerufen. Ich hatte keine Informationen über ihn, weil ich aufgehört hatte, danach zu suchen. Wenn ich aus dem Haus ging, entdeckte ich seine Züge im Gesicht von Unbekannten, die mir plötzlich von einem besonderen Licht erleuchtet schienen. Statt ihn in Mailand zu wissen, ohne ihn zu treffen, war er mir lieber am anderen Ende der Welt oder auf den Weltmeeren treibend, wie ein Hintergedanke, wie jemand, den ich mir vielleicht nur ausgemalt hatte.

25.

Schon als Mädchen hatte ich an den Lidern eine glänzende und dünne Haut, als ob ich nach langem Schwimmen eben aus dem Wasser käme. Vor mehr als einer Stunde habe ich angefangen mich herzurichten, rasche, hektische Gesten aneinanderreihend, die einzig dazu dienen, den Zeitpunkt, zu dem ich mir vorgenommen habe, auszugehen, ein wenig weiter hinauszuschieben. Ich verberge die Augenringe unter Make-up und vergewissere mich, dass nichts verschmiert ist. Nachdem ich mich frisiert habe, schaue ich mich mehr als einmal an, immer weniger überzeugt von dem, was ich gerade vorhabe.

Claudia beobachtet mich, vielleicht ist sie überrascht von der Sorgfalt, mit der ich mich geschminkt und meine Kleidung ausgewählt habe. „Wie viel hast du denn genommen? Es riecht nach Eiscreme." Sie bezieht sich auf mein Parfüm, sie rümpft die Nase, aber ich bemerke, dass sie meinem Blick ausweicht.

„Ich bleibe nicht lange weg", versichere ich ihr und weiß, dass das wahr ist, dieser Abend wird bald zu Ende sein.

„Amüsier dich", sagt Marika an der Wohnungstür zu mir. Sie streckt Claudia eine Hand entgegen. „Komm, wir schauen uns einen Film an." Claudia nickt widerwillig, dabei murmelt sie etwas davon, dass mein Parfüm ihr die Luft zum Atmen raubt.

Das Lokal liegt an einer Ausbuchtung hinter einer ehemaligen Kaserne. Da ist ein kleines Neonschild über einem dunklen, engen Zugang; man würde es nicht bemerken, wäre da nicht die Schlange vor dem Eingang.

Ich steige die Stufen hinunter und streiche über die schwarze

Wand, hoffe, einen Fixpunkt zu finden, etwas, was mich bremst. Die Menschen im Lokal sind in ein rosa Licht getaucht, so intensiv, dass es wie Sirup wirkt. Es wird schwer sein, hier herauszukommen, zurückzukehren ohne das Gefühl, etwas falsch gemacht zu haben.

Einige tanzen, viele sitzen an den Tischchen, andere lehnen an der Wand, eine Zigarette in der Hand, die sie bald in der kalten Luft draußen rauchen werden. Ein junger Mann geht an mir vorbei und hält Gläser über dem Kopf, und als ein Tropfen auf meinen Hals fällt, ist es, als würde eine eisige Nadel meine Haut durchbohren.

Ich bin seit zwanzig Minuten hier und schon entmutigt. Ich schaue mich um, weiß nicht, welche Richtung nehmen, ob ich mich setzen soll, auf die Toilette gehen, noch weiter suchen. Ich bin schon im Begriff, die Treppe zu nehmen und zu gehen, als ich an einer Seite des Bartresens ein Paar vorgebeugte Schultern in einem hellen Hemd sehe. Ein Glas Long Island Iced Tea in der Hand. Er redet mit jemandem, seine Haare sind nass oder verschwitzt, das könnte ich nicht sagen, der Strohhalm nähert sich langsam den Lippen und verschwindet im Mund. Wie einem Instinkt gehorchend, gehe ich näher hin und beuge mich vor, um auch etwas zu bestellen. Die naive Verwegenheit, der keuchende Atem, was mache ich denn hier, was bilde ich mir ein, ich komme mir vor wie ein Teenager. Endlich dreht er sich um und sieht mich. Aber er sagt nichts.

Er hat sich verändert, er hat einen Hauch von Bart und eine dunkle Falte in der Mitte der Stirn. Mein Ellbogen ist in Kontakt mit seinem. Wir verharren eine Weile so, ohne auch nur eine Andeutung von Gruß. Als der Barmann näher kommt, bestelle ich einen Gin Tonic, auch wenn ich den nicht trinken werde.

„Ada", murmelt er.

Ich antworte nicht, ich schaue geradeaus vor mich hin, ich beiße die Kiefer so fest zusammen, dass die Spitzen der Ohren nach oben gehen, während sein Atem meinen Hals streift.

„Entschuldige, wenn ich dich nicht angerufen habe", sagt er, „ich wollte nicht alles komplizierter machen." Von der Musik verschluckte, von der Verlegenheit verwischte Worte.

Seine Stimme wiederzuhören macht aus mir einen Brunnen, der sich füllt. Einen Moment lang streifen sich unsere Finger. Ich hoffte, ihn in diesem Lokal zu finden, wo er immer hinging, als er noch in Mailand lebte, aber jetzt, da er neben mir steht, weiß ich nicht, was ich sagen soll.

„Wie geht's dir?"

„Und dir?"

„Wie immer."

Die Hand legt sich auf meinen Arm. Seine kühle Haut und meine sehr heiße sind wie das Zusammentreffen von zwei Klimazonen.

„Ich fühle mich wohl in der neuen Agentur, weißt du ... ziemlich wohl", sage ich und betrachte ihn auf der Höhe der Kehle. Er nickt nachdenklich, scheint aber nicht überrascht, und ich wiege mich in der Annahme, dass er mich aus der Ferne beobachtet, Informationen zusammengetragen, eine diskrete, nie deklarierte Neugier an den Tag gelegt hat.

„Wie geht es Claudia?"

„Die neue Schule gefällt ihr. Sie lebt jetzt bei mir."

Alessio stützt sich mit dem ganzen Ellbogen auf den Tresen, er scheint einem Gedanken nachzugehen. „Ich verstehe."

Es gelingt uns nicht, uns gegenseitig von unserem Leben zu erzählen, es gibt zu viel zu sagen. Oder vielleicht zu wenig. Ich fürchte, es ohne dich nicht zu schaffen, denke ich.

„Wenn wir uns um jemanden kümmern, vergessen wir uns selbst", versetzt er. „Das habe ich immer gedacht, aber ich konnte es nie in die Tat umsetzen."

Ich würde ihn gern umarmen, aber um uns herum sind zu viele Leute. „Wie geht es in Seattle?", frage ich ihn.

Er öffnet einen Knopf an seinem Hemd. „Bob hat einen mehrfach ausgezeichneten koreanischen Copywriter eingestellt, der aber ganz auf Videospiele fixiert ist." Wie entnervt verdreht er die Augen zum Himmel.

In unserer Freizeit verfolgten wir zusammen die Nachrichten, Saddam Hussein im Gerichtssaal, die Hochzeit zwischen Felipe von Spanien und Letizia Ortiz, der Tod Baldonis, der ein Werbefachmann war wie wir und dann Journalist wurde. Das war eine von vielen Weisen, wie wir Zeit miteinander verbrachten, es wäre uns nie in den Sinn gekommen, uns durch Viedospiele voneinander zu entfremden.

„Ich habe noch das Foto, das wir auf dem Space Needle gemacht haben." Er hatte es auf der Seite vom Schreibtisch stehen. Auch ich habe eine Kopie davon am Kühlschrank, unsere Gesichter verzerrt vom Aufnahmewinkel. Ich trinke einen Schluck von meinem Gin Tonic. „Du fehlst mir", sagt er.

„Hier bin ich."

Wie sind so dicht beieinander, dass es unausweichlich scheint, unsere Lippen zu einem Kuss zusammenzubringen, blitzschnell wie ein Ideenaustausch, ein rascher Kurzschluss, der eine ganze Welt erschafft. Als wir uns voneinander lösen, schauen wir uns voller Scham um. Ich streiche meine Jacke glatt, als ob sie verknittert wäre, aber die Wahrheit ist, dass meine Hände schweißnass sind.

Außerhalb des Lokals ist es eisig, die Atemluft kondensiert sich um unsere Worte. Die Feuchtigkeit scheint die Konturen aller Dinge aufzulösen.

„Wir gleichen zwei Comic-Figuren", sagt Alessio, während er sich einen Schuh bindet.

„Warum bist du wiedergekommen?"

Am Ende der Straße ist eben ein Rettungswagen vorbeigefahren.

„Ich habe die Wohnung verkauft." Er deutet eine Grimasse an, als würde er Schmerz empfinden; ich denke, er ist zurückgekommen, um nie wieder zurückkommen zu müssen, ich denke, er hatte Angst davor, mir zu begegnen, aber ich habe nicht den Mut, ihm das zu sagen, es würde wie ein Vorwurf klingen.

„An wen hast du verkauft?"

„An einen ehemaligen Lehrer. Warum?"

„Ich möchte gern wissen, wer deine schlaflosen Nächte erbt."

„Meine Gespenster?"

Ich zucke mit den Achseln. Wir gehen einer in der Atemwolke des anderen, aber das ist etwas, was wir schon wissen. Ich gehe los, und wenn jemand mich von oben beobachten würde, sähe ich aus wie ein Reißverschluss, den jemand schnell an seiner Jacke bis zum Mund hochzieht, weil er nichts mehr hinzuzusetzen hat.

„Ada", seine Stimme dröhnt unter dem orangefarbenen Himmel.

Ich drehe mich um, die Luft verwandelt sich in Stacheln rings um die Augen, und ich sage das, was ich von ihm hören möchte: „Es tut mir leid."

Alessio kommt zu mir und nimmt meine Hand. Mit dem Daumen drückt er auf die Stelle, wo die Handfläche sich aufwölbt, bevor sie zum Handgelenk hin abfällt. „Ich muss gehen." Der Druck seines Daumens pulsiert.

„Ich weiß". Doch er lässt mich nicht los.

Ich habe nicht nur Angst, ihn zu verlieren, ich habe Angst, niemanden mehr zu haben, auf den ich warten kann.

„Gehen wir ein bisschen, einverstanden?" Ich zeige auf einen nicht näher bestimmten Punkt.

Alessio schaut zu Boden, er räuspert sich. „Du wirst mich doch nicht noch einmal in die Berge mitnehmen?" Er lächelt.

„Das würde dir gefallen, stimmt's?", frage ich ironisch. „Heute Abend nicht, ich habe Schuhe mit Absätzen an."

„Zum Glück", sagt er erleichtert, auch wenn seine Augen anderes zum Ausdruck bringen.

Von ferne bemerke ich eine Helligkeit, vor der sich die Silhouette der Stadt abzeichnet, und ich hoffe, dass dort hinten jenseits des Horizonts die Bank ist, auf der wir damals eine ganze Nacht lang geredet haben: Ich habe sie immer in Erinnerung als den Ort, an dem ich einmal nur glücklich war.

„Gehen wir noch ein bisschen", sage ich, während sich über uns die Vögel zum Flug erheben, obwohl die Nacht noch nicht zu Ende ist.

Inhaltsverzeichnis

Autorin

©Privat

Gaia Manzini wurde 1974 in Mailand geboren. Nach ihrem literarischen Debüt mit den Erzählungen *Nudo di famiglia* (Fandango 2009) hat sie unter anderem die Romane *La scomparsa di Lauren Armstrong* (Fandango 2012, nominiert für den Premio Strega), *Ultima la luce* (Mondadori 2017) und *Nessuna parola dice di noi* (Bompiani 2021, nominiert für den Premio Strega) sowie den Erzählband *La via delle sorelle* (Bompiani 2023) veröffentlicht. Sie hat mit dem Regisseur Nanni Moretti zusammengearbeitet und am Drehbuch für seinen Film *Mia madre* mitgewirkt; außerdem schreibt sie regelmäßig für mehrere Zeitungen und Zeitschriften, u. a. *Sette, Il Foglio* und *L'Espresso.*

Übersetzerin

©Privat

Barbara Kleiner, geb. in Linz, lebt und arbeitet in München. Sie studierte Germanistik, Romanistik und Komparatistik. Nachdem sie als Lektorin und Dozentin an verschiedenen Universitäten tätig war, machte sie sich 1993 als Übersetzerin selbstständig. Unter anderem hat sie Primo Levi, Italo Svevo, Elio Vittorini, Edmondo De Amicis, Paolo Giordano und Giulia Caminito übersetzt. Sie wurde 2007 mit dem Übersetzerpreis der Kunststiftung NRW, 2011 mit dem Deutsch-Italienischen Übersetzerpreis und 2021 mit dem Johann-Heinrich-Voß-Preis ausgezeichnet.

Im Rahmen des *nonsolo* Projekts *Identität und Diversität in der Italienischen Gegenwartsliteratur*, gefördert von der Europäischen Union, sind auch folgende Werke erschienen:

ALESSANDRA CARATI
Und dann sind wir gerettet
Roman
Aus dem Italienischen von Ruth Mader-Koltay

Finalist des Premio Strega 2022
Premio Viareggio-Rèpaci Opera Prima 2021

April 1992. Aida ist gerade sechs Jahre alt, als der Krieg, der das ehemalige Jugoslawien zerstören wird, ihr kleines bosnisches Dorf erreicht. Nach einer abenteuerlichen Flucht schaffen sie und ihre Eltern es bis nach Mailand, wo ihr Bruder Ibro geboren wird. Die Geschwister wachsen in einem fremden Land auf, während der Krieg ihre Heimat auslöscht und der Schmerz über die erzwungene Umsiedlung und die Trauer um die zahlreichen Kriegsopfer das Leben ihrer gesamten Familie aus den Fugen geraten lassen. *Und dann sind wir gerettet* ist nicht nur ein außergewöhnlicher Bildungsroman, sondern zeigt die Verwüstungen auf, die der Krieg in einem ganzen Volk bis hinein in die Psyche jedes Einzelnen anrichtet.

Ein herzzerreißendes Buch, das die in Freiburg lebende Übersetzerin Ruth Mader-Koltay souverän ins Deutsche gebracht hat. Liebe und Verlust sind hier eins – im Übermaß. BETTINA SCHULTE, *Badische Zeitung*

Auch als E-BOOK erhältlich.

Co-funded by the European Union

MAURIZIO FIORINO

K.O.

Roman

Aus dem Italienischen von Christiane Burkhardt

Eine zutiefst bewegende Coming-of-Age- und Coming-Out-Geschichte

Im archaischen Süditalien der 1980er-Jahre wächst Biagio ganz allein bei seinem Vater, dem Dorfmetzger, auf. Dieser ist nach dem Unfalltod seiner Frau nahezu verstummt. In einer Welt, die jeden, der anders ist, zwingt, die eigenen Gefühle herunterzukühlen, als wären sie Rinder- und Schweinehälften, versucht Biagio beharrlich, sich einen Platz zu erkämpfen. Atmosphärisch dicht schildert Fiorino das Leben eines jungen Mannes, der davon träumt, aus der deprimierenden Hässlichkeit und toxischen Männlichkeit seiner Umgebung auszubrechen.

Romane über die Armut und Härte des italienischen Südens gibt es einige. Um Homosexualität geht es darin aber selten. ANNA VOLLMER, *SWR 2*

Auch als E-BOOK erhältlich.

Co-funded by
the European Union

Lisa Ginzburg
Carapax
Roman
Aus dem Italienischen von Stefanie Römer

Finalist des Premio Strega 2021

„Wir spielten ‚Lieblingstier': Nina war der Jaguar, ich die Schildkröte …"
Eine Mutter, die einfach verschwindet, ein Vater, der sich elegant aus der Verantwortung stiehlt. Zwei Schwestern so unterschiedlich wie Sonne und Mond, untrennbar miteinander verbunden durch eine große schmerzhafte Leere, die sich durch ihre Kindheit und Jugend zieht und tiefe Wunden hinterlässt. Maddi ist schüchtern, zurückhaltend, vernünftig; Nina bildschön, launisch, egozentrisch. Rollen, die ihnen das Drehbuch einer permanenten Abwesenheit bis ins Erwachsenenalter hinein zugeteilt hat, obwohl beide mittlerweile auf unterschiedlichen Kontinenten leben. Doch manchmal bedarf es erst eines Wiedersehens mit den Orten der Vergangenheit, um sich endgültig aus alten Fesseln zu befreien und zu erkennen, dass wahrer innerer Friede keinen Panzer braucht.

Mit Carapax *setzt der Freiburger* nonsolo *Verlag seine Erfolgsgeschichte, italienische Gegenwartsliteratur in Deutschland bekannt zu machen, auf beeindruckende Weise fort.* Bettina Schulte, *Badische Zeitung*

Auch als E-BOOK erhältlich.

Co-funded by the European Union

Lorenzo Amurri

Bis ich wieder atmen konnte

Autobiografischer Roman

Aus dem Italienischen von Ruth Mader-Koltay

Ausgezeichnet mit dem Literaturpreis der Europäischen Union 2015 und Finalist des Premio Strega 2013

Sex, Drugs & Rock'n Roll – so lautet das Motto des passionierten Musikers und Sportlers Lorenzo, bis ihn mit 26 Jahren das Schicksal einholt: Bei einem Skiunfall verletzt er sich an der Wirbelsäule und ist querschnittsgelähmt. Fortan ist er an den Rollstuhl gefesselt, und von seinem alten Ich bleibt kaum etwas übrig. Nach langen, schmerzhaften Monaten in einer Reha-Klinik beschließt er, sich selbst eine letzte Chance zu geben, und kämpft sich zurück ins Leben. Wie nach einem langen Tauchgang kann er endlich wieder Luft holen. Amurris autobiografischer Roman ist atemberaubend intensiv. Kristallklar und schonungslos, flüssig im Stil und emotional zutiefst ergreifend, lässt er uns mit dem Protagonisten leiden, hoffen, aber auch lachen. Wie ein Sog, der uns dieses Buch kaum aus der Hand legen lässt.

Wie Lorenzo Amurri erzählt, ist nie rührselig oder gefühlvoll überladen. Es ist klar und wahr und das nimmt einem beim Lesen manchmal die Luft.

Christine Westermann, *WDR2-Lesen (im Gespräch mit Marco Schreyl)*

Auch als E-BOOK erhältlich.

Co-funded by the European Union

www.nonsoloverlag.de
info@nonsoloverlag.de

9 783947 767182